中公文庫

サンパギータ

警視庁組対特捜K

鈴峯紅也

中央公論新社

目次

主な登場人物

東堂《とうどう》 絆《きずな》……警視庁組織犯罪対策部特別捜査隊（警視庁第二池袋分庁舎）遊班所属、警部補。典明に正伝《しょうでん》一刀流を叩《たた》き込まれた

片桐《かたぎり》亮介《りょうすけ》……湯島坂上に事務所を持つ探偵

東堂礼子《れいこ》……元・千葉県警の刑事。絆を産み、その後、死別

東堂典明《てんめい》……絆の祖父。剣道の腕は警視庁に武道教練で招聘《しょうへい》されるほどの実力者

大河原《おおがわら》正平《しょうへい》……警視庁組織犯罪対策部部長、警視長。絆を組対に引っ張った張本人

金田《かねだ》洋二《ようじ》……警視庁組織犯罪対策部特別捜査隊遊班班長、警部補。叩き上げノンキャリア。絆の教育係を務める

下田《しもだ》広幸《ひろゆき》……警視庁渋谷署組織犯罪対策課所属、巡査部長

星野《ほしの》尚美《なおみ》……絆の恋人。絆も所属したW大ラグビー部の元マネージャー

渡邊《わたなべ》千佳《ちか》……絆の幼馴染みであり、元恋人

綿貫《わたぬき》蘇鉄《そてつ》……千葉県成田市の任俠《にんきょう》団体・大利根《おおとね》組の親分。昔気質《むかしかたぎ》のヤクザ

西崎《にしざき》次郎《じろう》……S大学付属病院の精神科医

迫水《さこみず》保《たもつ》……MG興商代表取締役社長

戸島《としま》健雅《たけまさ》……株式会社エムズ代表取締役社長

沖田《おきた》丈一《じょういち》……竜神会《りゅうじんかい》系沖田組組長。亡父・剛毅《ごうき》の後を継いだ。西崎の異母兄

沖田美加絵《みかえ》……沖田家の長女。丈一の妹にして、西崎の異母姉

魏老五《ぎろうご》……上野（通称：ノガミ）のチャイニーズ・マフィア。長江漕幇《チョウコウソウバン》の流れを汲《く》む

本文イラスト　永井秀樹

サンパギータ
警視庁組対特捜K

序章

西崎次郎《にしざきじろう》は一九八〇年、フィリピン人の母と広域指定暴力団会長、沖田剛毅《おきたごうき》の間に生まれた。剛毅には先妻との間に次郎より十四歳上の丈一《じょういち》、後妻信子《のぶこ》との間に五歳上の長女美加絵《みかえ》があった。次郎は非嫡出ということになる。フィリピンパブに勤めていた、当時二十二歳の若いフィリピーナが剛毅の目にとまった形だ。

妊娠がわかると、剛毅は当然のように堕《お》ろせと命じたが、この娘は敬虔《けいけん》なカトリック信者ということもあり頑として首を縦に振らなかったようだ。

剛毅は次郎の母を組の若衆、西崎義一《よしかず》に預け、形式的な婚姻届けを出させた。次郎が西崎の姓を名乗るのはそのためだ。と言って次郎の母は、西崎の妻となっても実質的な立場は剛毅の若い愛人のままだった。

次郎は特に剛毅に可愛《かわい》がられた覚えも、なにかをしてもらった覚えもない。逆にときおり剛毅が西崎のアパートに母を求めてやってくると、ひと言もないまま、外に追い払われた幼い日の記憶は、いつまで経《た》っても脳裏に鮮明だった。

西崎義一と二人で外に出されると、西崎は必ず次郎にガムを買ってくれた。

――これ食ってよ、遊んでな。

西崎は次郎を近所の公園に置いたまま、自分はパチンコに行った。

東南アジア系の風貌《ふうぼう》をした子供がひとりで公園にいても、一緒に遊ぼうと誘ってくれる子も親もなかった。次郎は、大人になった今でもこのときの独りぼっちが切なく蘇《よみがえ》るようで、ガムが苦手だった。特にペパーミントはまったく受け付けなかった。

母は剛毅が帰るといつも、

――結婚ハ出来ナカッタケド、アノ人ハオ前ニ次郎ノ名前ヲクレタ。日本人ダト、自分ノ子供ダト認メテクレタンダ。悪イ人ジャナイ。タダ、私タチ二人ノ関係ニ運ガナカッタダケ。

と話してくれたものだが、だからと言って次郎には剛毅が父だという実感はついぞ生まれなかった。父と独りぼっちと、西崎義一とペパーミントガムの記憶はひと括《くく》りにして、次郎の中で同じものだった。

そのトラウマのような切なさの一片、西崎義一が姿を消したのは次郎が十歳のときだった。抗争で命を落としたということだったが、母に手を出したことが剛毅にばれたからだということを、十歳の次郎はわかっていた。早熟にして、次郎は聡い子だった。

剛毅と母の関係はこの後も約二年続いたが、次郎が十二歳のときの暴力団新法がひとつの契機になった。わずかな手切れ金で母と剛毅の関係は切れた。母は昔の仲間を頼り、高《たか》崎《さき》に移住して夜の仕事を再開した。

　フィリピン人とのハーフらしい見た目に加え、次郎は同年配の子供よりひと回り身体《からだ》が大きかった。地元のワルや暴走族の連中が自然と寄ってくるようになり、中学を卒業するころには一目も二目も置かれる存在になった。

　特に次郎が好んで付き合ったわけではないが、やがて狂走連合《きょうそうれんごう》の中で頭角を現す戸島《としま》健雅《たけまさ》と知り合ったのもこの頃だ。

　喧嘩《けんか》も子供じみたワルもやらなかったわけではない。だが他人の印象はどうあれ、次郎は頭も抜群に良かった。県下でも難しいといわれる県立高校に入学し、成績は常にトップだった。

　そんな次郎の前に、五年以上顔を見たこともなかった沖田剛毅が現れたのは、高校二年のときだった。

「デカくなったな。お前《め》ぇ、ずいぶんと頭いいらしいじゃねえか。誰に似たもんだかよ」

　代わりに、母の姿が見えなくなった。

「あいつぁ、こっち来る前に向こうで、チャイニーズの爺《じじ》いとの間につくった子供がいてよ。会いてぇ会いてぇって懐かしがってるからよ。国に帰した」

　たしかに母は、そんな子供がいるとは言っていた。十五歳のときに産んだ子で、相手の中国人男性は七十二歳だったという。

——アノ人、スグニ帰ッテクルッテ言ッテタンダケドネ。

その中国人に遊ばれただけだという現実を知ったのは、日本に来てかららしい。

「お前ぇもひとりはなんだろうよ。可哀相によ。お前ぇ、俺んとこ来いや」

剛毅の誘いに、首を横に振ることは出来なかったし、たぶん許されるわけもなかった。母に手を出した西崎義一は剛毅の子分によって殺された。母もきっと西崎と同じ道を辿《たど》ったのだろうという思いは漠然と、しかし確信としてあった。可哀相にと言いながら剛毅の目には一片の憐憫《れんびん》も見られなかったし、母は常々、いずれ子供は呼びたいが、フィリピンには二度と帰りたくないとこぼしていた。

あっけない母との別れ、おそらくは剛毅の手により死んだ。現実味に乏しく涙こそ出なかったが、沖田剛毅という男に対して黒々とした熾火《おきび》のような情念が燃え始めたのは、この頃だったかもしれない。

蒲田《かまた》の、沖田家兼組事務所はデカい家だった。敷地は真半分で住居と事務所に仕切られていたが、住居部分だけでも十部屋にLDKを持ち、池のある広い庭があった。

沖田の家には、爬虫類《はちゅうるい》のように熱のない目で次郎を見るだけで近づきもしない後妻の信子と、今にも喉笛に喰らいついてきそうな丈一と、アメリカ遊学から帰ったばかりの美加絵が住んでいた。

剛毅を始めとする三人とは上っ面の関係だったが、この美加絵とは割り合いウマが合った。というか、肌が合った。この関係は、美加絵が遊学中に知り合った関西出身のボンボンとの結婚後も切れず、バツが付いた後も続き、現在に至っている。次郎は二人の女性と付き合っているが、このうちの一人は勤務する病院の外科の看護師で、もう一人が美加絵だ。

「親一人子一人みたいなものだから」

これは今でも時折り美加絵が口にする言葉だ。信子を一人にすることを憂《うれ》い、美加絵は今でも蒲田の、傲慢と暴力の巣窟《そうくつ》に住んでいる。

次郎はこの沖田家で、高校生活後半のおよそ一年半を過ごした。後にMG興商を任せることになる迫水保《さこみずたもつ》と知り合ったのはこの頃だ。高校を卒業した次郎が選んだ進路は、高崎にあるN医科歯科大学医学部だった。

「なあ、次郎。表と裏でよ。丈一と二人でよ」

剛毅は表と裏と言ったが、実際にはどちらも裏のようなものだ。

警察キャリア、弁護士。剛毅が次郎の母から次郎を奪ってまで欲したものはそこら辺りだろう。わかっていたからギリギリそんな職種を避けたというのもある。

「ふん。医者か。まあ、そんな道筋もあるか。似たようなもんだ」

剛毅はあえて否定はしなかった。

次郎が高崎のN医科歯科大学を選んだことに、特に他意があるわけではない。蒲田よりいくぶんマシ、市内のたいがいのコンビニと美味《うま》い定食屋を知っている、そんな程度だ。

そこに、やがて〈ティアドロップ〉の原材料となるドラッグを分けてくれることになる中国からのインターン、陳芳《チェンファン》がいた。共産党系の裕福な家庭に育ったという。恰幅《かっぷく》も羽振りもよく、いつもニコニコして陽気な陳とは、〝日本人ではない〟という括りの中でよく一緒に遊んだ。いい思い出など大してない次郎の人生において、唯一この時期は楽しいということで充実していた。

父剛毅が倒れたと迫水保が知らせてきたのは、N医科歯科大学附属病院で研修医として働き始めた頃だった。二〇〇六年のことだ。迫水は、ヤクザに未来なんかないという若造時代の次郎の言葉を受け、沖田組のフロント系に盃《さかずき》無しで勤めていた。

「脳梗塞です。左半身はもう、ダメですね」

迫水は淡々とそう言った。

次郎は剛毅の枕元に呼ばれた。久し振りに見る丈一と並んで座らされた。美加絵が向かい側で能面のような顔をした信子と座っていた。

「まあ、頼むぜぇ。丈一ひとりじゃ心許《こころもと》ねえ。頼りにしてるぜぇ。頼むぜぇ」

剛毅は、哀れなただの老人だった。手を伸ばせば簡単に首をへし折ることも出来るだろう。

だが、次郎は社会的にはまだ無力だった。言われればただ従うことなど造作もない。慣れていた。そうして、九年間を生き延びてきた。

二年の猶予《ゆうよ》をもらい、立ち上げたのがMG興商だった。迫水と戸島を巻き込み、半グレたちを動かし、やれることにはなんにでも手を出した。合法非合法は最初から問わなかった。そんなことに拘泥《こうでい》して生きられる命ではなかった。下手《へた》をすると西崎義一や母と同じ運命を辿《たど》るという緊迫感が常にあった。

約束の二年が過ぎ、次郎は生きながらえることを許されるだけの成果を上げた。

MG興商が近くも遠くも、関わるすべての〈事業〉を迫水の手で回せるようになった頃、次郎は美加絵に資金を回した。バツがついて以降、美加絵は銀座の高級クラブのオーナーママだった。剛毅が美加絵の母、信子のために作ってやった店を継いだ形だ。継ぐに当たり、母の意向もあって五反田《ごたんだ》にペリエというパブも出していた。信子の昔馴染《なじ》みが気軽にやってきて思い出を語る店というコンセプトらしい。

だが、二〇〇八年のリーマン・ショックでどちらも経営がおかしくなった。お金が回らない、と次郎は寝物語に美加絵から聞いた。

資金は回してやったが、それにしてもタダではない。MG興商という木は幹から伸びる枝葉で東南アジア系の外国人パブを何軒か経営し、その枝葉の見えない先に売り専門のアジアンクラブを持っていた。

外国人パブの女をアジアンクラブに落とせるかどうか。次郎は、五反田のペリエにその役割を与えた。

一年後、沖田剛毅が死んだ。脳梗塞以降はほぼ寝たきりの状態ではあった。自分で手を下せなかったのは心残りだが、沖田組は怒鳴り散らすだけの丈一が跡目を相続したため、憎悪の対象は大して変わらなかった。剛毅と沖田組はイコールであり、継いだ丈一も当然同じだった。ペパーミントガムとひと括りだ。

剛毅の葬式当日、一般参列者の列に並び、やがて立ち昇ってゆく煙を見上げながら、次郎はふと思った。

(ああ。そういえば、一度も名前で呼んでもらったことはなかったな)

かえって剛毅の死より、何度も話してくれた母の声と笑顔が哀れだ。

――アノ人ハオ前ニ次郎ノ名前ヲクレタ。日本人ダト、自分ノ子供ダト認メテクレタンダ。私タチ二人ノ関係ニ運ガナカッタダケ。

母が言うほど、次郎の名は必要でも大事でもない。

西崎次郎は立ち上げた会社にMG興商の名をつけた。

MG興商のMGは、マリーグレース。

それは、おそらく十九年前に死んでいるだろう、母の名前だった。

第一章

一

十二月二日だった。凍えるような夜だ。

「ううっと。やっぱり寒いな」

東堂絆《とうどうきずな》は、百七十五センチの引き締まった身体をかすかに震わせた。

普段から絆は、動きが制限される厚手の上着は好まなかった。この日も機能性下着の上に長袖のポロシャツ、それに濃紺の薄いブルゾンだけだ。〈常在戦場〉、これは剣士ならば、心の下拵《したごしら》えとして当たり前のことだった。

とはいえ――。

「やっぱり、寒いものは寒いよな」

絆は艶《つや》めくような目を夜空に向けた。

歌舞伎町《かぶきちょう》は眠らない街だ。東宝ビルから路地を二本入った辺りでも、ネオンの瞬きやLEDの眩《まぶ》しさに遮られ、空に星の輝きは薄かった。

月は最初からない。池袋《いけぶくろ》の特捜隊を出る頃には三日月が見えたが、七時前には東の空に果てていた。

絆は腕のG‐SHOCKを確認した。針は、もうすぐ午前零時になることを示していた。

絆が寄り掛かって立つテナントビルの地下から、いきなり腹に響くサウンドが駆け上がってきた。このビルの地下がライブハウスになっていることは、池袋署に勤務していた頃から把握していた。半グレの溜《た》まり場として、その道では有名な場所だった。

「さて、と」

絆は両肩を回し、近くに置いてある居酒屋のスタンド看板の裏に回った。

サウンドにまぎれて足音は聞こえなかったが、気配から上がってくるのは三人と踏んでいた。

短い呼気をひとつ吐き、両手の指を細かく動かしてみる。体感の寒さほどに強張《こわば》りはなかった。

ライブハウスのドアが閉まったようで、重低音はすぐに止《や》んだ。代わりにチェーンらしき金属音と、調子の少しズレた鼻歌が聞こえた。上がってくる三人の先頭にいる奴《やつ》からだろう。機嫌がいいようだ。耳に捉える足音も軽かった。

果たして、現れたのは十代後半から二十代前半で間違いのない三人だった。眉を細く剃《そ》り、口髭《ひげ》を整えていた。流行《はや》りなのかもしれないが、三人もそろうとただの没個性だ。

先頭の男は耳障りな鼻歌は止めたが、キーチェーンは回したままだった。

「今日の仕事はここまでだ。おい、どこ行こうか」

「どこでもいいっすよ」

「そうそう。松田《まつだ》さんの気分で」

「まあ、売っても売っても、儲《もう》けなんざ大してねえがよ」

先頭の松田が三人の中で兄貴格なのは間違いなかった。

「そうか。へっへっ。じゃあ、エミリとケイも呼ぼうぜ」

簡単に人物の確定が出来たのは有り難かった。

絆は、スタンド看板の裏から出て真っ直《す》ぐ三人に近づいた。この夜の狙《ねら》いは、まさにその松田だった。

「やあ。お取り込み中」

三人が一斉に軽口《かるくち》を止めて絆を睨《にら》んだ。

「なんだ手前《てめ》ぇ」

年下のひとりが凄《すご》みながら松田と絆の間に立った。

下っ端がまず前に出る。ワルの手順は呆《あき》れるほどに頑《かたく》なだ。

絆は軽く肩を押してそいつを脇に退《ど》け、おもむろに証票を開いて見せた。

「警視庁、東堂絆。ちなみに言えば組対特捜。わかるな」

三人が三人とも怯《ひる》んだ。特に松田は気が乱れに乱れた。

「松田輝夫《てるお》だね」

絆は証票をしまった手で一枚の紙を取り出し開いた。

「薬事法違反で逮捕状が出ている」

「なっ。お、俺ぁそんな物持ってねえぞ」

「そりゃそうだろう。今売ってきたんだろうからね」

絆は逮捕状をポケットに戻した。地下のドアが開いたようで、サウンドがまた駆け上がってきた。いい頃合いだろう。今度の気配は二つだった。

「ただし、車にはあるよね。大久保《おおくぼ》の方に、もう六時間くらい停《と》めてある君の車。いつも停めてるみたいだけど、違法駐車はいけないなあ」

「あ。……手前ぇ、汚ぇぞっ」

「準備もそれなりにはしてるんだよ。まあ、現行犯でもいけるけど。ねえ、そうですよね」

絆は松田の背後、階段の方に声を掛けた。答えはなかった。ただし、人は階段を上がってきた。

尖《とが》った顔、無精髭、色の悪い薄い唇、全体として不摂生。上野《うえの》で探偵業を営む元組対の男、片桐亮介《かたぎりりょうすけ》だった。コートの脇に、苦しそうに踠《もが》く若い男を抱え込むようにしていた。

「片桐さん」

絆はもう一度呼んだ。やはり無反応だった。

「おら。暴れんじゃねえや」

片桐は男を路上に投げ捨てた。その様子を見て、ああ、と絆は納得だ。顔を上げる片桐に耳を指し示す。

「おっと」

片桐は両手を耳にやった。抜いたのは耳栓だった。

「これ嵌《は》めといて正解だぜ。してなきゃあんな中に二時間もいられねえや」

「さ、最初から刑事が張ってたってのか⁉」

呻《うめ》くように呟《つぶや》いたのは絆が脇に退けた下っ端だ。

「刑事？　残念だな。俺ぁ、そんな野暮ったいもんじゃねえよ」

片桐が聞き咎《とが》めた。

「じゃ、じゃあなんだってんだ」

「そうだな」

考え、片桐は薄く笑った。

「通りすがりの、善意の都民。ま、そんなもんだな」

絆は肩を竦《すく》めた。

「だそうだよ。お前ら、彼に売ったんだろ」

言いながら松田を見れば、赤い顔で身体を小刻みに震わせていた。

「ふざけろ、コラァ」

怒気が濃い霧のようにその身から立ち上る。

絆は軽く首を振った。

「無駄だと思うよ。危ない物持ってるなら、出してもらおうかな」

手を差し出す、その瞬間だった。

松田が吠《ほ》え、ポケットからバタフライナイフを取り出した。若い二人も同種のナイフを取り出して身構える。

「うるせぇっ！」

が、絆は平然としたものだった。かえって溜息をつく。つきながらそのまま、左前方から突き出されてくる下っ端のナイフに右手のひらを出した。人差し指と中指の間に、刃の冷たさを感じるほどの見切りでナイフを通し、下っ端の拳《こぶし》をつかむ。有無を言わせず手首を甲の側に押し込めば、下っ端は悲鳴を上げて膝《ひざ》から落ちた。

ナイフは絆の指の間に残った。蹴り飛ばせば下っ端は右手首を押さえて路上を転がった。

松田ともう一人が顔を見合わせ、怒気をさらに膨らませながら同時に突っ掛けてくる素振りを見せた。

絆は右足を引き腰を沈め、静かに二人を睨んだ。

それ自体艶めくようだと言われる目が、闘気を収斂《しゅうれん》して白光を放つようだった。正伝《しょうでん》一刀流正統にして今剣聖と謳《うた》われる祖父典明《てんめい》にさえ、古今稀《まれ》と言わしめた絆の気魂が乗っている。現実にそんな気をまともに浴びれば鍛えのない者は――。

松田ももう一人も、それ以上動かなかった。いや、動けなかったというのが正しいだろう。絆が一歩出れば、二人は腰砕けになってアスファルトに沈んだ。

それで終わりだった。絆は二人の手からナイフを取り上げ、刃を収納した。

そのまま高くかざすと、網の目のような路地の数ケ所から人影が湧いた。待機してもらっていた新宿《しんじゅく》署の組対課員だった。

「ひっ」

「あ、こら手前ぇっ」

片桐の近くでいきなり、ティアドロップを買った若者が立ち上がってビルの隙間に走った。塞ぐように置いてあるポリバケツを飛び越える。なかなか身が軽いようだ。追う片桐が同じように飛び越えようとしてポリバケツを派手にぶちまけた。

「痛《い》ってぇ」

売人の三人を組対課員に頼み、絆は片桐の方に向かった。

押収したバタフライナイフの一本を握り、絆は起き上がろうとする片桐の背を踏んで路地に高く飛んだ。また、痛ってぇと聞こえた気がしたが、無視する。

絆は空中で身をひねり、男に向けてバタフライナイフを打った。印字打《いんじう》ちの要領だ。唸《うな》りを上げるナイフは狙い違《たが》わず、逃げる男の盆《ぼん》の窪《くぼ》に命中した。

「ぐあっ」

もんどり打って倒れ、男は路地に派手な音を響かせた。

路地奥に向かう組対課員にそちらも任せ、絆は片桐に近づいた。

「けっ。勝手に人を踏みつけんじゃねえや」

片桐は立ち上がるところだった。

「鈍《なま》ってますね。鍛え直した方がいいんじゃないですか？　よかったら一度、成田《なりた》に来ます？」

「冗談じゃねえや。二度と行かねえって決めてんだ」

手を差し出せば、片桐は荒く払い除《の》けて自力で立とうとした。

「今回はよ、ちょっと目算を誤っただけだ」

「ほんとに？　行けると確信して飛んだように見えましたけど」

「ふん。だったらなんだってんだ。放っとけ」

「そうはいきません。俺に付き合ってもらうってことは、危険と隣り合わせってことですから」

強引に手を貸し、片桐を立たせる。

「あら？」

汚れを叩《たた》いてやれば思わず声が出た。

「あ、なんだ？」

それには答えず絆は背中を丹念に叩いてやった。

絆が踏んだくっきりとした靴跡は、何度叩いても消えなかった。


首都圏サークル連絡会議、通称サ連の事務所マンションに絆が踏み込んでから、すでに一ケ月が過ぎていた。

サ連からは柳本《やなぎもと》と和久井《わくい》を始めとする現役生の計四人が逮捕起訴された。

逮捕したのは公安第二課ではない。刑事部捜査二課だ。

かの日、根こそぎ奪い取っていったのは公安第二課だが、直後の家宅捜索でサ連のマンションから盗聴器がいくつも見つかった。警察関係ではない何者かがサ連の様子を窺《うかが》い、内情を把握していたことは明白だった。秘匿を旨とする公安にとって、サ連は触るべからざるものだったようだ。

結果、サ連のマンションに出入りしていた現役四人は捜査第二課に差し戻された。

ただし、戻されたのはこの四人の学生だけだった。その先につながる市町村議会議員やサ連OBたちがどうなったのかは深い闇の中だ。公安第二課が引き取ったのは間違いないが、それ以上の情報はなにもなかった。バーターでなにかの取引、それも司法が関わることに使うつもりか、エスと呼ばれる情報提供者、いわゆるスパイに仕立てるつもりか。なんにしても、

「逮捕された方が何倍も楽だった、なんて思える地獄を味わわされるかもしれねえけどな」

片桐のひと言は意味深にしておそらく、真実だろう。

現役生の逮捕者を出した四大学は対応に追われ、このことはニュースにもなった。各大学の総長が謝罪文を出し、加盟大学すべてと図ってサ連は解体された。

〈ティアドロップ〉による官製談合、贈収賄関連は、四人の現役大学生をスケープゴートにすることにより、ほぼ有耶無耶《うやむや》のままに幕を閉じた。

それにしても――。

〈ティアドロップ〉に関しては、売人の元締めである八坂《やさか》らJET企画の連中が一網打尽になり、会社自体も消えた。コンテナ三基分のストックも押収した。実際の売人も二十人

以上を逮捕した。

それで〈ティアドロップ〉の流通は止まると警察上層部は判断した。だからこそ記者クラブに発表までした。その後、〈ティアドロップ〉は新型の危険ドラッグとして、一時はＴＶやラジオでずいぶん話題になった。それも今ではすでに下火だ。

にも拘《かかわ》らず、予想に反して〈ティアドロップ〉の流通は実際には止まらなかった。もちろん、流通の総量は激減している。ＪＥＴ企画とコンテナで狙いは正しかったと間違いなく言える。

ただ、壊滅というには物足りないのも事実のようだった。売人はまだいて、押収前に振り分けられた在庫分は間違いなくあるようだった。各所轄の専従班で、前月には計三人の新たな売人を逮捕送検した。みなデーモン流れの半グレだ。この夜の松田で四人目だが、前の三人はヤサにティアブルーとイエローをそれぞれ二百個ずつ隠し持っていた。

合わせて四百個は四百回分、ではない。ティアは一本で三十回以上使える。つまり、ひとりの売人が持っていたのは、約一万二千回分のドラッグだ。いずれ在庫は切れるだろうが、だからといってこれは静観しておける数ではなかった。

しかも、品薄になれば価格が上がる市場原理に則《のっと》り、いや原理以上に、この二ケ月で〈ティアドロップ〉は値上がりしていた。末端価格は八坂らに聞いた金額のほぼ三倍だった。逮捕した売人が操作しているわけではないようだ。ただ、ならどうして三倍かということには堅く口を閉ざして誰も答えない。

「ふん。コンテナごっそりやられて、沖田組も資金繰りが苦しいんだろうな」

片桐が放ったひと言は真の闇を白日の下に晒《さら》し、異論を差し挟む者は誰もいなかった。

けれど、そこに辿り着く証拠はまだなにもない。

絆は片桐と組んで狙いの頂を目指し、ほぼ東奔西走の毎日だった。

二

翌日の午後二時過ぎだった。

「おや。今日はまたゆっくりですね」

麴町《こうじまち》にあるMG興商に顔を出した西崎は、そんな迫水の挨拶《あいさつ》に迎えられた。

エレベータを下りて左右に分かれたガラス張りのオフィス、その右側だ。広い左側にはMG興商の表の商売、店舗開発部と輸入事業部、それに空間デザイン部が集められている。裏を担う右オフィスに人がいないのはいつものことだが、左オフィスにも数えるほどしか人がいなかった。

この日は土曜日だった。

「ああ。月末月初にやることがなくなったからね。真面目《まじめ》に本業に精を出してきたよ。土曜の午前診療まるまるだ」

西崎は迫水にコートを渡しながら、浅黒く東南アジアの匂いがする顔を歪《ゆが》めた。

十月の月初までは必ずMG興商に顔を出し、半日ほども掛けて西崎にしかわからないルートの噛《か》ませ方で請求書を書くのが常だった。MG興商と沖田組の根幹を担う半日だったと言っていい。

だがサ連に司直の手が入り、警視庁の公安部まで出てくる事態になってすべては水泡に帰した。一切から手を引くことをその場で決断した。以降、触ってもいない。

とはいえ、すべてが立ち消えというわけでもないだろう。迫水の手先が調べた結果、すでに動いていた斡旋《あっせん》利得、贈収賄のサ連OBや議員たちは普段通りの生活を続けているらしいが、この普段通りというのが曲者《くせもの》であり、大いに不審だった。おそらく彼らの背後に潜み、公安の連中が手ぐすね引いてまたぞろの動きを待っている。

「どうぞ」

迫水がコーヒーを淹《い》れて持ってきた。

「有り難う」

ひと口飲み、西崎は窓際のチェアに座った。眼下を往来する車の量も、土曜日はだいぶ少ないようだった。特にトラックなどの貨物が少ない。

「さて、聞くことだけは聞こうか」

西崎が促《うなが》せば、迫水は頷《うなず》いて口を開いた。

MG興商の表も裏も含めた業務報告。これだけは月末月初に残るルーティンワークだった。

「まずは空間デザインですが」

年末までのオープン工事がどれも大詰めで、十一月は十月よりだいぶ落ちたようだが、十二月はその分をカバーするほど多いらしい。その他の事業部は良くも悪くも堅調のようだ。

「で、こっちの連中に任せてる分ですが」

こっちの連中とは、右オフィスという意味だ。ほとんどが迫水につながる半グレたちで、MG興商が運営する飲食店や水商売を任せている。それぞれがそれぞれに、さらにアンダーグラウンドな商売を副業として持つ。たとえばフィリピンパブを任せた社員などは、その先で非合法のアジアンクラブを展開している。表のパブを訪れた太そうな客を、言質《げんち》を取られないように上手《うま》くそちらのクラブに誘導するのだ。待っているのは、粒も覚悟もそろえた女たちだ。フィリピンはもちろん、韓国や中国、タイ、ロシア、別の社員が動かす闇金に絡められて落ちた日本人もいた。だからアジアンクラブなのだ。

客と商談が決まれば、MG興商の真っ当な飲食の店舗に差し込んでそこから自由恋愛を装った。売春は裏だが飲食は表の二重商売だ。社員はみな、裏の利益は折半ということで懸命に動いていた。

ＭＧ興商はほかに、当初は金を生むわけではなかったが、この関連で右オフィスに所属する行政書士を三人抱えていた。全員が元半グレだった。

その昔、この三人が受け持ったのは主にフィリピーナの確保だった。一時期、シンガーやダンサーといった興行ビザで入ってくる女たちの数が激減した。法整備によって入管が厳しくなったからだ。世の中のフィリピンパブと言われる店に若く、〈結婚〉していない娘が見当たらなくなった時期もある。そのとき、九十日滞在ビザやタレントビザの国内外申請だけでなく、ルートで半グレに金を払い、偽装結婚も受け持ったのがこの連中だった。

その後、東日本大震災によって入管は一旦緩んだが、時間の経過とともにまた厳しさを増し、オリンピック開催決定を受けて小日向《こひなた》総理大臣が開かれた日本を標榜《ひょうぼう》するとまた緩み、波のように穏やかな緩急を繰り返した。もっとも実感として常に緩いままの入管も全国で二、三あった。タレントビザで入国するフィリピーナは持ち直した恰好だ。仕事が減った半グレ行政書士の三人に、西崎はアイデアを出した。

今、三人が動いているのは通常のホステス確保ともうひとつ、外国人就労搾取だった。

二〇一〇年に改正された〈外国人研修制度〉がそれだ。そのうちの、特に団体管理型の受け入れ方式だ。

企業単体型で研修生を希望する場合には社員数二十人に対して一人しか認められないが、

組合などが所属各社と協力し全体の数として受け入れを申請すると、この制限が大いに緩和される。

これが団体管理型であり、西崎の狙いだった。

西崎は全国各地で有名無実となっている、組合と名の付く一般社団法人を金や〈ティアドロップ〉で抱き込み、あるいはダミー会社を連ねて新しい社団法人を作り、半グレ行政書士に任せて研修生という名の低賃金労働者を入国させた。

入れてしまえば、右も左も、日本語もよくわからない連中は、いかようにも動かせた。

バイオケミカルのダミー組合で入れた研修生が、別の場所で牡蠣《かき》を剝《む》いていたり、コンクリートを練っていたりもする。

研修生たちには、生かさず殺さずで文句が出ないほどには賃金は払ってやった。現状の日本では、どこの雇い主も底値なほどの低賃金労働者を欲しているわけではない。重労働をこなす働き手が集まらないだけなのだ。

それでも送り込んだ先によってはあまりの過酷さに、逃げ出す者が毎年何人かはいた。この年で言えば、群馬《ぐんま》のネギ畑と神奈川の鉄工所に送り込んだフィリピン人とマレーシア人だが、西崎は特に気にはしなかった。入国と同時にパスポートは取り上げていた。

逃げ出した瞬間から連中は国のエージェント、もちろんこちらもＭＧ興商の息が掛かっているが、そこに渡航費用等、本国では返せない莫大な借金を背負った不法滞在者に落ちるのだ。誰ひとりとして、入管や大使館に訴え出る者はいない。いるわけもない。訴え出て強制送還されれば、待っているのは本国での借金地獄だから、もともとの目的である、日本で金を稼ぎたいという動機が薄れることもないだろう。

事実、三年期限の研修生も、もうすぐ順調にふた回り目を終える。各地に送り込んだ労働力は百人を超えていた。搾取、つまり売り上げ、いや利潤は、今では月に数千万にまでなっていた。

「クスリが基幹でしたからどれもそれを埋めるものではありませんが、西崎さんのお兄さんがあれこれ言ってくるのでなければ、堅調にして順調です。会社的に問題はなにもありません」

「ふふ。言ってこなければ、か」

西崎は二杯目のコーヒーを自分で淹れながら笑った。

「言ってくるだろうね。あれは勢いだけの根性なしだ。ただ、言ってきたときにはもう遅いだろう」

「窮鼠猫《きゅうそ》を嚙むという諺《ことわざ》もありますが。――ずいぶんデカい鼠《ねずみ》ですよ」

「それまでに、こっちがそれ以上の猫か虎にでもなっていればいいということだ」

「まあ、そういうことですね。そう、それに関しては」

迫水は報告を続けた。

丈一から〈ティアドロップ〉を任されていた若頭補佐の竹中《たけなか》以下が、JET企画の下で売人をしていた連中を絡め取ろうと躍起になっているという。氏名所在を突き止めるため、JETの残党からデーモンの生き残りまで、とにかく手当たり次第に半グレ狩りを進めているらしい。

「ふっ、馬鹿なことを。不毛だね。そんなことをしても、いったい元金のどれほどが回収出来るというんだろう」

「捕まえた売人に追い金をたかっているようですが」

「狙い通りではあるけどね。私たちが持つ分の価値を勝手に上げてくれている。自分の首をさらに締めるとも知らないで」

沖田組を潰《つぶ》す下準備は、西崎の中で整いつつあった。〈ティアドロップ〉は危ない橋を渡って売るだけのものでも、議員や組合を取り込むためだけのものでもない。西崎にとっては、持つだけで宝になることが一連の最終目的だった。

西崎は丈一に譲り渡したほかに、合わせれば沖田組のフロント企業である金松《かねまつ》リースが用意したコンテナ一基分にもなる三色のティアを持っていた。それを沖田組の親元、竜《りゅう》神会《じんかい》の総会長に差し出してつながりを持ち、悪くて沖田組と同格、あわよくば上に立つ。

西崎の遠大なシナリオの終着点はそこだった。沖田組が捌《さば》き始めてから〈ティアドロップ〉の値段は上がった。流通がほぼストップした今では、需給のバランスと丈一のあがきによってさらに価格は高騰している。西崎が元締めだったときのティアが金《きん》だとすれば、今やダイヤモンドのようなものだった。

あとは、タイミングだけが問題だった。竜神会の総会長と密かなコンタクトが取れるルートもすでに確立してあった。

「来年一杯は掛からないだろう」

西崎は窓辺に立ち、新宿通りを見下ろした。

「蒲田の邸宅からなにから、すべてを丈一から取り上げてやる」

信号が赤から青に変わり、一斉に動き出す車のエンジン音がかすかに聞こえた。

三

すべてが順調だったはずの西崎の計画に、ひと筋の影が差すのはそれから小一時間後だった。冬の陽が西の空に大きく傾き、空には一叢《ひとむら》の茜雲《あかねぐも》が流れていた。

MG興商の左オフィスにすら、もう人はいなかった。

土曜日の夕方だ。

「迫水。今日は久し振りに、どこかに呑《の》みに出るか」

「いいですね。土曜の銀座《ぎんざ》は小店《こだな》しか開いてませんから、六本木《ろっぽんぎ》にでも出ますか」

そんな話をしていた西崎の携帯が振動した。エムズの戸島からだった。かかってきたのは私用のスマホにだ。

西崎は眉を顰《ひそ》めた。普段は公用の携帯を指示してある。患者と医師の関係を装えるからだ。

それが私用のスマホにかかってきたということは、いい話であるわけもなかった。

「迫水。呑みはたぶん中止だ」

上着を手に取ろうとする迫水に声を掛けてから、西崎は携帯に出た。通話はスピーカーにした。迫水にも聞かせた方がいい話に違いない。

――あ、お。に、西ヤン。

「どうした」

古い馴染みの戸島は西崎をそう呼ぶ。声には案の定、狼狽《ろうばい》が聞こえた。

――西ヤン。悪ぃっ。

「だからどうした。落ち着け」

――あ、ああ。それがよ。

ジャスミンがいなくなったと戸島は言った。

「ジャスミン？　誰だ」

――エードにいたフィリピーナだ。三度目の来日の、えらい別嬪《べっぴん》の。

「ちょっと待て」

エードとはMG興商の横沢《よこざわ》という社員が関わる、非合法のアジアンクラブだ。横沢はレモンスカッシュとオレンジエードという二軒のフィリピンパブと、ヴィッラ・ブーケというイタリアンカフェを担当している。その裏がアジアンクラブ、スカッシュとエードだ。

戸島を待たせ、西崎は背後の迫水に顔を向けた。難しい顔をしていた。

「知っているか」

「三度目のジャスミンなら、知ってることは知ってます。見た目がいいんで、最初はたしか、エムズから女優扱いで興行ビザを取った娘《こ》ですね。ただ、いなくなったって――」

迫水は西崎のスマホに顔を近づけた。

「おい、戸島。なんでお前がいなくなったことを知ってるんだ」

――え、お。迫サン。ああ、今日はMGの日かい。

「どうでもいい。答えろ」

――それが、それでよ。――俺は、すっかりあいつに参っちまって。二回目の来日んときゃあ後半の半分だけだが、今回は俺の独占ってことで横沢に頼んだ。

説明が長くなるようだった。西崎はスマホをテーブルに置いた。

三度目の今回、戸島は最初からジャスミンを四人ぶっ込みのアパートに入れず、外のマンションに囲っていたという。

――でもよ、横沢には迷惑掛けてねえよ。倍払ってた。

ただ、ジャスミンは本物のシンガーだったようだ。どうしても歌いたいと、それが二回目のときから譲らない条件だったらしい。だから、ときおり美加絵に使ってくれるよう頼んだという。五反田のペリエには、景気が良かった時に使っていたピアノもステージもあった。美加絵に金も払ったという。相当な入れ揚げようだ。今回の来日からは、戸島が抱かない日は、ほぼ毎日ペリエで歌っていたらしい。

――それがよ、そのジャスミンって女が消えちまったんだ。今、俺ぁペリエだ。美加絵さんもいる。ここから帰ってこなかった。いつもなら朝には必ずマンションに戻ってるはずなんだ。い、いや、そんなことじゃねえんだ。それはいいんだ。いや、よくねえ。

次第にしどろもどろになる。ようやく話が核心に近づいて言い難《にく》いようだ。

――すまねえっ。

西崎も迫水も答えなかった。

話がどこに辿り着くか、戸島の話の先はまだ見えなかった。

――ねえんだよ。新馬場《しんばば》のブツがよ。ごっそり全部だ。やられちまった。

「なっ」

さすがに西崎も驚いた。というより衝撃だった。

新馬場とは西崎が偽名で借りた、品川《しながわ》にある４ＬＤＫの賃貸マンション二軒のことを指す。一軒目はもう長いが、二軒目はその隣が空いたらと不動産屋に頼んでおいたものが約二年前に出て、借りた。ブツとは当然、この二軒に分けて詰め込んだ、コンテナ一基分に相当するティアドロップだ。

「なんだとっ！」

――すまねえっ。

「なくなったって」

――悪ぃ。ジャスミンを囲ってたのは、あのマンションなんだ。こないだ借りた方にひと部屋空きがあったからよ。もちろん、ほかの部屋にゃ鍵掛けた。でよ、今朝から連絡が取れねえから行ったんだ。そしたら――。

合鍵を使ったようで、保管に使っていた二軒分の部屋が全部開けられ、ジャスミンとティアドロップが消えていたと戸島は言った。

西崎は全身に熱を帯びるのを感じた。声は出なかった。

「本当にジャスミンなのか。女一人でどうこう出来る量じゃないだろうに」

迫水が察するように代弁した。

――迫さん。運転手の若《わけ》ぇのも噛んでる。今年から会社で使いっぱにしてた半グレくそ野郎だ。そいつとジャスミンが共謀して持っていきやがった。

「間違いないんだな」

——ああ。初めに借りた方の防犯カメラ思い出してよ。あれだ。消防やら水道やらで、誰が入り込むかわからねえからって西ヤンに言われてつけたやつだ。検査に来る奴らは実際、箱詰めの品物見ても誰も不思議がらねえし、使ったことがねえから忘れてた。一週間分撮り溜めては消すやつだ。それを引っ張り出したら——。

三日前と二日前に、〈ティアドロップ〉の梱包《こんぽう》ケースを運び出すジャスミンと、畑山《はたけやま》という半グレが写っていたと戸島は呻くように言った。

「馬鹿野郎っ」

西崎の怒りが沸点を超えた。思わず口を衝《つ》いて出る。滅多にないことだった。

——そうなんだ。俺ぁ、どうしようもねえ馬鹿野郎でよ。やっぱり社長なんて呼ばれる器じゃねえや。狂走連合なんてぇ集まりで、馬鹿の総長やってるのが関の山だわ。

戸島はやけに殊勝だった。それで西崎にも冷静さが戻った。戸島が大変なことをしてくれたのは間違いない。が、謝って済むことではないのと同様に、怒鳴って済むことでもないと腑《ふ》に落ちる。

「いや。すまない。思わずな」

しなければならないことは非難でも叱責《しっせき》でもない。これからの対処だ。

——いいんだ。西ヤン、俺が悪ぃんだ。だからよ、落とし前は俺がきっちりつける。

「大丈夫か」

──心配してくれんのかい。やっぱり西ヤンだ。でもよ、昔から嫌々付き合ってくれてた西ヤンより、俺の方があいう半グレのことはわかってる。

「けどな、戸島」

──いいからいいから。俺の責任だ。任せてくれよ。

言い出したら聞かないのは昔からだ。それでも諫《いさ》め続けると、必ずどこかで勝手にキレる。

「わかった。だが、くれぐれも慎重にな。サ連が潰されたばかりだ。まだ色々な目が光ってると思った方がいい。出来たら動くなと言いたいくらいだ」

──わかった。しばらくは大人しくしてやるよ。

戸島は電話を切った。

「まったく。やってくれますね」

迫水は腕を組んだ。

「いいんですか。このままあいつに任せて」

懐疑的だと口調でわかった。

「まあ、いいわけはないな。情に流されるとろくなことはない」

西崎はテーブルのスマホを取り上げた。

「おや。どちらに」

「なに、保険のようでもあり、保険が利かない場合の本命のようでもあるところさ」

西崎はひとりの男の名を迫水に告げた。

「ほう」

さすがに迫水も感嘆を漏らす。そんな名だった。

「よくご存じで」

「半年くらい前、宮地《みやち》のことを始める前に少しね。だが、今になって役に立つとは思わなかった」

苦笑いにも似た笑みを見せ、西崎は登録だけはしてあった男の番号に電話を掛けた。初めての電話だ。すぐに出るとも一回で出るとも思わなかった。

予想通り、コールは長くなった。

(さて、保険の保険に鈴をつけるかどうか。考えものだが)

リズミカルなコールを聞きながら、西崎はある女の顔を思い浮かべた。

四

二日後、西崎は予約患者の診療をすべて終えた後、ひとりで上野を訪れた。不忍池《しのばずのいけ》近くの仲町《なかまち》通りだ。

アーチゲートの下には、現地待ち合わせの迫水が立っていた。その隣には、上野から秋《あき》葉《は》原《ばら》界隈《かいわい》でキャバクラと闇金を営むMG興商の社員・田野倉《たのくら》がいて、西崎に頭を下げた。

「遅かったですね」

迫水は言いながら手で田野倉を促した。

「ああ。最後の患者が少し長引いてね」

こっちです、と先頭に立つ田野倉の後ろを、西崎と迫水は並んで歩いた。

「田野倉。遠いのか」

「いや。すぐそこっす」

「そうか」

西崎は歩きながら通りを見回した。

小洒落《こじゃれ》たカフェやレストランがあるかと思えば、キャバクラのビルがあって居酒屋があったりもする。寿司屋の二階がランジェリーパブで、その上がネットカフェだったりもする。

新宿や池袋に比べてエリアが狭いからか、上野の繁華街は実に雑多だ。

「昼間に来たことはなかったが、ここは平日の午後でも活気があるな」

迫水も左右に目を動かす。

「まあ、山手《やまのて》線のターミナルで、北からの玄関口ですからね。ここまでゴチャゴチャしていると、私はあまり好きではありませんが」

「駄目か。私は大丈夫だが」

たしかに、母マリーグレースと群馬に向かったときも上野からだった。医科歯科大学時代も東京に来るとなると上野を通った。

「高崎の頃、居酒屋のオヤジに聞いたことがある。上野を終着駅と言う奴は成功者で、始発駅と言う奴はほとんど落伍者《らくごしゃ》だと」

「なるほど。わかりやすいですね」

先を行く田野倉が立ち止まった。

「ここの一本裏っす」

「そうか」

西崎も立ち止まり、迫水に顔を向けた。

「なら、お前はここでいい。打ち合わせ通り、京成《けいせい》近くの適当な店で落ち合おう。三十分以内に連絡しなかったら、すぐに脇の交番だ」

「わかってます」

お気をつけてと言って迫水は離脱した。

「じゃあ田野倉。行こうか」

「はい。こっちっす」

田野倉が西崎を案内したのは、道幅三メートルもない路地だった。派手なスタンド看板が邪魔なほどに立ち並ぶ。

「あの一番奥の角っこっす」

「じゃあ、お前もここで」

「了解っす」

もと来た道を田野倉が戻る。

西崎は田野倉に示された角口のビルに入った。

西崎が向かうのは最上階の七階だ。そこは上野に隠然たる力を持つチャイニーズ・マフィア、魏老五《ぎろうご》のオフィスだった。

エレベータを降りると、七階は窓がないようで薄暗かった。左右に長い廊下の真正面が、一面の黒壁になっているのも暗さを助長する一因だろう。

壁に入り口は、頑丈そうなスチール製の扉がただ一ケ所だけだった。扉の両サイドにだけ篝火《かがりび》を模したオブジェが置かれ、ライトアップの照明が揺れていた。

「ふん。大陸の連中はどこも同じだな。いちいち大仰で古風だ」

カメラアイのインターホンを押すと、すぐに通された。

室内は、想像以上に広かった。昔はフィリピンパブかなにかだったのだろう。そんな配置のソファのあちこちに総勢二十人以上の男たちがいて、値踏みするような目で西崎を見ていた。

無視して西崎は奥に進んだ。魏老五以外の男どもに用はなかった。

真っ直ぐ奥に進めば、一段高いステージがあった。両袖《りょうそで》に龍虎が彫られた偉そうな黒檀《こくたん》のデスクがあり、左右に立つ部下に守られるようにしてひとりの男が座っていた。

髪をオールバックにまとめた、やけに色が白く唇が赤い、蛇の印象の男だった。聞かなくてもわかる。魏老五で間違いないだろう。

百七十九センチの西崎とステージ上の魏老五は、目の高さがほぼ同じだった。

「西崎、次郎さんね」

風貌に相応《ふさわ》しい、中性的な声だった。

西崎は頷いた。

「十五分、遅刻よ」

「ああ、申し訳ありません。実は職場で――」

魏老五は遮り、手を振った。

「言い訳は要《い》らない。時間の無駄。ああだこうだと、それは日本人の悪い癖ね。見た目は違うくせに、中身がまんまの日本人なんて嘘臭《うそくさ》いよ」

西崎は片眉を上げた。初見でここまで辛辣《しんらつ》なことを口にする男もなかなかいない。少しばかり腹も立ったが、それでいいと抑える。下手な駆け引きなど必要ないことはわかった。

それでいい。

「なら、早速ですが」

「座ればいいね、どこでも。同じ高さで話されるのは好きじゃないね」

魏老五はソファを示した。

「このままで結構」

西崎は首を振った。

「私も見下されるのは嫌いでして。それに、もともと長居するつもりもありませんから」

ふんと鼻を鳴らし、魏老五はテーブルの上で腕を組んだ。

西崎は腹腔《ふっこう》に力を溜め、ひと通りを話した。

次第に、魏老五の目が濡《ぬ》れるような艶を増した。

「なるほど。西崎さん。依頼はつまり、奪われたティアの回収ね」

「そうです」

「悪い話にはしないと、それだけは電話で聞いたね」

「まずは、今は勝手に売っている元沖田組下の売人たち。取り込むもよし、品物を奪うもよし。その分は無条件で差し上げましょう。これは――」

西崎は上着の内ポケットから封筒を出し、近場のソファに投げた。

「こちらでつかんでいる分の氏名です」

「よくわかったね」

「最初から追ってましたので。ある程度は」

「周到ね。嫌いじゃない。でも、氏名だけかね」

「半グレのこういう連中は実際、住所不定でよく動きますから」

「本当に？」

魏老五の目が、わずかに波立つようだった。西崎は苦笑した。さすがにマフィアのボスだ。交渉事には慣れている。

「本当ですよ。半分は」

「半分、ね」

「依頼は大物の回収です。こちらもあなたたちの実力を見せて頂きたいと思いまして」

「なるほど。タダでは渡さないと」

「そういうことになりますか」

「それで？　まずは、と西崎さん言ったよ。ほかには？」

「回収出来たら、それもまあ、差し上げましょう」

「――わざわざ余禄をつけて探させておいて、要らないと」

「ええ。足がつくのが一番怖いですから」

「捕まるのが怖いなら、普通最初からこんなこと始めないね」

魏老五は椅子の背凭《せもた》れに身体を預け、暫時《ざんじ》天井を見上げた。

「なにが狙い？　なにをして欲しいのかね」

沖田組を潰す方向で、と西崎は告げた。

椅子の軋《きし》みがかすかに聞こえた。魏老五がゆっくりと身を起こす。

「ずいぶんな面倒事ね。兄弟争いに巻き込む気？」

「ほう。やはりご存じですか」

「無駄に人と会う気はないよ。徹底的に調べるね」

「なら話が早い。会ってもらえたということは、推《お》して知るべし、ですかね。そう、沖田組はジリ貧です。放っておいても竜神会に呑み込まれるでしょうが、引導は自分の手で渡してやりたい、と考えるくらいの執着はありまして」

「妄執《もうしゅう》ね。で、こちらの確実なメリットは？　まさか爆弾のような品物を押し付けるだけじゃダメよ。私はその辺を走り回ってる廃品回収業者じゃないね」

「廃品回収。ふっふっ。まさに。今はそうですね」

「――なにが可笑《おか》しいか」

声が一段、トーンを落とし冷えた気がした。部屋全体がそれに準《じゅん》じるようだ。何人かが静かに動いた。

だが、西崎は動じなかった。

「メリットとデメリット、リスクとリターンは捩《よじ》れて絡み合うもの。すべてが上手《うま》くいけば、こちらで廃品を商品にしてみせますが。ボスがお持ちの、コンテナ一基分のティアも含めて」

魏老五が片手を上げた。室内の動きがまた止まった。

「持っていきましたよね。金松リースのコンテナから」

「さてね。証拠でもあるかね」

「一応。昔から確保していたスジがありまして」

「スパイということね」

「ノーコメントです。ただ、探しても無駄ということはお伝えしましょうか」

魏老五は黙った。手だけで先を促す。

「三ケ月も持ったままで動きはない。意味するところはひとつ。売りのルート、これから開拓するんですよね。昔取った杵柄《きねづか》で、それがこちらにはある。いかがでしょう」

「タダ、ではないね」

西崎は頷いた。

「こちらも運営費用は掛かりますから」

「パーセンテージは?」

「折半で。それでもそちらには一切の経費が掛か――」

九・一と魏老五はよく響く声で言った。

「もちろん、こちらが九ね」

テーブルに身を乗り出す。口元には笑みがあった。どう見ても余裕だ。

「西崎さん。ちょっと間違ってる。料簡《りょうけん》が狭いね」

意味はよくわからなかった。

「あれは新しい商品。この国の中でなくとも十分売れるね。あのくらいの量ならあっという間よ。今は持ち出しの方法と時期を見計らってるとこ、と言ったら、お利口な西崎さんならわかるでしょ。為替《かわせ》のレートが、もう少し円高だといいね」

口の中で西崎は唸《うな》った。そういうことか。一瞬で背筋がうそ寒くなる。

「ま、でもひとりで来た根性は認めるね。八・二。これ以上は譲らないけど、西崎さんにも損はないよ」

わかったと、自分の口が動いた。すると、魏老五がOKと言って遠くなった。また背凭れに背中を預けたようだ。

それでようやく、自分が承諾したのだと確信が持てた。

「じゃあ、早速動くよ。でも、これも一応契約ね。書面は、そう、ノガミで闇金やってる彼に渡すよ。あ、キャバクラもやってたね」

声は出なかった。

魏老五が椅子を回転させた。会見は終了ということだろう。

ではよろしくと、西崎は出口に向かおうとした。

「ああ。ついでに言うと、西崎さん」

椅子が回った音がした。振り向く気力はなかった。

「探しても無駄と言ってた男ね。もうタイで行方不明ね。馬鹿な男よね」

答えず、西崎はオフィスを出た。駆け込むようにエレベータに乗る。

一階に降りれば空気は冷たかったが、かえって冷たさに現実を感じた。

歩きながら携帯で時刻を見る。ビルに入ってからまだ、十五分しか経っていなかった。

「あれが、チャイニーズ・マフィアか」

西崎は呟き、携帯から登録番号を呼び出した。

「やあ、オープン・ユア・ハート。また君に嬉《うれ》しい情報だよ。彼がきっと喜んでくれる」

話しながら西崎は、陽が傾き始めた仲町通りの雑踏に紛れた。

西崎が去ったオフィスでは、すぐに置手紙のような封筒からリストが取り出され、回覧された。十七人の名前がゴチック体で打ち出されたリストだ。

『どうか』

陽秀明《ようしゅうめい》だ。

魏老五は近くにいた体格のいい壮年の男に中国語で聞いた。魏老五のグループでNo.4の
『六人は知りません』

『ふん。ならそれだけでも無駄ではなかったな』

『どうしますか』

『小賢《こざか》しい男だったが、乗った以上約束は守る。竜神会の内情を見るのにもいい機会だ』

魏老五は椅子から立ち上がった。

『陽。片桐サンに連絡を』

『爺叔《イエシュウ》？　また爺叔を絡ませるのですか』

爺叔とは、幇《バン》の結束外にいる友人に対する最上級の敬称だ。魏老五はグループの全員にそれを強《し》いた。

若かりし頃の魏老五と片桐は、そんな関係だった。

『まあ、爺叔というよりその倅《せがれ》だな。あの東堂絆の動向は注目に値する』

『ほう』

『警察を侮《あなど》ると火傷《やけど》ではすまない。もちろん警察にも犬は沢山いる。情報はいくらでも入る。けれど、情報など最新であっても、決して今を表さない。その場その時で動くことが出来る者は怖いよ。お堅い日本の警察にも、そんな得体のしれない奴が何人かいる』

『ボスでも怖い奴、ですか』

『私でも、だね。だから東堂絆を知ることが出来たのは、ラッキーだ。覚えておけ』

『了解しました』

オ前ラモ覚エテオケ、と陽秀明は周りに言った。魏老五との遣《や》り取りは、わざと若い者たちに聞かせるためだったのかもしれない。

『付け加えるなら、あの爺叔にはときどき、餌《えさ》を与えてやらないとな。そうしないと、いつこっちに牙《きば》を剝いてくるかわからない。面倒臭いが、仕方がない』

肩を竦《すく》めながらも、言い方は楽しげだった。一同に軽い笑い声も起こる。

だからといって、魏老五の口元が笑みの形に崩れることはなかった。

五

同日の、時刻を少し遡《さかのぼ》った頃だった。

絆は慶応義塾《けいおうぎじゅく》やイタリア大使館にほど近い、芝《しば》三丁目の住宅街にいた。２ＤＫ七部屋の二階建てが二棟並ぶ、賃貸アパートの斜め前の街路だ。

生活道路の向こう側に立つアパートは玄関口が向かい合わせで、間に植えられた広葉樹が枝葉を広げて木陰を作っている。

一階角の、大家の自宅兼管理人室からちょうど出てきた片桐が、一番手前の木に寄り掛かって立った。

絆はG‐SHOCKで時刻を確認した。

「そろそろかな」

呟けば、絆のPモードが小さく鳴った。

——裏路地、OKです。

——ベランダ側、同じくOK。

——立体駐車場、マル被の所有車両、押さえました。

一斉通話の相手は、すべて三田《みた》署の組対課員だった。二人一組で、十五分前に近くの公園で打ち合わせして散った。それぞれが別の道を通り、この時間に各々の配置につくのは打ち合わせ通りだった。

絆はPモードを通話にした。

「正面中庭玄関側、共用部廊下のエアコン、作動の確認出来てます」

了解、とほぼそろった三組の声が聞こえた。

絆はこの日、〈ティアドロップ〉の売人を逮捕するために芝にいた。半グレ集団デーモン系の外郭に所属する若い売人だ。ヤサを突き止めたのは、三田署組対課員の情熱の賜物《たまもの》といえた。

絆は、生活道路から五十メートルほど先の大通りに、こちらの街路に入ってくる人影を認めた。何気なくを装ってぶらつくような足取りだったが、絆が姿を見せて手を上げれば反応があった。

三田署刑事組織犯罪対策課の大川《おおかわ》係長で間違いなかった。階級は最近昇級したばかりの絆と同じ、警部補だ。

絆は道路を渡り、片桐に近づいた。

「来たか」

二階を睨んでいた片桐が問う。絆は頷き、Ｐモードを手に取った。

「大川係長を確認。到着次第、作業を開始します」

了解、と先ほどより熱の籠もった三様の答えが返った。

やがて、大川がアパートの中庭に入ってきた。よおと絆に片手を上げ、片桐には頭を下げた。

警視庁のある年代の刑事にとって、特に剣道に優れた片桐は憧れの的であるらしい。渋谷の下田《しもだ》や若松《わかまつ》などもそうだ。大川の場合はその昔、今は絆の相棒である金田《かねだ》にずいぶん片桐の活躍を吹き込まれたというのもある。

「だから、俺ぁもう刑事じゃねえって――」

片桐は頭を掻《か》いて、まあいいやと呟いた。

絆は片桐が同じことを、ＪＥＴ企画が開催したＤＪイベントのときにも大川に言っていたことを思い出す。少し笑えた。

「係長。思ったより早かったですね」

絆は本題に入った。まあな、と大川は胸を張った。

「逃げられちゃ面倒だからな。こっちが動くときには、すぐに出してもらえる下準備もしといた」

大川は内ポケットから折りたたんだ紙を取り出し、絆に差し出した。家宅捜索令状だ。

「なるほど。じゃあ、皆さんの労苦を無駄にしないためにも、行きますか」

絆は受け取って、代わりに大川に一台のＰフォンを渡した。

「了解だ」

大川はそのまま、先ほどまで絆がいた道路の向こうに退いた。

正面切って売人宅に向かうのが、絆と片桐の役回りだった。

「作業を開始します。なにがあるかわかりません。よろしく」

三度目の答えには、ひときわ歯切れのいい大川の声も混じった。

絆が前、片桐が後ろで動き出す。

二階への階段は七部屋の真ん中にあった。売人の部屋は上がった正面の、二〇四号室だ。

令状を出し、表札をもう一度確認する。佐藤《さとう》とあった。間違いはない。

ただし——。

「片桐さん。わかります？」

「おい。舐《な》めんなよ」

室内には間違いなく、気配がふたつあった。片桐もわかっていたようだ。

「開いたらそのまま押し通ります。よろしく」

ラテックスの手袋をしながら、絆は片桐に場所を譲った。

片桐は躊躇《ちゅうちょ》することなくドアをノックした。

「佐藤さんねえ。大家ですけどねえ。下の人からあんたぁ、水漏れするって苦情言われたんですがね」

間延びした話し方は大家の特徴らしい。

公園での打ち合わせのとき、片桐の声がどうやら大家に似ていると、以前話を聞きに行った組対課員が太鼓判を押した。

片桐は探偵という商売の一般人だが、特捜隊の金田の代理ということで通っている。それだけで不平不満を言う者は誰もいない。

売人宅のドアを開けさせるために、怪しまれやすい宅配業者ではなく、受け入れられる確率の高い大家になった。

片桐がさきほど大家のところに行っていたのは、声と癖を聞くためだ。

なんだようるせぇなと声がした。

絆と片桐が入れ替わる。

開錠されてドアが開いた。

ロン毛の髭面《ひげづら》が、大家でない男を認めて目を見開いた。

「な、なんだ手前ぇ」

「警視庁」

言い終わる前に、絆の身体半分は玄関の中だった。反応を待たずに令状を佐藤の顔に押し付けた。

「ガサ入れの札だよ」

法令に則った、確認させるという行為の拡大版で動きを封じると、絆は佐藤を片桐に任せて室内に入った。

「動くなっ！」

決して大きくはないが、威を込めた気合の一声に窓ガラスが震えた。

ベランダ方向に走ろうとしていたもうひとりの男がリビングで固まった。喉を鳴らした。呼吸が苦しそうだった。

ゆっくり近づき、背を叩いた。床に崩れて男は大きく息を吸った。

佐藤と同じような齢《とし》回りの男だった。ポケットを探ると、財布と使い掛けのティアイエローが入っていた。

「現行犯だね」

財布から免許証を押収する。山下繁《やましたしげる》という男だった。

そのまま絆は部屋の内部を見回した。大して調度品のない部屋だった。

「おら。暴れんじゃねえよ」

片桐が佐藤を押さえながら入ってきた。

絆は入れ替わるようにキッチンに動いた。大型の冷蔵庫があったが、作動音は聞こえなかった。上段から下段まで、中には整理されたブルーとイエローの〈ティアドロップ〉が詰まっていた。

絆はリビングに戻り、Ｐモードをオンにした。

「現物確保。余禄《よろく》有り」

安堵《あんど》の気配を絆は予想した。

そのときだった。Ｐモードから大川の声が聞こえた。

――ちょっと待て。東堂、アパートの前に濃いスモークのバンが止まった。って、――おっ。あれは金松リースの社員と、千目連《せんもくれん》のチンピラだ。全部で三人いる。そっちに向かったぞ。

絆は片桐と顔を見合わせた。

「千目連ってなぁ、あれだな。若頭補佐の組か」

絆は頷いた。佐藤と山下の売人ふたりが青くなって震える。千目連が沖田組関連のヤクザだということは知っているようだ。

「命が惜しかったら、俺たちの邪魔も逃亡も考えず大人しく捕まることだ。いいかい」

絆の言葉にふたりは顎《あご》を引いた。

キッチンに入り、絆はふたりを手錠につないだ。玄関から丸見えのリビングは片桐が扉を閉め、遅れてキッチンに入りガラス戸も閉めた。この辺は阿吽《あうん》の呼吸だ。

絆はPモードを取った。

「録音は取りますが、家宅侵入だけでも引っ張ります。公務執行妨害も付くかな。引き続きよろしく」

——行ったぞ。ドアの前だ。

絆の語尾に大川の言葉が被《かぶ》る。ほぼ同時にドアが荒々しくノックされた。

「佐藤さぁん。佐藤さんよぉ。いるんだろう。なあ」

辺り憚《はばか》らない声だった。ガチャリと音がした。

「へっへっ。不用心だぜぇ。なあ、佐藤明夫《あきお》さんよぉ」

フローリングの廊下に足音がした。絆も人のことは言えないが、三人とも土足だった。

「逃げ出そうなんてするなよ。無駄な足掻《あが》きだぜぇ。どっこまでも追っ掛けっからよぉ」

リビングの扉が開けられた。曇りガラスの向こうに三人の男が滲《にじ》んだ。

「わかってんだぜぇ。俺らにも分けてくれよ。持ってったクスリよぉ」

ひとりがガラス戸に手を掛けるのが見えた。

絆は拍子を読んでこちらから開けた。後《ご》の先《せん》というやつだ。虚を衝《つ》けば人は心身をわずかでも固める。その隙を縫って絆は三人の向こうに回った。

「あ、おっ」

絆の知らない先頭のチンピラが、言葉にならない声を出した。もう一人も同じようなものだった。

ただ、残るひとりは驚愕《きょうがく》に目をひん剝いた。魏洪盛《ぎこうせい》を殺《や》った宮地琢《たく》の件で金松リースを訪れた際、その場にいた男だった。

「て、手前ぇはサツの。ヤベェッ!」

絶叫のような声が引き金となった。全員が無秩序に動き出す。

後ろを向いたチンピラの顔には、有無を言わせず片桐が拳をぶち込んだ。

「おっと」

ほぼ同時に、絆はベランダに飛び出そうとするチンピラの前に回った。

「邪魔臭えっ」

雑な右ストレートが突き出されるが、そんなものが当たるわけもない。絆はスウェイで鼻先に拳を見流し、戻る反動に乗せて掌底《しょうてい》をチンピラの眉間《みけん》に叩き込む。一瞬にして白目を剝いたチンピラの髪をつかんで前に引けば、そのままあっさり膝から床に崩れた。

ここまで瞬き二つ、三つだったが、その間に残るひとり、金松リースの社員が玄関に達していた。

そちらは絆より先に片桐が追っていた。

男がドアを開けると、外で大川の苦鳴が聞こえた。応援に入ろうとして、タイミング悪くドアに激突したようだ。

社員はそのまま階段を駆け下りて行った。片桐が一瞬だけ立ち止まり、階段に向かわず共用廊下の左に消えた。アパート前面の道路側だ。

絆もわずかに遅れて廊下に出た。片桐が手摺《てすり》を飛び越え、真下のバンに飛び降りようとするところだった。

派手な音がした。この野郎っ、と片桐の気合も聞こえる。

「やれやれ」

絆はそれ以上追わなかった。空気の流れも気配も、年寄りの勇猛果敢な冷や水を伝える。苦笑さえ漏れた。

「か、確保ぉっ」

やがて階下から酒焼けの、いや、それ以上に熱い、片桐の声がした。

三田署員に連行されてゆく五人を眺めながら、片桐は中庭の木に寄り掛かって煙草《たばこ》を一本吸いつけた。

（確保って、おい）

少々の後悔が紫煙とともに揺らめいた。思わず警官時代の口調が蘇った。穴があったら入りたい、気がしないでもない。

（しまったな）

このところ絆といることが多かった。

組対にいた頃、希望のまだあった頃。心の中の引き出しに掛けた鍵が緩んだかもしれない。いや、錆《さび》付きまくって壊れたか。その気になってしまった。

絆が缶コーヒーを手に寄ってきた。気のせいか、目が笑っている気がした。まともに顔を合わせる気になれなかった。

「お疲れ様です」

斜めに見ながらコーヒーだけ受け取った。ホットだった。プルトップを開け、半分ほど一気に飲んだ。胃の中が熱かった。

「で、どうです？」

「なにが」

聞き返せば絆は、今度こそ本当に笑いながら片桐の足を指差した。ちっ、わかってやがったかと内心で毒づく。

「なんでもねえよ」

「本当に？」

「うるせぇな。なんでもねえって言ったらなんでもねえよ」

言ってはみたが、証明して見せるにはもう少し時間が必要だった。木に寄り掛かっているのは伊達《だて》ではない。バンの屋根上に飛び降りた衝撃で、右足がまだ痺《しび》れていた。

「片桐さん。やっぱり成田に行く必要がありますね。少し鍛えないと」

絆はお構いなしに話を進めた。

「爺ちゃんに話したら、生きて足掻いているなら一度くらい顔を出せ、とあの馬鹿に言っておけと言われました」

「――爺さんがか」

「ええ。それ以上は聞きませんでしたけど」

「そうか。爺さんが」

信じられない気が半分。

あの爺さんなら言うだろう、言ってくれるだろうという気が半分。

閲《せめ》ぎ合って片桐は固まった。立ち上る紫煙を見つめた。風はなかった。真っ直ぐ上る。

「考えとくよ」

思わずそんな言葉が口を衝いて出た。

絆が笑った。少々癪《しゃく》に障った。

「逮捕はしてもよ。売人の方は初めからなにも知らねえだろうし、金松リースも千目連も、組のこと口割らせるなぁ、至難の業だろうな」

言っていて自分の声が遠かった。意味はあるようでない。最初からわかっていることだ。成田に、東堂典明を訪ねる。剣を交える。そんな日が二度と来るとは思わなかったが、不思議なものだ。

片桐はコーヒーを飲み干した。ぬるいが沁《し》みた。空き缶に煙草の灰を落とす。

「そう言えば、明日は非番だったな。ひとつケリついたし、休めるんだろ。あの娘《こ》とデートか」

「まあ、そうですね」

歯切れが悪かった。どうしたとは聞かない。プライベートに関して詮索はしない。なにがあっても、それは家族の仕事だ。

片桐は血を分けただけで、家族ではないと骨身に沁みている。

携帯が振動した。銜《くわ》え煙草でスマホの画面を見た。

「けっ」

絆とは真反対の男からだった。現実が嫌というほど蘇る。

「はい」

耳障りな少し高い声が聞こえた。相槌《あいづち》だけで聞き、わかったと言って電話を切った。

「どうしました。依頼ですか」

「さぁて。よくはわからねえ」

片桐は寄り掛かった木から離れた。足の痺れはだいたい取れていた。

「片桐さんも久し振りでしょう。明日はゆっくり休んでください。いや、養生してくださ
い、かな」

「そうだな。まあ、あんまりそうもいかねえみたいだが」

「なんか、歯切れ悪いですね」

「お前と一緒だよ。――どうもな、俺も明日は、どうやら腐れ縁とデートみてぇだ。面倒
臭ぇが」

いつの間にか燃え尽きていた煙草を、片桐は言葉とともに空き缶に落とした。

第二章

一

翌日も、朝から冬晴れの一日だった。

「やばいやばい」

絆はＪＲ恵比寿《えびす》駅で電車を飛び降りた。腕のＧ‐ＳＨＯＣＫを見る。針は無情にも十二時十五分を指していた。いつものことと言えばいつものことだが、すでに待ち合わせの時間から一時間以上が過ぎていた。ここまで遅れたことは、おそらく今までない。

前日は三田署で途中まで取り調べに立ち会い、終電前だったので成田の自宅に帰った。家主である典明は駅前のキャバクラに〈出勤〉したようで不在だった。

典明の夕食はたいがい、隣家の渡邊《わたなべ》家が用意してくれる。ラップの掛かった残り物がちゃぶ台にあった。

シャワーを浴びてそれらを食うと、猛烈な睡魔に襲われた。二十七歳の肉体に疑いはまだ持たなかったが、特捜隊の仮眠室暮らしに、知らず疲れが溜まっていたようだ。携帯アラームのセットを忘れて、そのままベッドに潜り込んでしまった。

だから目覚めると、自分でも納得の九時だった。慌ててベッドから飛び出すと、庭先に釣《つ》り竿《ざお》を担いだ典明がいた。

真っ白な総髪を引っ張って束ね、今年七十六歳にして皺《しわ》の少ない細い顔立ち。そのくせ滲み出る精気というか、剣気が圧倒的だ。それが正伝一刀流第十九代正統にして、歴代の警視総監も弟子のうちだという東堂典明という男だった。キャバクラ好きは玉に瑕《きず》だが、それにしても防寒着に釣り竿を担いでいると、ただの地元の矍鑠《かくしゃく》とした爺さんだ。

「おう。早いな」

「い、いや。早くないんだ」

久し振りの顔合わせもそこそこに、取って付けたような朝食と着替えだけで絆はロードレーサーにまたがった。

そうしてとにかく、恵比寿に辿り着いたのが今だった。成田で寝坊をすると都内は遠い。乗らなければいけないはずの電車を一本逃しただけで二十分近く遅れる。絆は三本逃した。遠い分、こういうとき相手の出発には余裕があるはずだが、尚美に送ったＬＩＮＥはすぐ既読になったのに、返事はなかった。

「やばいやばい。やば過ぎる」

歩いたことのないいつもの道を、いつにも増して全力で駆けた。ベストタイムかもなどと不遜《ふそん》なことを思いながらアメリカ橋公園に飛び込む。

飛び込み、尚美の姿を探して絆は固まった。

星野尚美は、いつものベンチにいた。最近はパンツルックが多かったが、この日はフレアスカートだった。リボンのついた踵《かかと》のある靴も履いていた。ナチュラルストレートの黒髪と愛らしい顔立ちは、今年二十四歳の実年齢より幼く見えた。付き合ってもうすぐ二年になるが、大学で初めて出会った頃を思い出す。

壊れそうな、センシティブな、出雲《いずも》の老舗《しにせ》旅館の、お嬢様。

絆は頭を掻きながらゆっくりと尚美に近づいた。正確には、尚美たちにだ。

「東堂先輩。遅いですよ」

「そうそう。いつもこんななんだ。尚美に聞きましたよ。時間にルーズなんて、イメージ壊れるなぁ」

「――ええと。樫宮《かしみや》、なんでお前がいるんだ。片岡《かたおか》さん、君も」

尚美の両脇を固めるようにベンチから立ち上がったのは、絆より縦横に体格のいい樫宮智弘《ともひろ》と、ショートヘアで目の大きい片岡三貴《みき》だった。

樫宮はW大ラグビー部で絆の後輩にして、尚美の同輩だ。絆の代で成し得なかった大学選手権を手にした男であり、尚美に四年間告白しては玉砕し続けたという逸話も持つ。

もうひとりの片岡三貴は約四ケ月前、エムズが仕掛けた〈爆音Vol.20〉というイベントで初めて会った、尚美のクラスメイトだという軽音楽部の娘だ。

「ふふっ。私が声掛けたの。だって樫宮君が、ね」

「そうです。有り難い話です」

たしかに、樫宮は〈爆音〉の夜に片岡三貴を可愛いと言ってはいたが。

「三貴ちゃんも乗ってくれて」

「そう。最近いろいろマンネリだから」

交互に見て、絆は素朴な疑問を口にした。

「二人とも今日は平日だけど。仕事は？」

揃《そろ》って有休、と声が返る。

「ああ。そう」

「絆君の驚く顔が見たくてセッティングしたんだけど。ここまで遅れるなんてね。話相手が出来て、そっちの方で助かっちゃったかな」

尚美は肩を竦め、舌を出した。遅刻を言われると、絆に返す言葉はなかった。

「まあ、じゃ、とにかく行こうか」

釈然としないものはあったが、歩き出す。尚美が絆の隣に並んだ。

公園を出て横断歩道を渡る。平日だが昼時になると、さすがにガーデンプレイスも賑《にぎ》わいを見せるようだ。並ばないと入れないほど、ビアステーションやピッツァ&パスタの店も混んでいた。

ビアステーションの順番表に名前を書き込んで並ぶ。四番目だった。

「あーあ。先輩がもう少し早ければなあ」

樫宮のクレームに尚美が笑い、思い出したように手を叩いた。

「そうそう。絆君。一昨日《おととい》、三貴ちゃんと上野に行ったの。そうしたらまた見たのよ」

「えっ。なにを？」

「目薬の人。ほら、この前のイベントのときみたいに、飲んじゃう人。ね、三貴ちゃん」

「えっ、あ。うん」

「――へぇ」

遅刻モードの絆に、この瞬間スイッチが入った。

「ふふっ。また私、役に立っちゃうのかな」

尚美は嬉しそうに言ったが、〈ティアドロップ〉の一連は、この尚美の言動に導かれた節があった。尚美は絆にとって彼女だが、間違いなく事件になんらかの関わりを持っていた。

ただ、まだ確証はなにもなく、どことどうつながっているのかも判然としていない。特捜隊のコンビである金田にはそれとなく話したが、まだなんとも難しいねと、答えはそこで止まっていた。

四ケ月前の〈爆音Vol.20〉以来だが、またぞろなにかが絆を動かそうとしているようだった。

背後に順番待ちの列が長くなっていた。ちょっと電話、と立ち位置を樫宮に譲った。

離れ際、それとなく絆は三貴を呼んだ。

「どうしました？」

「ちょっと聞きたいんだけど、尚美と上野に行ったの？」

列の最後尾辺りで絆は聞いた。尚美は樫宮と談笑しているようで、こちらを見てはいなかった。

「えっ。はい。行きましたけど」

「それって、前から決まってたのかい？」

「いえ。急に尚美から電話が掛かってきて、行こうって」

「目的は」

「目的ですか？」

三貴は顎に指をあて、考えるようだったが首を傾《かし》げた。

「そういえば、特にはなにもなかったかなあ。行ってご飯食べて、不忍池《しのばずのいけ》をぶらついて帰るだけだったから」

「今日のことは？」

「そのときに、尚美が今度付き合ってって。樫宮君がいるのは知らなかったです」

「ふぅん。——で、君は実際見たの」

「なにをです？」

「目薬飲む人」

「ああ。それはまあ、ちゃんと見たかって言われると、見たような、見ないような」

歯切れは悪かった。

「尚美が見たっていうなら、そうかなあって程度で。夕方だったんですよ。不忍池が光ってて。そっちを指差しながら、ほらほらって尚美が言うから——」

三貴は大きな目で、下からじっと絆を見上げた。

「なんか先輩、これって尋問みたいですね」

「えっ。いや、そんなことないよ」

絆は大げさに手を振って見せた。性急さを反省する。

「はは。ゴメン。職業病が出ちゃったかな」

謝れば、三貴は腰に手を当てた。

「まさか尚美にもそんな風に接してませんよね。あの娘、デリケートなんですから」

「そうだね。大丈夫大丈夫。だからこそ聞いておきたかったんだ。本当なら、二度も見るなんて普通じゃないと思ってね」

「まあ、たしかに」

「有り難う。もういいよ」

列に戻る三貴と別れ、絆は携帯をしばらく耳に当てた。特にどこに電話を掛けるつもりもない。フリだ。

すべては明日からでいい。一連に関わる尚美が上野と告げる以上、誘導したい先は間違いなくノガミの魏老五だろう。片桐の助力が不可欠だ。

流れる綿雲が真上にきたら戻ろうと決めて立てば、列の前方から「せんぱぁい」と樫宮の声がした。

どうやら、席の順番が回ってきたようだった。

二

天気予報に拠《よ》れば、翌日は遅くなってから雨が降るということだった。昼間の降水確率は三十パーセント以下だったが、その割に朝から雲が多い。体感としては肌寒かった。

絆はこの日、十一時少し前に桜田門《さくらだもん》の警視庁を訪れた。金田との待ち合わせだった。

前日、尚美や樫宮たちと午後十時前に別れた絆は、成田への電車の中で金田にメールを打った。一日を通しての尚美の言動に関してだ。

詳しい遣り取りをする時間はたっぷりあった。そのくらい成田は遠い。最後は十五分ほどの間を置き、金田からの返信だった。

〈そろそろ部長に一回報告をしておこう。アポは今取った。明日の十一時過ぎならいいそうだ。直接、ホンシャの玄関前に十一時集合で〉

ホンシャとは桜田門の警視庁を指す隠語だ。最近の若い職員はあまり言わないが、年配者は未《いま》だに使う。ちなみに所轄は支社《シシャ》だ。

それにしても、本庁へ直行でいいというのは有り難かった。前日は寝坊した結果だが、約八時間は自分のベッドで寝られた。この日はそれ以上寝た。気力体力ともに充実した状態で、本来なら昨日乗るはずだったのと同じ電車に、だからこの日は余裕で間に合った。

「それにしても、ずいぶん久し振りな気がするなぁ」

十七階建ての本部庁舎を絆は見上げた。

所轄時代に一回研修で来た気はしたが、それが渋谷署勤務のときだったか池袋署のときだったかは曖昧《あいまい》だ。少なくとも、一年半以上前だということは確実だった。

「はい。おはようさん」

玄関前で、先に到着していた金田が片手を上げた。

短く刈った半白《はんぱく》の頭の短軀《たんく》で、ぎょろ目に厚い唇、太い鼻は見るからにマル暴顔だが、そういう顔だからこそ笑うと憎めない。定年を控えて今は言動も態度も大人しいが、昔は部下もヤクザも一緒くたに相当怒鳴りまくったらしい。

絆と金田は、絆が初任で本庁組対に配属されたときからの付き合いだ。そのとき金田は絆の教育係だった。

「おはようございます」

絆は頭を下げた。

「東堂君。よく寝られたかい」

金田は部下を必ず君付けで呼ぶ。いつからかは知らないが、絆にとっては最初からだ。

「はい。おかげさまで」

「手足を伸ばして、ゆったり寝るのは大事だからね」

直行は金田の配慮のようだ。こういう気持ちに助けられているという実感は、常にあった。

金田は時計を確認した。

「じゃあ、早速だけどね。部長も、スケジュールの間をこじ開けてくれたようだから」

行こうかと、金田は先に立ってホールに入った。

平日の本庁舎一階ホールは、常に雑多な賑わいに満ちている。本庁職員だけでなく、各省庁の職員、ネタ探しのライターや記者、見学ツアーの一般人まで多種多様だ。

内か外かと言われれば、本庁の一階ホールは明らかに外だ。不祥事と隠蔽ばかりがニュースになる昨今、押し寄せる透明性という世論の怒濤《どとう》に、一階ホールは完全に呑み込まれていた。

金田は壁際の受付に向かった。

近づく絆たちを認め、大輪の花が飾られた受付台の向こうでひとりが立ち上がった。

「金田さんも東堂さんも、お久し振りですね」

ソバージュヘアを揺らして頭を下げたのは菅生奈々《すごうなな》という、この年たしか二十三歳になる受付嬢だった。絆が本庁に配属されていた半年間だけの顔見知りだったが、歳も近く、ともにその年のルーキーということで、受付を通ると会話もした。

隣で様子を見るようにしているもうひとりの受付嬢は、知らない顔だった。

「あれ。大橋《おおはし》さんは？」

絆は菅生に聞いた。

大橋とは菅生の先輩で、絆が知る当時の受付を取り仕切っていた大橋恵子《けいこ》のことだ。警視庁職員I種試験で最高点を取ったという美貌の才女だった。

「辞めたのかい」

「いえ。辞めたっていうか、そうですねぇ」

聞きながら、ふと絆は異な感覚にとらわれて右手に顔を振り向けた。本当に、不思議な感覚だった。

絆は研ぎ澄まされた五感の感応力によって、周囲を取り巻く様々な気が感じられた。悪気や邪気など、特に向かってくるものは〈観〉《み》えた。

正伝一刀流口伝《くでん》に曰《いわ》く、正しくは〈観〉《かん》という。果てなき鍛錬と恐るべき稟質《ひんしつ》、求道と天稟《てんぴん》の賜物だろうが、絆は〈観〉を備えていた。

多種多様な人々の気配は、緩やかな波のように辺りを漂っている。全体として絆は〈観〉るともなく捉えていた。

そこにエレベータの方から、明らかに異質な気がひとつ現れた。

消しているわけではない。レベルによるが、絆の祖父典明くらいになると、意識して消されたら追うのは至難だ。現れた気は確実にそこにある以上、おそらく意識もせず、いや、意識していないからこそ、ほかの気とまるで違っていた。

その気は波でもなく、漂いもしなかった。硬くひとりを覆う、まるでバリアのようだった。悪意も邪気もない。緩めればほかの気と同化し、意識すれば一瞬で消せるギリギリの間境《まざかい》といったところか。

恐ろしく鍛え抜かれたパーソナルスペース、と絆は理解した。全体として揺蕩《たゆた》う波のような気配の中で、だからその気だけは異質だった。

実際に見ようとすると、間違いなく先にそちらからの視線があった。一瞬、絆は背筋が痺れるような感覚に襲われた。ここが戦場であったらと思えば、迂闊《うかつ》も不覚も絆の方にあった。

その間に、不可解な気は霧散していた。かろうじて方角だけは断定したが、人の流れが被って人物を特定することは出来なかった。

エレベータ側から出てホールを歩く中で気になるのはある一団だけだった。胡麻塩《ごましお》の角刈り頭で職人のように顔が厳《いか》つい男と、スマートだが無精髭の風貌に少し険のある男のふたりだ。どちらも鍛えられた捜査員であることは挙措《きょそ》を見ればわかったが、それでも絆の虚を衝くことが出来るとは思えない。といって、ほかに思い当たる人物はいなかった。

ふたりは真っ直ぐ受付にやってきた。正確には受付ではなく、〈観〉る限り意識は受付の前に立つ絆たちの方にあった。

「あの、東堂さん。どうかしました?」

菅生の声がした。話の途中だったことを思い出す。

「おっと、ごめんごめん」

平静を装おうとすると、こりゃぁカネさん、と濁声《だみごえ》が聞こえた。視界の端で、あの胡麻塩頭が手を上げていた。絆は金田の後ろに退いた。

「ああ。鳥居《とりい》君じゃないですか。ご無沙汰ですね。元気でやってますか」

「それだけが取り柄でやってますよ」

「おっと。奈々ちゃん。今日も花ぁ綺麗《きれい》だな。こりゃなんだい？」

無精髭が菅生に話し掛ける。

金田に鳥居と呼ばれた男の目が絆に動いた。なかなか強い、出来る捜査員の目だった。

「カネさん。こっちは？」

「ああ。彼はね――」

「この花はぁ」

金田と菅生の声が重なった。

今度は油断しなかった。

先程来からゆっくりとほんのかすかにだが、気配とも呼べない、気配の残滓《ざんし》のような意識が背後に近づいてくるのが〈観〉えていた。

絆は無拍子に振り返った。

「組対特捜の東堂絆です」

「それって、ソルボンヌだよね」

絆と、絆の背後にいた男の答えが重なった。

男は絆にとって、意外を超える人物だった。黒髪黒瞳で彫りが深く、眉が濃く、背が高く、恐ろしく見栄えのする男だった。

なぜか熱砂がイメージされた。血の中に中東が半分、いや、四分の一は間違いないだろう。

「へえ」

先に口を開いたのはそちらだった。なぜか金田に緊張の気配があった。

「東堂絆君か。うん、聞いたことがある。君、ずいぶん面白いね」

「ええと」

どう接するべきか迷っていると、男は自分から手を差し伸べた。

「初めまして、だね。小日向純也《じゅんや》です」

「はぁ。って、ええっ」

手を握ろうとして絆は動きを止めた。

絆も、その名だけは聞いたことがあった。

現内閣総理大臣小日向一臣《かずおみ》と、悲劇のヒロイン芦名《あしな》ヒュリア香織《かおり》の子。いや、それは野次馬ネタだ。それもあって驚いたのは事実だが、どうでもいい。ただ別の一点は流せない。

小日向純也はこの秋から、警視正だった。

引こうとする手を小日向は強引に握った。握って満足げな笑みを見せた。

魅力的と言わざるを得ないが、笑い顔はどこかチェシャ猫めいていた。

不気味ないたずら猫だ。

「剣道だね。才能もあるんだろうけど、その道一本で僕を捉えるっていうのは凄いね。こりゃあ、武道に対する認識を改めないといけないかな」

「ひとつ質問、よろしいですか」

絆は間近に、トルコ人とのクオーターの男をやや見上げた。

「ん？　なんだい」

「まだ、本気じゃないですよね」

残滓のような意識は、敢《あ》えて漂わせていたような気がする。絆を試すためか、あるいは悪戯《いたずら》でか。

「ははっ。さぁて。どうだろう」

目の輝きに外連《けれん》は見られなかった。

小日向は握手の手を離し、そのまま軽く上げて振った。

「菅生さん。これから公園に出て、そのまま昼にするから。なにか連絡が下りてきたら」

いつも通りよろしくね、と続けて歩き出す。

「了解です」

菅生が答えれば、鳥居が金田にそれじゃあと頭を下げて小日向に続いた。無精髭は、菅生に向かって顔を近づけた。

「奈々ちゃん。新人研修で忙しいんだろうけどよ、たまには姐御《あねご》を昼飯に誘ってやってよ。

費用は全部持つって分室長が言ってたぜ」

「わあ。それこそ了解でぇす」

喜ぶ菅生を尻目に、男は絆と金田に軽く会釈してふたりの後を追った。

不思議な一行だった。絆はしばらく目で追った。

小日向純也の気配は、今ではほかの誰とも変わらないように〈観〉えた。

ただし、こちらを同じように〈観〉返しているような感じもした。

この間に、金田が入館証の手続きを終えていた。

「あ、そうそう。東堂さん」

菅生が軽く手を打った。

「さっきの質問ですけど。大橋先輩、今はあの方々の分室にいるんです」

「へえ。そうなんだ。分室っていうと――」

「ほら、東堂君。油を売ってる時間はないよ」

金田が急《せ》き立てるようにして絆の肩を叩いた。

「え。あ、はい」

じゃあと菅生に笑いかけ、先を行く金田に追いつく。並ぶと、東堂君と金田が呼んだ。

「あの連中が気になるかい」

「そうですね。気になると言えば気になりますか。あの警視正、尋常じゃないですね」

「そうかい。まあ、公安だからね」

「公安？　部署、分室って言ってましたが、公安なんですか。いや、でも公安だからってだけじゃ」

「東堂君」

絆の問い掛けを遮り、金田が一旦立ち止まった。

「たいがいのことは君に任せる。君の意思を尊重する。けどね、あの連中とだけは、あまり関わり合いにならない方がいい。今はね」

「公安だからですか。いや、それだけならいつもと変わらないですよね」

「彼らはね、本庁の闇だ」

「えっ。それってどういう」

金田は首を振った。

「私も詳しくは知らない。だから闇なんだ。部長に聞いても、きっと同じことを言うよ。だいたい、彼らの部署は警視庁の組織図にも載ってない。論功行賞の基準すらないんだ。にも拘らず、実態は存在する。わかるね。これは、組対部長のレベルですらない」

絆は黙った。が、首を縦に振りはしなかった。

分かったかと聞かれれば分かったが、納得出来るかどうかは別の話だ。

「ま、そんな顔をするとは思ったが。ものには順序も、時と場合を選ぶってこともある。

少なくとも今はそのときじゃないよ」

金田はふたたび歩き出した。

「まずは目の前のことに専念しよう。巡り合わせってこともあるから、君が本当にいずれ組対の光なら、どこかで必ず出くわすよ。闇に落ちてもまぁ、同じことだけどね」

釈然とはしないが、たしかに職務として専心しなければならないことが目の前にあった。一般人の泣き笑いに直結する作業だ。

分かりましたと答えようとすると、携帯が振動した。金田も同じようだった。

とすれば――。

互いに携帯を確認して顔を見合わせた。

「先行きが細ってたところに、どうやら上野《ノガミ》は間違いないようだね。これも含めて、部長に報告しようか」

了解です、と絆は頷いた。

振動は絆と金田、それと片桐の三人で組んだLINEによるものだった。

〈ノガミのボスと会った。今日、俺の事務所に来い。爺さんも、坂と階段で痛風が出なければな〉

LINEには、事態を動かす情報と片桐特有の戯言《ざれごと》が書かれていた。

おそらく、ジョークで間違いないとは思うが――。

三

「なんというか、夏場は暑さが応えるが、冬場は寒風が身に沁みる坂だね」

金田がそんなことをぼやいたのは、湯島坂上の交差点に出たときだった。時間は午後の三時を回った頃だ。

午前中に警視庁五階の組対部長室を訪れた絆と金田は、それまでの流れを大河原《おおがわら》に説明した。

尚美のこと、魏老五のこと、片桐のメールのこと。蛇足ではあったが、一階ホールでの小日向純也たちとの邂逅《かいこう》も。

終始難しい顔を崩すことなく聞いていた大河原は最後に、

「片桐ぁどんどん使ってやって欲しいが、それにしても色々あるな。おい東堂、お前ぇは大丈夫かい」

とだけ聞いてきた。

大丈夫ですと、当然絆は答えた。

「なにがどう動こうと、結果的にはすべての人を救う。そういう仕事だと思ってますから」

「ほう。強《つえ》えな」

強ぇがキレイだと大河原は呟いた。

「まあ、任せるよ。東堂警部補によ。好きなようにやれや」

膝を打てば、報告の時間はそれで終わりのようだった。大河原の顔付きがのんびりしたものに変わる。

恰幅のいい身体に載るえらの張った四角い顔は、造作物がすべてデカい。難しい顔をすると鬼瓦のようだが、表情を緩めるとやけに人懐っこくも見えた。

「おい。ふたりとも、少し早《はえ》ぇがどうだい。飯行くかい」

断る理由は特になかった。

別室の警部補に断り、三人でぶらぶらと外に出た。向かったのは晴海《はるみ》通りに面した、日《ひ》比谷《びや》交差点近くの鰻《うなぎ》屋だった。

大河原は店内に誰かを探すようだったが、

「なんだ。いねえか」

と、すぐにつまらなそうに言った。絆も金田も特に誰がと尋ねはしなかった。

小上がりに通され、たっぷり時間を取った。会話は当たり障りのないもの、というか大河原の経験譚《たん》だ。店を出て本庁社に大河原を送り届けたのが一時半過ぎだった。

一階のホールで、大河原はふと思い出したように受付に寄り、菅生奈々に声を掛けた。

「よう。公安分室の連中、戻ったかい」

「あ、はい。お戻りです」

「今日、どこで昼食ったとか言ってなかったかい」

「そうですね。シャンテの方の中華とかなんとか」

「ちっ。そっちぁ知らねえや」

舌打ちし、ここでいいと大河原は絆に言った。

金田は渋い顔だった。

「部長。悪ふざけじゃないかと私は思いますがね」

「そんなことねえよ。いたら、特急の警視正昇進を祝ってやろうとは思ったがな」

がははと豪快に笑い、大河原は絆に向き直った。

「あそこは、小日向たちがよく使う店だ。どうしても気になんなら、ときに顔出してみちゃどうだい。美味《うめ》ぇが、結構高《たけ》ぇけどな。もちろん、自腹だぜ」

じゃあよ、と大河原は背を向けた。

ああ、ガード下の居酒屋ってぇ線もあるなと、大河原は最後に、呟きには程遠い、でかい独り言を言った。

やれやれと、金田は溜息とともに首を振った。

湯島坂上から狭い変形十字路の一方通行を逆に入る。百メートルほど行くと、右手に古びた細い五階建てのビルがあった。

「さて、もうひと踏ん張りしますかね」

金田が大きく息をついた。

エレベータのない五階、そこが片桐亮介の事務所兼住居だった。

事務所には、相変わらず煙草の匂いと観葉植物と、有線から流れる昭和歌謡が充満していた。今流れているのは内山田洋《うちやまだひろし》とクールファイブの〈東京砂漠〉だ。

最初に来たときは生ゴミっぽい饐《す》えた臭いも混ざっていたが、今日はそれはない。同様に、至る所に堆《うずたか》く積まれたポリ袋や物品も多少は整頓されたようで、十五から二十畳の部屋は行動可能面積が明らかに広がっていた。

それにしても、整理されたわけではないので落魄《おちぶ》れ感、ヤサグレ感は変わりないが。

粗大ゴミの間を奥に真っ直ぐ続く動線の先に事務机があった。縁に酒瓶が並ぶのはいつもだが、数は減ったような気がした。

片桐はその向こうにいた。正確には濡れタオルを目の上に乗せて、寝ていた。

「うわっととっ」

五階までの階段で息が上がっていた金田が、なにかに足を取られて転がった。

粗大ゴミの一部が雪崩《なだれ》を起こし、悪いことに連鎖した。

「ったく。うるせぇなあ」

ぼやきながらタオルを取り、

「って、おいっ。カネさんっ」

片桐はいきなり立ち上がった。

「なんだな、亮介」

濛々《もうもう》と立つ埃《ほこり》を手で払いながら金田は立ち上がった。

金田と片桐の付き合いは長いらしい。金田は片桐を亮介と呼ぶ。

「ちょっと足を引っ掛けただけだ。心配要らないよ」

「そんなんじゃねえ。誰も爺さんの身体なんか心配してねえよ」

「あ？」

「かぁっ。その辺りによ」

片桐は左手で目を覆い、右手を伸ばした。

指差すのは金田が足を取られた辺りと自分の中間だ。

塵《ちり》の山が一番盛大に崩れていた。郵便物や紙屑《かみくず》、積み上げられた雑誌も気持ちいいほどに散乱している。

「テーブルがあったんだが、どこだろうな」

「どこって、埋まってるんでしょうね。それが？」

何気なく絆は答えた。

「それがじゃねえよ。そこによ、俺ぁ置いたんだ」

よくはわからなかった。金田も怪訝《けげん》そうな顔をしていた。

いや、まだ埃が目鼻に痛いだけかもしれない。

「今日、二人を呼んだ用件だよ。売人のリストだ」

おおと絆は手を打った。ようやく理解した。理解したが、地道に発掘する以外に手はない。

そりゃ悪いことをしたねと金田が頭を掻いた。

「へっ。だから爺さんは無理すんなって言ったんだ」

「おっと。そう言われちゃなんだがね。そもそも塵の中で生活してるほうが悪いと思わないかい」

「思うかよ。賃料払ってんのは俺だぜ。俺の勝手だろうが」

「塵のために払ってるとしか思えないがね」

屈《かが》み込んだ絆の頭の上で掛け合いは続いた。

「えっと。お二人とも、お取り込み中、申し訳ありませんが」

絆は片桐と金田を交互に見た。

「どうせなら、手を動かしながらにしてもらえませんか」

正論過ぎる正論だ。二人とも掛け合い自体を中止し、作業に入った。

それにしても、圧倒的な紙ゴミの量だった。

「DMやらなんやら、ここまで放りっぱなしってのはどうなんでしょうね」

これがおよそ十五分後の絆の台詞《せりふ》だ。

「人格に問題があるよ。亮介、溜め込めばいいってものじゃないだろう」

さらに二十分ほど過ぎて金田がぼやいた。

片桐は終始無言だった。

あったと片桐が、どう見ても同類の塵としか思えない一枚を発掘する頃には、事務所の中に差す西陽が強かった。

昭和歌謡も何曲聞いただろう。とにかく、今掛かっているのは杉真理《すぎまさみち》の〈いとしのテラ〉だった。

絆はドヤ顔の片桐を睨んだ。

金田も同じような目で見ていた。

「わかったよ。ああ、ああ。俺が悪ぃんだよ」

今度片付けるからよと、最後に片桐は反省の弁を述べた。

缶コーヒーを飲み、ひと息つきながら絆と金田はファイルを回覧した。

ちなみに缶コーヒーは、埃で喉が痛いと金田が騒ぎ、片桐が自腹で買ってきた物だ。言われる前に自らコンビニと事務所を往復した。

飲みながら、片桐の説明を聞いた。魏老五に呼ばれたのは二日前、絆と別れる間際だったという。

「なるほどね。片桐さんのデートの相手って、魏老五だったんですか。危ない危ない」

絆はコーヒーを飲み干した。

ファイルには十七人分の氏名が書き出され、そのうちの十一人に関しては、池袋やら錦《きん》糸町《しちょう》やらの繁華街が付記されていた。主な出没場所ということらしい。

「出所は不詳だとよ。正義の味方を気取るつもりもないしって、ノガミのボスは笑ってたがな」

絆はファイルをスマホのカメラで撮影した。

「でも、タダじゃないですよね」

「まあな。そんなお人好しは、万国共通でいやしねえだろ」

「なにを頼まれたんです？」

「沖田組、出来たら竜神会の内情までだってよ」

「へえ。沖田組は絡みから言ってわかりますけど、竜神会ってのはまた」

「知らねえよ。俺ぁ探偵として、頼まれたことをするだけだ。余計な詮索は、命取りにもなりかねねえからな」

「本当に？」

聞けば片桐は、さぁてと片頬を吊り上げて笑った。

「虚実真贋《しんがん》は自分で見極めろ。聞くうちは、まだまだ半人前だぜ」

「言いますね。でも、了解です」

間違いなくそれだけではないだろうが、絆は引き下がった。片桐の言うことが正論だったからだ。

言い方は悪いが、口を割らせるというのは例えば、寓話の北風と太陽ほど簡単なことではない。緊張も緩和も情も非情も、貸しも借りも生も死も、人を人たらしめているありとあらゆるものを積み上げ、あるいは、破壊しなければ成し得ない。

出来ないとは言わないが、今の自分には破壊ありきでしか成し得ないという自覚が絆にはあった。金田なら出来るだろう。練達の手練手管ともいうべき技。自分にはその滋味が足りない。まだまだ未熟ということだ。

片桐を壊さなければ得られない情報、壊してまで手に入れる情報に、果たして価値はあるのか。

同様のことは、尚美にも言えた。

「じゃあ、続けるぜ」

「え、ほかにもあるんですか」

「あるんだな、これが。大サービスだって、ノガミのボスは笑ってたがな」

片桐は缶コーヒーをひと口飲んで煙草に火をつけた。

「エムズをな、部下が張ってたそうだ」

「張ってた？　ああ。出来る人がいましたっけ」

絆も何ケ月か前に張られた。なかなか気配を殺すのが上手い男が魏老五の下にはいるようだ。それでも、午前中に体感してしまった小日向警視正に比べれば児戯だが。

「なんでかは知らねえ。ただ、あっちの世界も空中戦てえか情報戦てえかよ、弱み握った者勝ちってな面があるからな。で、慌てて戸島が会社から出て行ったんで追ったんだと。そしたらよ」

五反田《ごたんだ》だとさ、と片桐は紫煙を天井に向けて吹き上げた。

「ペリエって店だそうだ。ここのホステス、ジャスミンってぇフィリピンの娘だが、それがな」

また片桐は紫煙を吐いた。

「ティアに絡んでたようだ」

絆は揺らめく煙を睨み、金田はコーヒーの缶を口につけたまま動きを止めた。

どうやらサ連のとき同様、人々の思惑が連鎖し始めていた。

「どうしてノガミのボスがとは聞きませんが、それも警察にくれるってことですか」

「くれるってぇか、こっちはよ。ねえんだよ」

「ない？」

「そう」

片桐は顎を引いた。

「ねえってのは言葉通りだ。このジャスミンてのが、畑山ってぇお付きの半グレと共謀してな。くすねて消えちまったんだってよ。だから、エムズでもジャスミンでも畑山でも、追いたきゃ追えって、これがボスのサービスしてくれた情報だ」

「――ちなみに聞きますけど。どのくらいを」

「よくは知らねえが、こないだ押収したコンテナな。あれの一基分くれぇはあるかな」

さすがに絆も息を呑んだ。

金松リースのコンテナ一基分は、おそらく今の末端価格で売り切られたら百億を超える分量だ。

金田がけたたましいくしゃみをした。

「さすがに、ノガミの魏老五はいい情報持ってるね」

鼻をこすりながら金田は言った。

「亮介。見返りは沖田組と竜神会だったな」

「ああ」

「いいよ。私がホンシャから引っ張ろう」

絆は聞き咎めた。

「カネさん。この件は俺が部長にも任されてます。引っ張るなら俺が」

いいんだよと、金田は絆に最後まで言わせなかった。

「清濁、酸《す》いも甘いもと言うけどね。今回に限り、これは年寄りの仕事だ。東堂君は今、魏老五なんかに弱みを握られちゃいけないと思う」

絆は大きく息を吐いた。

「じゃあ、よろしくお願いします」

ほう、と煙草臭い感嘆を吐いたのは片桐だ。

「一瞬で決断かよ。それで、汚れを人に振れるくれぇには、お前も肚が据わってきたかい」

絆は特に答えなかった。

部屋を流れる煙草の煙が、どういうわけかやけに目に沁みた。

四

〈ああ、爺叔。これあげるよ。売人の生き残りのリストね。出所は不詳よ。正義の味方、気取るつもりはないね。交換は沖田組と、そうね、竜神会の内情も、触りくらいわかれば申し分ないね。少しでいいよ。欲張るとお腹壊すって、昔ママにずいぶん叱られたよ。――ああ。それと、爺叔にこの間頼んだ〈ティア〉ね。まだ色々なとこが引きずってるね。調べるといい。えっ。どこをって。そうね、じゃあ大サービスよ。タダじゃないけどね。うちの者がほら、金松リースのコンテナ倉庫でちょっと遊んだときね、なんて言ったか、そうそう八坂ね。あの半グレが顔中引き攣《つ》らせながらまず言ったたよ。手前ぇら、戸島の差し金かってね。戸島、前に爺叔にエムズって聞いてたとこね。気になったから、ちょっと調べさせたよ。なにからなにまで、全部八坂のやってることと同じ。八坂が後追いらしいけど、ますます気になったね。だから戸島に、ひとり張り付けた。そしたら、ある日なにか慌てて戸島が五反田に向かったね。ペリエってクラブ。そこのジャスミンってフィリピーナがね、戸島の愛人だったらしいけど、ティアドロップ根こそぎかっぱらって、なんて言ったかな、そうそう、畑山とか言う若い半グレと逃げたらしいよ。量は、囲われてたマンション二部屋分っていうから、この前のコンテナ一基分くらいあるよ。溜息ね。ああ、爺叔に頼むのは、また息子にも絡んで欲しいから。ペリエってクラブ、登記調べたらオーナーの名前、なんと沖田美加絵ね。沖田組の沖田丈一の妹よ。あまり仲は良くないらしいけど、うちは直接ヤクザには関わりたくないね。だから、任せるよ。そう、ホステス関係はこっちで調べさせるね。ああいう女たちは、みんなルートでつながってるからね。沖田組からなにから、ほかのことは調べてもらいたいね。揺すって揺り起こしてくれるだけでもいいね。この前のコンテナみたいに。もちろん、今度もブツはこっちで引き取るね。前回の成功もあるから、爺叔には期待大ね。手付も奮発するし、成功報酬もたっぷりね。それと、こっちもこっちで動く分はあるけど、全容のお手柄は息子にあげるよ。大サービスね。ははっ。そう仏頂面しないで。やる気出るだろう。親冥利に尽きるってものね。どう、爺叔。片桐さん〉

これが、魏老五から受けた依頼内容だった。当然、絆や金田にすべてを打ち明けるわけではない。片桐は探偵だ。探偵には探偵の矜持《きょうじ》がある。依頼者のメリットはなにがあっても守らなければならない。いわゆる守秘義務というヤツだ。

絆と行動を共にするのも同様の原理だ。息子だからとかいう、義理人情の話ではない。だいたい、絆はすでに自分など越えているという自覚も満足もある。刑事でもない自分が一緒に動くのは、それが金田からの依頼だからだ。大河原からも同じことを頼まれたような気もするが、勘定には入っていない。酒を奢《おご》られたくらいだ。一日分の日当にもならない。

　金田からもらった報酬は五十万だが、実際にもらったわけではない。前回、魏老五の依頼の前金を情報料として折半にしようとしたら、金田が条件付きで要らないと言った。それが五十万だ。単発で考えればもう働きとしては超えているが、〈ティアドロップ〉を手に入れたことによって、魏老五が後金を弾んでくれた。三百だ。いま片桐が金田と絆の二人にしていることは、片桐が考えるアフターフォローのようなものだった。

「で、カネさん。今日はどうする」

　片桐が絆と金田を呼んだ用件について、ほぼ話し終えたのは四時半を回った頃だった。外にはもう、冬の早い夜が広がり始めていた。

「喉が痛いねえ。埃を吸ったからだねえ。誰のせいかねえ」

「ああ。わかったよ」

　埃っぽい喉には、美味い鍋かねえなどとほざいているが切り捨てる。

「東堂。お前は？」

「早めなんで、俺は成田に帰ります。大利根《おおとね》組の連中、まだ稽古に呼べそうな時間ですから。畑山って半グレのことも聞いてみます」

「そうかい」

　多少の落胆を自覚して驚く。

息子との差しつ差されつの一杯。日々の近さから、見果てぬ夢に掛けた鍵も緩んでいるのかもしれない。

「仕事熱心だな」

「いえ。連中からの束脩《そくしゅう》も目当てですから。単純に仕事だけじゃありませんけど」

「なるほどな。若先生、だったっけ」

大利根組の綿貫蘇鉄《わたぬきそてつ》の顔が浮かんだ。

蘇鉄は、典明の弟子としては片桐の兄弟子に当たる。固太りの短軀で濁声は、おそらく今も変わらないだろう。ヤクザのくせに馬鹿らしいほど真っ直ぐで、昔からやけに眩しい男だった。

「そうだ。東堂。そのあれだ、成田な」

思わず昔語りのように口にしてしまった言葉が、止まらなかった。

「え、あ、はい。どうですか」

「その、なんだ。——行ってみるか。あの爺さんが、いいってんなら」

絆は躊躇なく、わかりましたと笑顔を見せた。

「なら、明後日《あさって》がいいかな。金曜日だし」

「おい。早くねえか。向こうの都合もあんだろ」

「ありません」

なぜか絆は断言した。

「金曜日なのに稽古がないという、おかしな道場ですから。複雑でもなんでもない理由はありますけど、複雑でもなんでもないからどうにでも出来ます」

「――そうか」

「まあ、一応は確認しますけどね」

絆は言いながら立ち上がった。

「片桐さん。まず明日一回、エムズを揺すってみますか。その後は渋谷の下田さんに頼むって線で」

午後イチ、表参道にお願いしますと言って、絆は事務所を出て行った。

「なんだよ。カネさん、タダ見はずるくねえか」

金田がニヤニヤと笑っていた。

「お前も親だねぇ。武骨で頑固で、朴念仁《ぼくねんじん》で唐変木《とうへんぼく》で。でも親だ。ええ、亮介」

ふんと鼻を鳴らし、片桐はデスクの引き出しを開けた。茶封筒を取り出し、金田の座るテーブルの上に放る。

重さのある音がした。

「情報料かい」

「そういうことだ」

「倍、かな。ノガミのボスも張ったね」

「前回の成功があるからな」

その前回、金田はこれを片桐に返してきた。

今回もそうするかと甘く考えていると、予想に反して金田は、じゃあ有り難くと懐に入れた。

正当な報酬だが、なぜか片桐は損をした気がした。

「その代わり、今夜の鍋は俺が奢《おご》るよ」

珍しく金田が、そんなことを言った。

五

「いい時間だね。行くかい」

湯島から上野界隈は自分のテリトリーのはずだが、ついてきなと先に立つ金田に従って片桐は外に出た。

五時過ぎだ。空にはもう残照もなかった。

金田はそのまま真っ直ぐ不忍通りに出て、池に沿って右に曲がった。一本内側は仲町通りだ。

金田が片桐を誘ったのは、不忍通りに面した老舗の鰻屋だった。片桐もよく知った店だ。客席から、よく不忍池が見渡せる。

金田は案内係に名前を告げた。予約していたようだが、いつしたのかはわからない。

着物姿の客席係に通されたのは個室だった。

「よう。遅かったな。先に始めてるぜ。姉さん、同じ物を二、いや四本だ」

四人席の個室にいたのは、組対部長の大河原正平《しょうへい》だった。上着を脱いだスーツ姿で、火の付いた鍋の前で片手を上げた。

動かない片桐の背を金田が押した。奥の席、大河原の前だった。

「ここはよ。鰻も美味えが、すっぽん鍋も美味えんだ。俺はちまちまとした食い物が好きじゃなくてよ。コースってのが苦手だから、最初からどぉんとこれだ。片桐、鰻食いたかったら頼め。俺とカネさんは、昼に食ったからよ」

なんとなく流れは読めた。この席は間違いなく、金田が片桐の事務所に行くと知っていた大河原のセッティングだ。

「東堂はどうした。一緒じゃなかったのかい？」

掘《ほ》り炬燵《ごたつ》式のテーブルに足を入れながら、成田に帰りましたと金田が答えた。

「なんだよ。あいつの酔っぱらったとこ見られるかって、楽しみにしてたんだがよ」

片桐は大河原の前に座った。

すぐに、熱燗《あつかん》徳利が大河原から差し出された。頂きますと受けた。やけに喉に沁みたのは、やはり埃と格闘したせいだろうか。

「最初の一杯だけな。お、鍋がそろそろいい感じだぜ」

直箸《じかばし》でいこうやと、言う前から大河原は箸を刺した。昔からそういう男、ではあった。

「すっぽんはよ、気ぃつけねえとな。こないだちょっとした忘年会があってよ。すっぽんだったんだ。カネさん、知ってるかい。第二方面の小林《こばやし》。小林康行《やすゆき》」

「え。ああ、本部長の」

「そう。まぁ特に最後の雑炊をよ、美味い美味いって雑にずいぶん食ってたんだが、次の日な、中二の娘さん連れてディズニーランド行ったんだと。でな、一個目のアトラクション並んでたら、いきなり猛烈に腹が痛くなったらしくてよ。もう脂汗タラタラでよ。娘に平謝りして、そのままとんぼ返りで病院だ」

「ほう」

「ちょうどディズニーランドでよ、動いてた腹ん中で直腸の際に刺さったらしいんだ。太《ぶ》ってえすっぽんの骨がこう、逆さまにな」

大河原は釣り針の返しのように、左手のひらを右指で突いた。

「これがよ、当然腹ん中の物が動けば、そのたびに直腸引っ掻くんだな。ヒーヒーだったらしいぜ」

「わちゃぁ」

金田は顔を顰《しか》めた。片桐も、なんとなく痛そうな感じはわかった。

「取るのもひと苦労だったってよ」

お待たせしましたと燗徳利が運ばれる。

「ま、食わせようとしといてなんだが、だからふたりとも、最後の雑炊には気を付けんだぜ」

客席係が去ると、大河原は声を落とした。

「金松のコンテナぁ、ご苦労だったな。まだ言ってなかったと思ってよ」

「いえ。別に礼を言われるようなことじゃないと思いますがね。てえかさっきの話、振りだとしても飯前にゃあ、おかしかないですか」

「なんだ。つまらなかったか」

「いや。そういう問題じゃないと思いますがね」

「そうかい」

大河原は手元の鞄《かばん》から封筒を出した。テーブルの脇から片桐の方に滑らせる。

「これは?」

「これからも頼むわってな。取っとけよ」

しげしげと見る。厚みは片桐が金田に示した物の倍はあっただろう。

「俺んとこの、機密費みてぇなもんだ。気にするな」

大河原は手酌で一杯呑んだ。金田はまず食い始めた。

なるほど、そういうセッティングか。だから先ほど、金田はわかって情報料を懐に入れたのだ。

(まったく。食えねえ爺さんだ)

片桐はぐい呑みに口を付けた。大河原が見ていた。

「あれだ。金松のコンテナ一基分持ってったのは、ノガミの魏老五だな」

「さて。どうですかね。そうだとしても俺が知ってて、なおかつ話すと思いますか」

「それがどうだかを見たんだよ。これも話の続きみてぇなもんだ。だからまあ、どっちでもいい」

大河原はすっぽん鍋を突《つっ》いた。

「あれな、こっちでも動かしちゃみたんだ。あの晩の近場のNを調べさせてな」
N、Nシステムは、四輪車のナンバー自動読取装置のことだ。
「ノガミの関係の車は、一台だけ通ってた。前後の何台かも照会したぜ。不審なレンタトラックが何台かあったな。途中から追えなくなったがよ。顔認証はノガミの絡みにいなかった。どっからだか、なんにしても周到だよな。免許証は偽造だったから、そっちから追うのもありだが、どうにも面倒臭過ぎる。だから捨てた」

「ほう」

としか言いようはなかった。

さすがに警視庁の組対部長だ。魏老五もやるが、大河原も負けてはいない。

「ま、探り合いはいいやな。食おうぜ」

しばらく三人は無駄話で食った。

コラーゲンコラーゲンと大河原が喧《やかま》しかった。四角くエラの張った顔が、それで柔らかく丸くなったとしても気持ちが悪い気がするが。

「コラーゲンね」

ゼラチン、軟骨。たしかに好む者は多いだろうが、片桐はあまり好きではない。食感がよくわからなかった。黙々とただ食う。酒は美味かった。日本酒はテリトリーではないが、たまに呑むと美味い。

「私は、明日から色々と手配師ですわ。ファイルからざっと所轄に振り分けただけでも十ケ所はあったかと。所在不明なのはまず、特捜で気張るしかないでしょうな」

金田は合間合間に、周りを気にしながら一連を順序立てて話した。

沖田、エムズ、ペリエ、魏老五、そして星野尚美、片桐の事務所のファイル。酒が進むに連れ、意識が緩んでいる気もした。いつもより饒舌《じょうぜつ》だった。

「そうかい。カネさん、よろしくな。売人挙げるのもいいが、そんだけいるなら泳がせるのも手だな。沖田系の連中から、一気に本体までも狙えるかも知れねえよ」

「ありですね」

「それにしても、昼間も聞いたが東堂の彼女は奇妙だな。奇妙すぎて奥が見えねえ以上、こっちは端《はな》から泳がせるの一手か。間違いなくデカイのが釣れんだろうが」

「少し危ない気もしますが、そこは東堂君に、付かず離れずで上手くやってもらいましょう。身の安全だけはくれぐれもと念は押してます」

「いいんじゃねえか。これも修行のうちだと思ってもらうしかねえな。一人前以上の刑事になるためのよ。ま、そんぐれえ、出来る奴だろう」

「いけるでしょう。いってもらわないと」

「その彼女もよ、事件が丸く収まったら、このスッポン鍋でも食わせてやりてぇな。女どもぁ、みんなコラーゲン好きだからな」

片桐を抜きに、息子の話が行き過ぎる。

少しだけ癇《かん》に障った。片桐も酔いが回り始めたのかもしれない。

脳裏で、東堂礼子《れいこ》が寂しそうに笑った。

片桐はぐい呑みを音高く膳に置いた。

「へっ。変わんねえなあ。二人とも」

「ん？　なんだ片桐、酔ったか」

大河原が目を動かす。

「変わんねえと思ってよ。二十七年前と、なあんにも。女をダシに使ってよ、泣かせてよ、粉々にしてよ。それで悪びれることもねえ。警察ですってよ。——ご立派すぎて、笑いも出ねえや」

ああ、と金田の声がした。

大河原はしばらく強い目で片桐を見詰めた。白々として、冷たい目だった。

「そうだな。お前はそこで止まってんだもんな」

冷たさに色が付く。いや、最初からそうだったか。

片桐は思わず顔を背けた。

大河原の寒々しい目に見えるものは、悲しみだった。

「ま、俺も酔ったついでに言わせてもらえば、逃げ出した奴には言われたくねえってな」

「いや、部長。それは」

金田が声を掛けるが、いいじゃねえか、聞いてもらおうぜと言って大河原は取り合わなかった。

「俺もよ、片桐。お前と同じだったよ。いや、お前と同じでいられた。管理官くれえまではな。けどよ、課長になってからは、無理だった。部長になっちまっちゃあ、とんでもねえ。毎日毎日よ、どっかで誰かが泣いてよ。場合によっちゃ、死んでよ。普通でなんざいられねえや。カネさんはさっき所轄の手配師って言ってたけどな、俺も手配師だよ。死神の手配師だ。もう、少々のことには慣れっこだぜ。無感動だ。——となァ。これぁ、表向きだがよ」

大河原は自分のぐい呑みを満たし、姉さん雑炊の支度だ、と外に声を掛けた。

「本音はよ。いつまで経っても慣れるもんじゃねえや。俺は今でも逃げだしてえよ。けどな、逃げ出せねえくれえ、他人様《ひと》の悲哀を喰らっちまってんだ。俺の身体と魂はよ。逃げ出してえんだ、本音はよ。片桐、聞いてっかい。逃げ出してえんだ、俺はよ」

なにも答えられなかった。

客席係が陽気な声で支度を始めた。

大河原はからかいを入れた。

片桐は終始、下を向いて無言だった。

やがて大河原が鍋の蓋を取ったのはわかった。

「なあ、片桐。俺はよ、弱いからよ。弱すぎるからよ。真逆の天上の星を望んじまうのかもしれねえな。心の折れねえ、いや、折れても屁《へ》でもねえってくれえ、強ぇ跡継ぎが欲しいんだ。万端を受け止めて微塵《みじん》も揺るがねえ、天上の星。それをよ、お前の倅に見ちまった。こいつなら俺の贖罪《しょくざい》も引き受けてくれるかもしれねえ、なんてな。それがお前の倅と知ったときにゃ因果ともよ、運命とも思っちまった。勘弁してくれや、片桐。これぁもう、止まらねえや」

食えよと大河原が雑炊の椀《わん》を差し出した。

受け取るが、片桐は顔を上げられなかった。ただ箸を差し、食う。

お代わり食えやと、大河原が言った気がした。

「部長」

「ん？　なんでえ」

「俺、成田に行くことになったんです」

空《から》の椀の中に片桐は言った。

「ん、そうかいそうかい。いいんじゃねえか。うん。いい頃合いだ」

片桐はようやく椀から顔を上げた。

「もう一杯、頂きます」

大河原も金田も、笑っていた。

六

絆が京成成田駅に着いたのは六時半だった。

大利根組には上野を出る前に連絡を入れた。いつもの野原《のはら》が出た。

契約駐輪場からロードレーサーを飛ばせば、成年組の稽古には余裕で間に合った。稽古着に着替え、婆さん連中の薙刀《なぎなた》に付き合う。

正伝一刀流は戦国末期の剣豪、小野次郎衛門忠明《おのじろうえもんただあき》の願いの産物だと言われる。武芸百般に通じ、型にはまることを良しとしない。婆さんだろうが爺さんだろうが、それこそ頑是《がんぜ》ない子供だろうが、その昔は、我こそはと思う者達によって総掛かりの稽古だったという。

もちろん平成の今ではさすがにそれはない。手を動かすより口を動かす方が忙しい婆さん連中になんとなく付き合っていると、うおぉぃっすと野太い声たちがやってきた。

綿貫蘇鉄を先頭に、大利根組の面々だ。全員が既に稽古着というのも、ヤクザにして真っ当な性根を表す。大利根組は、良き時代の任俠《にんきょう》を標榜してブレない組なのだ。

代貸格の野原、二十歳の加藤《かとう》、二十二歳コンビの吉岡《よしおか》と永井《ながい》、親が親戚で利根川《とねがわ》を挟み、佐原《さはら》と潮来《いたこ》でともにヤクザだという二十五歳の立石と二十八歳の川崎、半農半ヤクザという今どき珍しい四十過ぎの東出《ひがしで》と、この夜はなかなか盛況だった。大利根組一人一回の束脩は五千円だから、締めて四万円と絆は計算し、

「おや、若先生。顔、変だわよ」

「まあまあ。ほんとだわな。良からぬことを考えとるな」

知らず唇を舐めたようで、婆さん連中にからかわれた。

「へっへっ。若先生、やられてんね」

蘇鉄も調子に乗って入ってくるが、これは藪蛇《やぶへび》というものだ。

「あら。蘇鉄っちゃん。今日はお行儀よくお稽古なのねぇ」

婆さんのひとりが声を掛けた。

「ん？　ああ。まあよ」

「見たぞ見たぞ。おい、蘇鉄。この間、典ちゃんと気持ちよくどっかから出てきたわな。ありゃあ、キャバクラとかいうご機嫌さんな店だわなあ」

「げっ。なんで知ってんだ。婆さんは婆さんらしく、早く寝ろや」

「あら、寝たわな。ありゃ、朝の散歩じゃわ」

「真夜中に起きるな。散歩すんじゃねえ」

「仕方あるまいな。日課を変えると死んじまうがな」

「じゃあよ。せめて婆さんが夜中に、散歩でキャバクラの前通るんじゃねえ」

「ほほう。やっぱりあれがキャバクラか」

「——ええと。そりゃあ、まあ、団子屋じゃねえなあ」

人に歴史、道場に歴史で、蘇鉄は仮にも大利根組というヤクザの組長で今年七十になるが、薙刀婆さん組には敵《かな》わない。人によっては、大昔蘇鉄っちゃんを背負ってあやしたという妖怪までいる。

道場の奥、見所《けんぞ》から妙な咳払《せきばら》いが聞こえた。ちなみに婆さんのひとりが言う典ちゃんとは、咳払いの男、道場主の典明だ。

「おおい。みっちゃんもお竹《たけ》さんも桂《けい》ちゃんもよ。みんなもう時間だよ」

たしかに、成年組のほかの者たちはもういないか、帰り支度の最中だった。

はぁいと、揃《そろ》った声は揃えても皺々だが、呆れるほどに元気だった。

一同はわらわらと、更衣室代わりの奥の間に入った。

蘇鉄は道場の隅に座り込んだまま、しばらく動かなかった。

「天下の綿貫蘇鉄も形無しだね」

絆は近寄って座った。

凄みのある面魂《つらだましい》の組長が、頭を掻きながら顔を上げた。

「ま、連中は生きてる次元が違いまさぁ。若先生、うちの近くの大手のスーパー、わかりますかい、二十四時間の」

「うん。わかるよ」

「最近は夜中の二時三時が、あんな連中で大賑わいってね。まあ、寄合みてぇなもんでしょうがね。わいわいがやがや、何くっちゃべってっか知ってますかい」

「さあ」

「今夜の晩御飯、なんにしようってね。夜中の二時ですぜ。どう思います」

「どうって」

絆は暫時考えた。

「ああ。タイムサービスのシールって、そういうとき、どうなってるんだろうね」

「――へいへい。聞いた俺が悪うござんした」

よっこらせと蘇鉄は立ち上がった。

ちょうど、婆さん連中が出てくるところだった。

「ああ、蘇鉄っちゃん。今思い出したんだけどねえ。大島《おおしま》さんちで矮鶏《チャボ》三十羽増やしたんだとよぉ。卵取んのが難儀だって言ってたねえ」

「ええ。また卵っすかぁ」

指名される前に口を開いたのは野原だ。

「いいから。明日行くって言え」

蘇鉄は仁王立ちのまま微動だにせず、蚊の鳴くような声で指示した。

「い、行きますよ。大島の爺さんとこっすね」

頼んだわよぉと、嵐のような一団が去っていった。

「親分。実はね」

「ああ？」

蘇鉄が眉間に皺を寄せ、やや下から舐《ねぶ》るように顔を振った。メンチと言うヤツだ。少々キレかかっているかもしれない。

「いや。いい」

絆は道場の真ん中に進み出た。

「まずは稽古といこうか」

呼吸を整えれば絆自身に芯が入る。

緩く足を開いた。それだけで道場内の空気が一変する。冒すべからざる神威にも似た気圧だ。

誘われるように八人が絆を取り囲む。

（ああ。いい気だ）

道場に立てば裏まで〈観〉える。

大利根組の面々から立ち上るのは、まろやかにして強靱《きょうじん》な闘志だった。殺気邪気丸出しのその辺のヤクザやチンピラ、半グレには絶対無理な純化した気だ。飽くことなき鍛錬のみが可能にする。

「若先生。行きますぜえ」

闘気が風となって絆を巻き込む。

気持ちのいい風だった。

稽古はいい。道場はいい。純粋に、ただ一個の剣となれる。

だがそれ以上に――。

だった。

（ああ、いい弟子だ）

大利根組の一同は絆にとって、全員がどこに出しても恥ずかしくない、自慢の弟子たちだった。


それから小一時間、四万円分の時間が過ぎた。

大利根組全員は、汗みずくで道場に大の字だ。

「うおぉぉっ。もう駄目だぁ」

「い、息が。続かねえっ」

「だぁぁ。勝てねえ」

「勝つつもりか馬鹿野郎っ」

「負けるつもりじゃ五千円が勿体《もったい》ねぇぇっ」

「もっともだなぁ、この野郎！」

稽古終わりのいつもの掛け合いを聞きつつ、絆は見所で所在なくしている典明に寄った。

所在なくということは、この夜は駅前のキャバクラに行く予定はないらしい。飽きたか振られたか――。

いや、どっちでもいい。

「爺ちゃん」

「ああ。おう、終わったか」

細い顔立ちに、後ろで束ねた真っ白な総髪。作務衣《さむえ》でも着てくれれば今剣聖の名に恥じないが、裏地起毛の防寒ウエアに褞袍《どてら》まで着込んでいる。

齢を取ると寒さが応える、と本人は言うが、それでいて漏れ出る気配は、折れも曲がりもしない、絶対的にしなやかな鋼《はがね》だ。

わけがわからないが、それが現警視総監すら弟子に持つという、東堂典明という男だった。

「寒いときゃ、無茶するなよ。蘇鉄はあれでもう七十だ。さっきみたいな血の気ばかりじゃなく、本当にお前——」

典明はゆっくり立ち上がった。

「血管が切れるぞ」

「了解」

「今夜もまた、連中に話があるようだな」

「うん。そうなんだ」

「あんまし長くするなよ。わかってんだろうが、この真冬にあいつら稽古着で来たぞ」

「え」

一瞬考える。

が、一瞬だった。

「――あ」

言わんとするところはすぐにわかった。

「汗たっぷり吸った稽古着での帰りは、まあ、八甲田山《はっこうださん》だろうな」

おお寒ぃと典明は身を震わせた。嘘臭いが。

「俺は、母屋で先に一杯やってるよ」

歩き出し、思い出したように一度止まった。

「おっと、絆。今お前、俺にもなんか話があったんじゃないか」

首だけ動かし典明は話を振った。

「あ、そうそう。爺ちゃん、この間話した探偵さんだけど」

「ん？　ああ。あいつな」

「明後日の金曜日、来るよ」

言った瞬間、かすかに典明の気が霞《かすみ》のごとき厚みを増した気がした。

いや、気がしただけかもしれない。あまりに薄く儚《はかな》く、定かではない。

「そうか。やっとその気になれたか。まあ、それもいいやな。年々歳々、人同じからずってな」

褞袍の袖を振って道場の中ほどまで歩き、ふと転がる蘇鉄らを見下ろした典明は絆の方に駆け戻った。足取りは音もなく見事のひと言だったが、背を丸めた立ち姿はどうにも卑屈だった。

「絆。あれだあれ。まだ聞こえちゃいないようだったからな。よかったよかった」

背伸びするようにして、典明は絆の耳元に顔を寄せた。

「さっきの話な。間違っても蘇鉄にするなよ。下手したらキレる。いや、下手しなくてもキレる」

「え。キレるってなにが」

「なにがって、そりゃあ」

顔を離し、典明は褞袍の袖をまた振った。目を忙しく動かす。思案しているようだ。

「可能性としちゃあ、どっちもだな」

絶対だぞと念を押し、典明は道場を後にした。

第三章

一

私はジャスミン。メトロマニラのケソン市で生まれた。エドゥサ通りの、マンゴーの木の下で。嘘でも冗談でもない。そこが私の故郷だ。スラムに共同のバラックはあったけれど、蒸し暑く住みづらかった。風通しがよく雨露に当たらないマンゴーの木の下で、私は生まれ、育った。

私の両親は最下層の露天商だった。一日売っても儲けは二百ペソにもならない。そのうちの十ペソを不法占拠の黙認代として警察が取り、十ペソをショバ代としてシンジケートが取り上げた。

裕福な人たちや外国の人たちが憐《あわ》れむような暮らし。

でも、私の両親は陽気だった。

いえ、〈LET IT BE!〉はスラムに暮らす者全員の、合言葉のようなものだった。

「清楚《せいそ》で可憐《かれん》で、とってもいい香りがする白い花。アラビアジャスミン。そんな女の子におなりな。いい匂いがして綺麗なら、きっと幸せになれるから」

私が生まれた日、マンゴーの木の下は低木のアラビアジャスミンが花盛りだったらしい。母は私に、ジャスミンの名をくれた。

私はスリップ一枚で通りを駆け回る、スラムの男の子にも負けないお転婆だったけれど、大人はみんな私のことを、とても愛らしい娘だと言ってくれた。このときは、愛らしいということの意味はよく分からなかった。鏡などなかったから、自分の顔を見たことはほとんどなかった。

私は、歌が大好きだった。通りで暮らしていると、近所の屋台や公園から色々な歌が聞こえてきた。二、三度聞くだけで、たいがい覚えた。覚えてスラムで歌うと、みんなが喜んでくれた。私が歌うということを心の芯に置くようになったのは、もうこの頃からだった。

そのうちに近所のエミリオが、身体より大きいギターを持ってきた。通りを駆け回る仲間のひとりだ。ギターをどこから調達してきたのかは知らないけど、気にもしなかった。〈LET IT BE!〉私たちはなにも持っていないけれど、だからなんでも持っていた。

「ジャスミンの歌が、もっと上手く聞こえればと思ってさ」

最初は邪魔なだけだった弦の軋みがだんだんとメロディを奏で始めるように、私はゆっくり彼に恋をした。

彼の上達は恋に比べれば早かった。私たちの恋は遅く、幼かった。

私はやがて、女の子の友だちにバーに誘われた。正確には、バーの近くにだ。まだ幼かった。

「なんか遊んでると、外国の人がたまになにかくれるらしいよ」

興味本位で私は出掛けた。繰り返すけれど、私は仲間の誰よりも綺麗な顔立ちをしていたらしい。

バーの外でおしゃべりをしていると、中からマダムと、身体の大きなアメリカン・ネイビーが出てきた。

「この人についておいき。五十ペソあげるから」

きょとんとしているとマダムは舌打ちした。

「仕方ないね。百ペソ。これ以上はあげないよ」

仲間が私の代わりにはしゃいだ。百ペソは、私たちにはとても大金だった。大人が稼ぐ一日分の生活費にも近かった。

私はネイビーについていった。食べたこともない美味しいものを食べさせてくれた。ハッピーだった。

ハッピーでそして――。

地獄だった。

私は各フロアにマシンガンを持った警備がいる〈高級ホテル〉で、男と女という生き物の意味を知った。涙は出なかった。ただ、怖かった。

朝になりマンゴーの木の下に帰ると、父は複雑な顔をしていた。仲間たちに聞いたのだろう。けれど、お金をあげると喜んでくれた。隣にいた母は私を胸に抱いた。

「ジャスミン。もっと綺麗におなりな。そうしたら、もっともっと幸せになれるから」

だから、それでいいと思った。

思えば、十余年で友だちは男女を問わずもう何人かがいなかった。ゴルフ場の崖下で待ち構えてロストボールを拾い、洗って売るのはスラムの子供の仕事だった。途中に引っかかったボールを争ってよじ登り、落ちて死ぬ子が毎年いた。信号待ちの車道にガラスクリーナとハンドタオルを持って出て、強引にフロントガラスを拭いてチップをせびるのも仕事だ。タイミングを間違え、撥《は》ねられて死ぬ子も後を絶たない。

その子たちに比べれば〈LET IT BE!〉そうだ。私はなにも失ってはいないのだ。

エミリオも悲しげな顔はしていたけれど、なにも言わなかった。エミリオも生きているのだ。私が歌い出せばいつも通り、寄り添うようなギターを弾いてくれた。

私は友だちとの夜遊びと、外国人にお金をもらうことと、お化粧といい匂いを覚えた。

それからしばらくして、私は地元の芸能事務所の社長に声を掛けられた。

「いいね。君みたいな子を探していたんだ。歌手になる気はないかい。レッスンは必要だが、今はお金は掛からないよ。君ならいずれトップ歌手で大金持ちだ。そのとき払ってくれればいいんだ」

私は飛びついた。歌が仕事になるなんて、それで大金持ちになれるなんて、なんていい仕事だろうと思った。

レッスンは厳しかったが、私は頑張った。ほかのことは考えられなかった。エミリオのことも。

三年後、私は本当に一枚のCDを出した。私は有頂天だった。これで大金持ちになれる。両親も喜んでくれる。

けれど一ケ月くらいして、事務所の社長はひとりのアジア人男性を連れてきた。フィリピンに在住する、日本人プロモーターだという。

「ジャスミン。君は顔も綺麗だし歌も上手いんだが、声質が今ひとつこの国の聴衆に合わないみたいだ。日本のクラブで歌ってみないか。というか、もう彼と私は契約した。君に掛かった今までの費用は彼が支払ってくれた。なに、短期ビザで働く一回分くらいだよ。二回目以降は、全部君の物だ。おめでとう。頑張ってきな」

日本は遠いが、私はOKした。迷ってなにかを待つほど人生は長くない。それにもともと日本人には好印象があった。

アメリカン・ネイビー、チャイニーズ、ジャパニーズ・団体さん。

私にお金をくれた男たちの中で、日本人は一番優しかった。

私が承諾すると、ビザの申請も日本人プロモーターがすぐに整えてくれた。

歌手としての夢も希望も持って、私は日本にやってきた。そして、エムズという会社に所属し、わからないままにジャパニーズ・ポルノに二本出演した。

二回目以降の来日はエムズの社長、戸島の愛人としてだった。

歌手でも大金持ちでもなかったけれど、両親に飛び上がって喜ばれるほどのお金は送れた。だから、今のところはそれでいい。

〈LET IT BE!〉私は誰にも負けない。人生はこれからだ。

私はジャスミン。清楚で可憐で、高貴な香りがする白い花、アラビアジャスミン。別名、フィリピンの国の花、サンパギータ。それが私だ

二

翌日、表参道での片桐との待ち合わせは十一時だった。そういうメールが十時過ぎに来た。池袋の隊に出ていた絆が走らされる恰好になった。

「午前中なんて初めてですね。どんな心境の変化です?」

「まあ、よ。なんだ」

軽口のつもりだったが、片桐は真面目に受け取ったようだ。横を向いた。照れていると思って間違いない。

「果報は寝てても来ねえからよ。待てなくなったってとこか」

「なんだかわかりませんけど、有り難い限りです。時間が倍使える」

絆は笑い、行きましょうと歩き出した。

「そう言えばおい、昨日の成田はどうだった。前みてえに大利根組の連中には例のこと、当たったのか」

「ええ。だから懐《ふところ》はちょっと温かいです」

「それはどうでもいいがよ。成果は?」

「若いのが何人か当たってみてくれると、そこまでです。畑山って名前と半グレだってだけですからね。雲をつかむような話です」

「まあな。それでも当たってみようって奴が身近にいるってなぁ、お前ぇの強みだな」

「――褒めてますね。なんか本格的に変ですよ」

片桐は絆の言葉を無視した。

エムズのオフィスは表参道の交差点からすぐ近くだ。このくらいの会話でビルの前に到着した。

「ここかよ」

片桐は手庇《てびさし》で見上げた。たしかに太陽の光が反射して眩しかった。前回は金田と来た。片桐は初めてだ。

「八坂のＪＥＴといい、エロってのは、やっぱ儲《もう》かんだな」

「そうらしいですね。じゃ、行きますよ。挑発しに」

絆は先に立って細長いビルに入った。

エムズのオフィスは二階だ。前回訪れたときはまったりしていたが、今回は違った。人も倍以上いて、やけに活気があった。

そういえば、八坂のＪＥＴ企画に所属していたすべての女優が移籍したはずだ。ピン女優が大量に入ってきて、業界でも指折りの一大事務所になったと大利根組の一番若い加藤が言っていた。

絆はスマホのカメラを立ち上げ、堂々とオフィス内を何枚か撮った。

「おい。なんだい」

日サロ焼けの四角い顔にごつい金のネックレス。戸島は奥のソファにいた。入り口に絆の姿を認めて眉を顰《ひそ》める。構うことなく真っ直ぐ奥に進んだ。

「なんだよ刑事さん。この間は野原さんの頼みだから会いましたけど。いきなりは、勘弁してくださいよ」

戸島は迷惑がったが、まだ仮面を被っている。挑発だ。それをぶち割るために来た。

「勘弁してほしいのはこっちですよ。こんなとこ、来たくて来たわけじゃない」

絆は戸島の向かいにどっかりと腰を下ろした。片桐も座る。

「そっちがガタガタしなきゃ、別に見たい顔でもないでしょ。お互い」

「ああ？」

一瞬だけだが、戸島の目に青白い炎が灯った。いい調子だ。絆は黙って足を組んだ。戸島を眺める。

ぎらつくネックレスの男は、所在なげに顔を背けた。そちらに片桐がいた。

「あんたは？　この間の人じゃないな」

「代打だよ。爺さんじゃほら」

絆に反し、片桐はテーブル越しの戸島に向け、身を乗り出した。

「お前みてえなワル相手にするにゃ、ちっとばかり迫力に欠けるからな」

絆は内心でほくそ笑んだ。

片桐とのコンビも四ケ月を超える。なかなか、痒《かゆ》い所に手が届く感じだ。

「へっ。やめてくださいよ、刑事さん。俺ぁ、真っ当な実業家ですよ」

「どうだかな」

片桐が背凭れに退いた。

代わりに絆が出る。

「実業家って、笑えますね。JETから掠《かす》め取っただけでしょう。ああ、それも出来の悪い実業家の仕事か。どう考えても、あっちの方が伸びしろありましたもんね」

戸島のこめかみに血管が浮いた。

「いったいなんなんだよ。用件があんなら早くしろよ。出来の悪い実業家でもよ、しなきゃなんねえことが――」

「魏老五、沖田組」

絆はキーワードをぶっ込んだ。戸島の虚を衝く。

すぐには理解が追いつかないのだろう。戸島の口も目も開いたままだった。

「――あ？　え」

「五反田。ペリエ」

「え。ああ？　なんだぁ？」

声がでかくなった。

オフィスの中が一瞬静まり、いくつかの気配が乱れた。絡んでいる連中に違いない。

絆は視野を広げ、わずかに目を動かした。一瞥《いちべつ》で認識は終了した。写真とともに、後で渋谷署の下田に引き継ぐ材料だ。

「ジャスミン。畑山」

「だから、なんだって言ってんじゃねえかっ」

「惚《とぼ》けると恰好悪いですよ。わかってんですから」

「手前ぇ、つけたのか」

「ほうら、知ってますよね」

「なんだよそれ。刑事のくせに汚えよ。俺は、知らねえ」

鼓動の乱れは気の乱れを表す。瞳孔も一気に収縮した。

わかりやすかった。前回訪れたときにも思ったが、確信する。

こいつは、大した男ではない。

「ま、知らないなら知らないで結構です」

絆は膝を打って立ち上がった。

「ここも泥船かな。JET企画みたいな」

「な、なにをっ」

立とうとする戸島の機先を制するように片桐も腰を上げた。目で威圧するようだ。戸島は立てなかった。

「今日はこの辺で」

「邪魔したな」

二人揃って外に出る。冷たい風が吹いていた。

「ま、あんなもんでしょ」

「おたついてたな。ありゃあ、真っ黒だ」

「でも、一連の事件の中じゃ小者でしょう」

「でもよ、蟻《あり》の一穴《いっけつ》ってえか、蟻一匹でも自分ちを食い荒らすって可能性も捨てられねえよ」

「経験則ですか。刑事の頃の」

絆が興味深げに問えば、片桐は肩を竦めた。

「そんなんじゃねえよ。ただの勘さ」

「いい勘ですね。刑事みたいだ」

「ふん。ああ言えばこう言いやがる」

風に押されるようにして、ふたりは表参道の駅に入った。


「おらぁっ。腐れ刑事どもがぁっ」

戸島は応接テーブルを蹴り飛ばした。

「舐めやがって。クソ呆《ぼ》けがよぉ」

なにをやっても怒りは収まらなかった。

おかしい。すべてが順調、のはずだった。

小うるさい八坂は潰した。女優は全員手に入れた。ピンを持っているとこれほど違うかと思うほど、ＡＶメーカーの態度が変わった。ギャラも、ひと山いくらのクズに比べれば破格だ。クズは何人集めても所詮叩き売りだったと知る。

半月前に仕掛けた〈爆音Vol.21〉も大成功だった。なんといっても女の質が格段だ。入場料は吊り上げたが、それでもダフ屋が出るほどだった。いずれ、自社でＡＶメーカーを立ち上げてもいい。そんなことも考えていた。そんなことを考えることが出来るほど、金が回り始めていた。

仕事があり、金があった。力を持てば、人は面白いほど頭を下げてきた。その上、この世のものとは思えない歌声で囀《さえず》る美しい小鳥も手に入れていた。欲しい物はほかにはなかった。昇り詰めていく、上昇のベクトルにだけ集中すればよかった。それが――。

小鳥が逃げてすべてが変わった。いや、変わろうとしていた。

小鳥は、戸島の運も連れて逃げた。

いやいや、小鳥が持って逃げたのは、西崎から預かった〈ティアドロップ〉だ。

戸島は傾いたテーブルに足を載せ、爪を嚙んだ。イラついたときの癖だ。昔はそのせいで爪がガリガリだったが、ここ一、二年は綺麗なものだった。

「畜生め」

三日前、西崎から電話があった。ノガミの魏老五に条件付きでティアの回収を依頼したという。

――戸島。ルートを本格的に復活させるかもしれない。条件のひとつだ。いつでも動かせるように、メンテナンスしといてくれ。

わかったと承諾したが、実際にはなにも動いていない。本音を吐露するなら、冗談じゃねえ、ほかを当たってくれよと言いたい。

実業家として突き抜けるチャンスを手にしたばかりだ。警察もあの東堂絆を先頭に、どう考えても自分に目をつけている。動けるわけがないのだ。動いた結果、五反田のペリエも知られてしまった。西崎の依頼は、捕まれと言っているに等しい。そんなことになれば元の半グレに逆戻りだ。JET企画の、そして八坂の二の舞もあるだろう。

「そりゃあねえよな。西ヤン」

だから、承諾しながら無視している。それどころか、西崎の意に逆らって堂々と半グレを動かしている。

自分の蒔《ま》いた種は自分で刈るといえば聞こえはいいが、要は保身だ。

魏老五に〈ティアドロップ〉は渡せない。自分たちの手でジャスミン、畑山、〈ティアドロップ〉を回収し、人知れず処分する。二度と売人の元締めなどする気はなかった。

「痛てっ」

戸島は顔を顰めて手を振った。親指の爪が割れていた。

また刑事二人の顔が浮かび、怒りが再燃した。

なにも手放してやるものか。

「手前ぇら早くよぉ、見つけ出せってんだ。ちゃんとやってんのかよ、おいっ」

誰も答えない。

「つざけんなコラァッ！」

傾いたテーブルを再度蹴る。

爪の先が痛んだ。

血が滲み、スラックスの上に一滴落ちた。

三

絆と片桐は渋谷に回り、渋谷署の下田と例のあまりやる気のない喫茶店で遅い昼食兼打ち合わせを済ませた。

「じゃ、シモさん。よろしくお願いします」

「おうよ。任せとけ」

別れて絆たちが次に向かったのは五反田だった。

この朝、池袋の隊本部に入った絆に金田が、読み掛けの新聞をたたんで声を掛けてきた。

「東堂君、五反田のペリエだっけ？　わかったかい」

「いえ。ネットの検索は掛けましたが、特に五反田でのヒットはありませんでした。知る人ぞ知る、ですかね。今日明日中には、登記簿を当たってみようと思ってますが」

「うん。じゃあ、そっちは私がやろう。代わりにね」

金田は一枚の紙きれを差し出した。携帯の番号が書かれていた。

「登録したら処分して」

「これは？」

「君に渡す、協力者のひとり。その番号だよ。あっちこっち動く男なんだが、連絡したら今日は五反田に回りましょうって言ってた。こっちは、午後にはって言っといたよ。今は携帯があるから便利だね。なんたって昔は――いや。まあ、それは身をもって感じてもらおう」

「えっと。その人の名前は」

「鴨下《かもした》。鳥の鴨に下。玄太《げんた》。玄人《くろうと》の玄に太い」

聞きながら絆はすぐに番号を登録した。

〈これからもどんどん私の協力者を渡していくよ。どういうわけか癖の強いのが多いんだ。

扱えるかどうかは君次第〉

　金田にはそう言われていた。第一号が片桐だ。

「で、五反田のどこですか」

　東口のロータリーが見える一帯、と金田はおかしなことを言った。

「なんです、それ」

「まあ、行けばわかる。君ならね。ああ、ちなみに、携帯番号は最終手段だと思ってほしい」

「――さすがに片桐二号ですね」

「ま、そういうことだ」

　金田は笑った。

「けど、いろいろ知ってるよ。あちこちの繁華街で生きてきた男でね。聞くともなく聞いて、見るともなく見てきたんだな。色々なことを」

「わかりました」

　これが金田との、隊本部での引き継ぎだった。

　絆はＪＲ五反田駅を出、東口のロータリーに立った。

「で、なんだって？　誰がいるって？」

　隣で片桐が辺りを見回しながら言った。

片桐も感覚は鋭いが、一般人の往来の中に引っ掛かりを感じることは出来なかったようだ。絆にしても、一瞥しただけでは特になにもわからなかった。

「少し動きましょうか」

ロータリーをゆっくり、ひと回りする。

それでもわからなかった。

もう一周。

「なんだってんだよ。金田のジジいは」

片桐は文句を言った。

東口のロータリーには、大崎側の環状六号近くにスモーキング・エリアがあった。

「煙草を吸ってくる。わかったら教えろ」

了解ですと言おうとして、絆はかすかに目を細めた。

一拍、二拍。

やがて、なるほどねと頷く口元には笑みが浮かんだ。そのまま片桐を追いかけ、肩を叩く。

「ああ、なんだ？」

煙草を取り出そうとしながら片桐は振り向いた。

「吸ってる時間ないですよ」

「……見つけたってのか」

煙草をケースごとすぐにしまう。この辺も心境の変化の表れか。

「たぶん」

絆はすぐ近く、環状六号線に掛かる歩道橋の向こうを指差した。五反田に名高い繁華街、その入り口の方だ。

「あっちに、なんかあんのか」

目を凝らしても片桐にはわからなかったようだ。

かえって、それで絆は確信する。

(本当にカネさんの協力者って、癖が強いなぁ)

怪訝な表情を崩さない片桐を引き連れ、絆は歩道橋を渡った。

「ほら。きっとあの人ですよ」

絆は片桐に示した。

指差す先には、黄色と赤に彩られた、派手な出会い系のプラカードがあった。いや、プラカードを持った人がいた。パイプ椅子に座って、寝ているように動かない。胡麻塩の角刈り、齢は金田と同じくらいか。地味な紺色の防寒着から出る手も顔も浅黒く、全体に細く小さい。身長も百六十センチまではいかないだろう。目も細く、開いているのかどうかもわからない。

が、寝てはいないと気配でわかるのは、絆ならではだったろう。

「あの人って、お前ぇ、ただのプラカードじゃねえか。お、クーポンついてるな。取って来いってか。――待てよ。おい、プラカードって」

片桐は目に光を灯した。選手権を制した剣士に相応しい眼光だった。

「なるほどな。プラカード持ちの人がいたってか」

絆は頷き、プラカード持ちに近づいた。

「鴨下玄太さんですね」

呼ばれた男は勢いよく顔を上げた。

「ほいほい。東堂さんだね。カネさんから聞いてるよ。よく見つけたね」

でぇ、やっぱり人形じゃねえやと、片桐がわずかに身を引いた。年相応の生気、気配、そういったものがいきなり弾《はじ》けた感じだった。

「プラカード持ち、長いんですか」

絆は思わず聞いた。

「ほい。四十年はやっとるかね」

「凄いですね」

「凄かないよ。ただ座っとるだけだもの」

「ただ座ってるのも芸ですね。凄いですよ」

「そうかねえ。そんなこと言ってくれる人は初めてだ」

凄くても儲からんけどねえと、鴨下は顔中に皺を寄せて笑った。

鴨下玄太は、不思議な男だった。片桐がいみじくも言ったように、人形に近いと言えば近い。

隠形《おんぎょう》の技にも似ているが、鴨下はそこにいて、いることを感じさせない男だった。気配がないわけではないが、丸かった。障らない。馴染んでしまう。近くにいても人として認識し切れないのだ。なんといえばいいか。感覚に磨《す》りガラスの眼鏡《めがね》を掛けた感じか。だからきっと普通の人には、プラカードはわかってもプラカード持ちはわからない。普段なかなか近づけないプラカード持ちに、わからないから興味があれば近づいて見てしまう。クーポンも手に取るだろう。

鴨下はこの広告媒体には、まさにうってつけの男だった。いや、知らず四十年の中で、そう仕上げてきたに違いない。

「ここに四十年、ずっといんのかい」

興味を惹《ひ》かれたようで、片桐が聞いた。

鴨下はフルフルと首を振った。

「いんにゃ。多いけどね。新橋《しんばし》とか神田《かんだ》とか新大久保《しんおおくぼ》とか――」

あちこちの繁華街を鴨下は口にした。

風俗だけでなく、闇金のプラカードも持つという。必要とされる時間帯が違う業種を、日によっては何ケ所も移動して掛け持ちするらしい。

「へえ。売れっ子だな」

「まあ、食うには困らんねえ」

絆もなるほどと納得する。

今は携帯があるから便利だね。なんたって昔は——。

金田の言葉の意味も分かった。

たしかに昔は大変だったろう。いても見えづらいのだ。

鴨下はそうやってプラカードを持ち、いるだけで様々な人の姿や話を聞くともなく聞き、見るともなく見てきたのだ。

「で、鴨下さん」

「ほいほいの、ほい」

鴨下はジャンケンをするように手を出した。手のひらを上に向けたパーだ。

苦笑しながら、絆は一万円札を載せた。

パーはすぐに、グーになった。

「それもカネさんに聞いてるよ。ペリエだったたね」

鴨下はプラカードを担ぎ、たたんだパイプ椅子を手に持って歩き出した。百メートルほど進み、環状六号から曲がる路地の入り口で立ち止まった。

「あたしゃあ、本当は駅前には出ないんだ。午前中はここにいた」

またパイプ椅子を開き、座る。

「ここの路地の真正面だよ。真っ黒い外壁の雑居ビル、あるだろ？」

見もせず鴨下は言った。

五十メートルくらい奥はT字路になっているようだ。ビルは確認できた。

「ありますね」

「そのビルの三階だよ。四軒入ってるみたいだけど、あたしゃあ、中のことはわからないよ。あたしの職場は外だからね」

「わかりました。――中、この時間だとママはいますかね」

「ほいほい。美加絵さんね。あたしゃ駅前に出てたから見てはおらんけど、いるんじゃないかい。そういう人だもの」

「そういう人？」

「ほかに居場所もないんかねえ。たいがい午後には入って、あたしが働く時間内に出てくることはないねえ。昔は客を送って出てきたり、細かな買い出しも自分でしたりして。その都度、あたしを見かけると声掛けてくれたっけ。あの時分は、明るくて優しくて、華やかな人だったんだけどねえ」

「へえ。今は」

「不景気か悪い虫か。いい意味で水商売に染まった。悪い意味で擦れた、擦り切れた。そんな感じかねえ」

「わかりました」

有り難うございますと言えば、じゃあと鴨下はプラカードを立てた。

「ほう」

これは片桐の感嘆だ。

仕事に戻った途端、鴨下はまた見えづらくなった。

四

教えられたビルは古いが、T字路まで来てみると並びの中では大きいビルだった。テナントサインを見る限り、ワンフロアを一軒で独占している店はない。多い階には八店があった。

ワンフロアに四軒は、均等割りしても大店《おおだな》だ。鴨下が言うように、店を出した頃は勢いがあったのだろう。

それが今ではと言ってはなんだが、テナントサインの三階はほかの三軒は鮮明だったが、緑のシートに抜き文字のペリエは色が褪《あ》せて、そうとわかっていなければ読めなかった。

「ふん。店はでかきゃいいってもんじゃねえ。小さくて洒落た店もありゃあ、でかくても場末の店もある」

その通りだろうと絆は頷いた。

防犯カメラもないロビーから、嫌な臭いのするエレベータに乗る。三階に上がれば、昔《せき》日《じつ》のペリエに抱いた思いはさらに強くなった。

入り口を見る限り、フロアは四等分ではなかった。ペリエが三分の一を占めていた。そのくせ、まだ明かりは入っていないが、ほかの三軒はスタンドの花飾りも出て看板もきらびやかだった。

ペリエは外見同様、入り口周りにも店名が判読出来る看板はなかった。

一応ノックはしてみたが、返答はない。

絆は片桐と顔を見合わせ、扉に手を掛けた。鍵は掛かっていなかった。

押し開くと、妙なカウベルの音がした。壊れているのかもしれない。

「すいません」

絆の声が虚《むな》しく響くほど、静かな広い店内だった。

落とした照明が灯っていた。ざっと見ただけでも着席で五十人は入れるだろう。左手奥にはグランドピアノが置かれていた。右手は手前がキャッシャーとクローゼットで、右奥は鉤《かぎ》の手に曲がりカウンター席になっているようだ。バックヤードもそちらだろう。

店内は外見ほど寂れてはいないようだった。掃除もされてはいた。埃っぽくはないが、逆に染みついたような濃い香りに満ちていた。

ところどころに南国を思わせる花が飾られているが、生花だけではありえない匂いだ。人工的に抽出された濃い香り、パヒューム、その混合。

ペリエは、そういう女性たちが働く店だった。

「どなたかいらっしゃいませんか。いらっしゃいますよね」

この言葉にも反応はなかったが、人の気配はあった。

「拒絶がないのは承諾と取ります。入ります」

絆は店内に踏み込み、辺りをゆっくりと見回した。

客席のひとつひとつ。テーブルに飾られた花。磨かれたグランドピアノ。その天板に置かれた花。古臭いキャッシャー。黒カーテンのクローゼット。

そして――。

「なにしてるの? 入ったなら、来れば」

奥、カウンターの方から物憂げな声がした。

いることはわかっていた。絆は片桐と店内を縦断した。

カウンターに、トレンチコートのままの女性が座っていた。

テーブルには呑み掛けのロックグラスとスコッチウイスキーの瓶、アイスペール、それにタブレットPCが一台置かれていた。

「寒いな、おい」

片桐が呟いた。

「暖房、入れてないから。温《ぬる》いウイスキー、嫌いなの」

女が頬杖でこちらを向いた。

少しウェーブが掛かった亜麻色の髪、高い鼻、厚めに整った唇。全体を収める、すっきりとした輪郭の小さな顔。

美人、ではあった。水商売に染まったなら四十五、擦れたなら四十。実年齢はその間くらいか。

「お忙しいところ――」

「ちょっと待って」

女は絆の言葉を遮り、カウンターの中に回った。グラスを二つ取り出して並べる。

「いえ、酒はまだ」

「勤務中とか、そんなことで逃げないよね」

手際よくオン・ザ・ロックを作る。

「自分だけ呑んでると見窄《みすぼ》らしいでしょ」

どうぞとグラスが出された。

まず片桐がスツールに座って取った。

「あんたは、話が早そうね」

「まあ。出されて呑まねえんじゃ、酒に悪いからな」

「それで、そっちは？」

「これで断ったら、融通の利かない坊やとか言われそうだ」

絆は苦笑しながら片桐の隣に座った。

「念のため身分証、見せますか」

「なんだ、おい」

片桐が怪訝そうな顔をする。

「勤務中とかで逃げないでって言ってましたから」

絆の言葉に女は薄く笑った。

「そうね。要らないわ」

「ん？　お、あのプラカード持ちは、グルかい」

すぐに片桐も合点がいったようだ。

女は、首を振りながら自分のグラスを取った。

「がぁさんは悪くないわ。あんたたちだって、あたしのこと聞いたんでしょ」

がぁさん。わかりやすい。聞かなくとも鴨下のことだとわかった。

「話を売るのはあの人の商売。今日の話も昔の話も。お金さえ払えば、こんな泥水の中からでも、真っ当な幸せをつかんだ女の話もしてくれるのよ」

片桐は黙った。

絆はグラスの氷を鳴らした。一気に呷《あお》る。ここで話を聞くための通過儀礼のような気がしたからだ。

「じゃあ、あなたにはジャスミンの話をしてもらいましょうか」

女は目を細め、空のグラスにウイスキーを注《つ》ぎ足した。

「大して知らないわ。同じことを聞きに来た男はいたけれど」

「それって、エムズの戸島ですか。戸島健雅」

「名前は知らない。血相変えて飛び込んできて、ジャスミンどこだってエラい剣幕で」

絆はスマホのアルバムから戸島の顔を選んで拡大した。

女は頷いた。

「そう。この男」

「で、どう答えたんです？」

「知らないって言ったわ。実際知らないし。こういう店は、杓子《しゃくし》定規にやってたら女の子集まらないもの。どこから来た誰かも知らない。すぐいなくなっちゃう子も多いし。ま、たいがいは観光や就学のビザで来た子だろうけど。中には不法滞在もいるだろうし。ふふっ。面白いわよ。ずいぶん前だけど、労基署とか入管って言葉で騒いだお客さんがいたの。そうしたら翌日、半分以上の子がいなくなったわ」

女は自分のグラスに口をつけた。

「こんな店は、そんな店」

それから絆はジャスミンについて聞いた。

特に実になる話はなにもなかった。

歌は上手いが、どこにでもいる南国の陽気なフィリピーナといったところらしい。

「ジャスミンの写真、ありませんか」

「ないわね」

「そうですか。で、あなたのこの店――」

女はカウンターに肘《ひじ》をついて顔を寄せた。手に一枚の名刺を持っていた。

「あなたあなたって言わないで。どうせわかることだから。はい」

店名と電話番号、名前だけが書かれた簡素な名刺だった。

「沖田、美加絵さん。――えっ、沖田」

すぐに頭の中にチャートが浮かび上がった。沖田組組長、沖田丈一の妹がたしか、そんな名前だった。

「沖田組の」

美加絵は頷き、片桐を見た。

「こっちのお兄さんは驚かないのね」

「まあ、な」

知っていたようだ。絆はスツールの下で足を蹴った。片桐は顔を顰めただけで、騒ぎはしなかった。

それからは暫時、美加絵の身の上話だった。

剛毅と母の馴《な》れ初《そ》め。銀座の店。五反田に店を出したわけ。不景気の中での変遷。

「なるほど。で」

絆はスツールを回した。

「バックヤードにいるのは、お兄さんと関わりの方々ですか」

絆の背中で、美加絵はそんなんじゃないわと言った。

「ちょうどいいわ。そろそろだし」

手を叩き、英語でなにかをしゃべった。流暢《りゅうちょう》だった。

バックヤードのカーテンが開いた。薄暗くて顔はわからなかったが、蝶《ちょう》ネクタイをした三人のボーイだった。絆が感じた気配と同数だ。女はいなかった。

ひとりが出てきて頭を下げた。どこの国かの判別は絆にはつかなかったが、黒瞳《こくどう》が際立つ目の白さが印象的だった。

残りの二人は、ひとりがモップを持ってトイレに向かい、ひとりはバックヤードから出ず、そのまま手元の作業を始めた。ハンドタオルを巻いては籠に入れていた。

どちらも表情を一瞬垣間見ただけだったが、絆の受けた印象は、出てきた男と同じだった。

ふたりとも綺麗な目をしていた。

「マレーシアとフィリピンとカンボジアよ。開店の準備させるわ。そう話した」

「なぜバックヤードで息を殺してたんです」

絆はスツールをカウンターに戻した。

「そりゃ、あんたたちが来るのは聞いたけど、用件がわからなかったしね」

「なるほど。彼らも違法だと」

「それも知らない。でも、わからないっていうのは、こういうとき一番不安じゃない？」

美加絵はカウンターの中から出てきた。

「じゃ、私は用事があるから、今日はこの辺で。なにか聞きたいことが出来たらいつでもどうぞ。今度は、お客で来てくれると嬉しいけど」

スツールに置いたバッグから財布を取り出し、一万円を抜く。

「これ、がぁさんに渡しといて。あの人、捜そうとすると大変なんだもの」

絆は受け取った。

「じゃあ、このお駄賃にひとつ、いいですか」

「なぁに」

歩き出した美加絵は、振り返りはしなかった。

「今、あなたに悪い虫、ついてますか？」

「なにそれ」

「昔は明るくて優しくて、華やかだったと聞きました」

言った途端、美加絵が笑い出した。

「あははっ。がぁさんね。やあねえ。あはは」

笑いはしばらく止まらなかった。

「悪い虫がつく？　冗談じゃないわ。そんなことない。だって刑事さん、わかったでしょ。あたしは沖田美加絵。悪い虫から生まれたのよ」

じゃあねと、美加絵は店を出て行った。

三人のボーイは、それぞれの仕事に集中していた。気配に乱れはなかった。

最初のひとりが掃除機を持ち出してきて、絆と片桐になにか言った。様子からして、退《ど》いてくれということだろう。

当然、もう絆と片桐のいるべき場所ではなかった。

出るか、と片桐がグラスに残ったウイスキーを呑み干した。

五

外に出ると、もう夜が始まっていた。行き交う人が増えていた。呼び込みの若者もちらほら出ている。

「さて、今日は終わりだな」

片桐が能天気な伸びをした。少し癪に障った。

絆は膝裏に軽く足を入れた。片桐が崩れる。

「なんだ。いきなり」

「知ってましたよね。ここが沖田組に関わりある店だって」

「ん？　まあな。でもよ、そんなこたあ調べればすぐにわかることだ。自分で出来ることまで、手取り足取り教えてやるなんてしねえよ。俺はもう刑事じゃねえ。雇われて動く探偵だ。忘れんな」

「じゃあまだ、叩けば埃は出そうですね」

「出るだろうな。いくらでも」

片桐は片眉を上げ、コートのポケットに手を突っ込んだ。

「叩いてみるかい」

絆は、しばし半眼で片桐を見詰めた。片桐が物言わず受ける。

やがて溜息とともに、先に顔を背けたのは絆だった。

「やめておきましょう。目に沁みる埃は、片桐さんの事務所掃除でもうしばらくは懲り懲りですから」

「へぇへぇ。そりゃすまんねぇ」

答えず、絆は歩き出した。

まずは鴨下に一万円を渡さなければならない。

だが環状六号沿いの角には、もう鴨下の姿はなかった。

「いいんじゃねえか」

貰《もら》っちまおうぜと何歩かごとに囁《ささや》く片桐の無駄口はすべて無視する。先の口調と言い、どうも酒が入ると、変化したはずの心境ごと溶けるようだ。

「片桐さん。肝臓参ってませんか。休肝日、大事だそうですよ」

今度は絆が無視された。これもいいコンビなんだろうかと思いつつ、東五反田の繁華街を回る。

一周してペリエの前から、さらに五十メートルほど入ったところで絆は足を止めた。何軒かの風俗がひしめくところだ。

「おっ。やっと帰る気になったかい」

ひと息つく片桐を絆は冷ややかに見た。

「なに言ってんですか」

「なにって」

怪訝な片桐に、絆は向かいのビルを指差した。ゲート風の入り口が電飾で彩られ、化粧っ気たっぷりのビルだ。

「風俗がどうしたって――あちゃあ」

片桐が言葉を途中で止めた。

「プラカードがありやがる」

ゲートに沿って流れる光の中に鴨下はいた。ゲートに同化した感じだ。何度見ても、溜息が出るほど見事な隠形《おんぎょう》だった。

「はい。これ」

通りを渡り、光の中で絆は一万円を差し出した。

「ん?」

鴨下の気配が外に開いた。わずかに驚きも含まれていたか。

「ペリエのママからです」

鴨下は顔中に皺を寄せ、聞いてるよと受け取った。

「あんた、凄いよ。ママから電話貰ってから、まだちょっとだ。こんなに早く見つけられたことはないんだけどねえ。納得だね。カネさんがあたしを譲るはずだ」

プラカードに鴨下は手を伸ばした。

真横の派手なビルに入っている風俗のプラカードだった。板面から三十パーセント引きのサービス券を何枚か取った。

「これ、お近づきの印にあげるよ。普通は一枚だけどね、あたしからだって言えば、内緒で二枚使えるよ。六十パーセントオフだ」

断るのも悪いかと受け取る。片桐が後ろで、お前も男だなと呟いた。

聞こえない振りをした。

「鴨下さん。ちなみに聞くけど、ペリエって従業員、何人くらいいるのかな」

「ほいほい」

乾いた小さな手が差し出された。

「え？」

「これはこれ、それはそれで。ほい、情報料」

なるほどと絆は感心もした。

と――。

「野郎っ。逃げんな！」

鴨下の座る奥、路地とも呼べないビルとビルの隙間の向こう、環状六号本線の方から若い男の怒声が聞こえた。

気配は五つだった。分ければ怯《おび》えを含んだ気が二つ、荒れた暴力の気が三つだ。

怯えがまず隙間に走り込み、暴力が続く。

さらには——。

「ティ、ティアなんて、そんなもん知らねえって」

「ばぁか。わかってんだよ」

「千目連、舐めんなコラッ」

隙間に気を許したか、小声だがはっきりと伝わってきた。

絆は片桐と顔を見合わせた。よく聞く名前と内容だ。そういえば、売人のリストに五反田もあったことを思い出す。

「片桐さん。例によって漏れがあったら」

「ちっ。面倒臭えが」

一瞬で呼吸は合った。

「おい、爺さん。バックしようぜ」

片桐がパイプ椅子に手を掛けズルズルと引いた。ゲート風入り口のど真ん中でプラカードが鮮明になる。

絆は歩道と車道の際に立ち、ビルとビルの隙間を睨んだ。

幸い、近くの往来に人はなかった。

隙間の暗がりに影が滲んだ。目を凝らせばすぐに慣れた。闇を見通す目も鍛錬によって獲得している。走り来る人の形がはっきり見えた。

飛び出してきた最初の男の前に、絆はうっそりと立った。

「退け、オラッ」

後門の狼《おおかみ》、いやヤクザを気にして若造は凄んだ。チャラさが立って怖さがない。典型的な半グレだった。

「そうはいかないよ」

「んだとっ」

拳が振り出される。だが、腰も定まらず闇雲に振られる鈍拳など、どうということはない。

手首をつかみ、無拍子に懐に入って肩に担ぎ、絆は風を巻いた。

完璧な背負いだった。敢えて高く上げ、真下に落とす。動けなくするためだ。

隙間からは、次の若造がもう飛び出していた。

通りすがりの人たちがどよめいた。

細い悲鳴は若い女性のものだったろう。

「おらぁっ」

二人目の若造は喧嘩慣れはしているようだった。目を吊り上げて足を振った。

絆は若造が踏み込んだ瞬間から見切り、後の先《ごせん》に取って前に出た。

かすりもしない蹴りに若造は驚愕の目をひん剝いた。おそらく、蹴りが相手の身体を擦り抜けたと感じたに違いない。

そう錯覚させる、絆の見切りであり、瞬転の速さだった。

絆は相手の軸足の膝裏に爪先を蹴り込んだ。

なにかが切れた音か感覚、どちらかがあった。手応えは十分だ。

「があっ」

若造は膝を曲げてうずくまり、地べたに転がった。

残るヤクザ、千目連の三人はひと塊だった。擦り抜けるように割って入った。なにかに触れた感覚は誰にもないだろう。

「誰だ手前ぇっ」

「仲間かコラァッ」

手足が三本、方向も角度もバラバラに飛んでくる。

絆の目に炎が燃えた。辺りを威圧する剣気、径一間の中で絆は自在だった。

そうなったら、たかがチンピラ三人に絆の動きを捉えることなど出来ようもない。三本の手足は虚しく空を切った。

「な、なんだぁ」

そこにいて、いる感触のない絆に怯む背後の男にまず、見もせず裏拳を叩き込む。

「げぇっ」

待つことなく、その衝撃すら反動に変えて右にステップを踏めば、雑に前蹴りを上げてきた男の膝が目の前だった。

強く握った拳を直上から振り下ろす。鈍い音がして、一瞬膝が逆方向に曲がった。

「ごあっ！」

苦悶の表情が天を仰ぐ。

「邪魔だよ」

無情の上乗せに軸足を刈って倒し、左転する。

残る一人が顔を引き攣らせつつナイフを取り出したところだった。街灯の明かりを撥ね、光の筋が水平に円弧を描いた。

臆することなく絆は一歩踏み込み、逆の円弧で蹴りを放った。光に負けない唸りだった。

男の手首に蹴りがめり込み、ナイフが夜空に飛んだ。

落ちてきたところは、絆の手の内だった。

ビルの隙間から現れた誰ひとり、立っている者はいなかった。

繁華街に、不思議な静寂があった。

みなが、喧嘩以上の闘技の雰囲気に呑まれていた。

絆はナイフを返し、刃をしまって差し出した。

ちょうど、ビルの隙間から第三陣が現れるところだった。環状六号側にあった気配で、何者かの察しはついていた。ご同業だ。

「終わりましたよ」

ひとりが見知った顔だった。四十半ばの、口髭を蓄えた猫背の男だ。

「お、東堂」

大崎署刑事組織犯罪対策課の係長、柴田吾一《しばたごいち》だ。合同捜査で一緒になったことがある。

「カネさんからの指示ですか」

「そうだが。そっちはお前ぇ」

ナイフを受け取りながら、柴田は眉根を寄せた。

先に察して絆は両手を振った。

「別件ですよ。こっちもカネさんの指示で。だから、この連中は差し上げます」

柴田はすぐに納得顔になった。絆が拘《こだわ》らないことはすでに承知だろう。何度かそういうこともあった。

「おい」

柴田は顎で示した。

はいと歯切れよく答え、部下の刑事たちは地べたの五人を手錠でつないだ。

「じゃ、後はよろしくお願いします」

絆は一礼し、鴨下と片桐の傍《そば》に戻った。

鴨下は口を開け、座ったまま絆を見上げた。

「さっきの続きだけど」

「ほえ？」

鴨下は魂の抜けたような声を出した。

「ほら、ペリエの従業員。それって情報料はいくらかな」

一拍、二拍。

鴨下は頭を振った。

「いや。要らないよ」

「え」

「カネさんもまた、凄い跡継ぎを寄越したもんだねえ。あんな凄いの見せられたらね。見料でチャラだね」

隠れようもないプラカードを押し立て、その向こうで鴨下は笑った。

絆は片桐と顔を見合わせた。

鴨下はおそらくもうこれで、東堂絆という刑事の手の内に収まった。

六

この夜、西崎は内堀通りを望むホテルの一室にいた。

高層階のフレンチで食事を摂り、バーラウンジで過ごし、ベッドに入る。当然、ひとりではない。相手は美加絵だ。

月に一、二度。それが美加絵との逢瀬《おうせ》のペースだった。

出会いから考えればそろそろ二十年になる。色恋沙汰からのスタートではなかったが、愛情で結ばれた夫婦も、愛が風化する年月を経れば最後は情の付き合いになる。そう言った意味では夫婦も同然だと、西崎は美加絵を抱くたびに思っていた。かえって微妙な距離感が関係を延命させているかもしれない。ヘタな夫婦以上と考えれば笑いも出た。

いつも同じホテル。同じ部屋。そして、馴染んだ身体、馴染んだ息遣い、馴染んだ匂い。

落ち着く落ち着かないという話ではないが、心に波風が立たないひと時ではある。

互いに情欲をぶつけ終えるときまでは――。

「ふうん。チャイニーズ・マフィアと半グレと警察？　馬鹿馬鹿しいくらいゴチャゴチャ。それじゃあ、なにをするにも兄さんは大変ね。またあの喚《わめ》き散らしを聞き続けるのかと思うと、うんざりだけど」

蒲田に住む美加絵に沖田組のことを聞く。これも、肌を合わせたときには恒例だった。そうして西崎は、沖田組の内情を詳細に把握する。

まるで安らぎから憎悪まで振れるメトロノームだ。人には真反対のようにも思えるだろうが、西崎にとっては同じことだった。

どちらも家族、身内の話だ。終わらない、ペパーミントガムの続きの話。

西崎はベッドで、右腕に頭を載せる美加絵に一連の話をした。

すべてではないが、いつも大筋は話す。自分で事象を確認し、その都度整理する意味合いもあるが、美加絵にも流れだけはつかんでおいてもらわないといけない事情もあった。

竜神会に近づく件を任せているのが、美加絵だった。正しくは美加絵と、その裏に控える義母の信子だ。

信子にとって丈一は、血の繋《つな》がりもなく可愛いわけでもない。逆に邪魔臭い婆ぁとあからさまに疎んじられてもいた。

その辺りから寄せて、布石を打った恰好だ。

魏老五にジャスミンの件を任せたこと、その条件に戸島の売人ルートをちらつかせたこと。

ただし、勝手もされないよう、とある鈴を魏老五につけて警察を動かしたこと。

逆に敢えて口を閉ざすのは、魏老五を沖田に噛ませるようにしたこと、その条件に現在丈一らが追うJET絡みの半グレを売ったこと、鈴を鳴らす手段とそれに関わる人名、人数などだ。

ようは沖田組が絡むことと、沖田組に転用出来る、あるいはしたものは伏せる。

信用の有無はさておき、知り過ぎていいことはお互いにとってなにもない。かえって破滅への特急券のようなものだろう。

加えて、美加絵の後ろには、表には決して出てこないが、西崎の構想の本筋ともいうべき竜神会への繋ぎを受け持つ、信子という女の存在がある。

すべてが上手くいったとき、上手くいかなくなる関係の一番手は間違いなく信子だと、それが西崎の認識だった。

どこに地雷を仕掛けるか、仕掛けられるか。

能面のような顔の老婆は、西崎にとってハイリスク・ハイリターンの象徴でもあった。

「今はそんな具合だ。丈一はどうしてる。もう一杯一杯かな」

美加絵の髪から腕を抜き、西崎はベッドを降りた。

「そうね。でもどっちかっていうと、竹中の方がもう壊れかけ。毎日誰かに怒鳴られ、その分誰かを怒鳴って。うるさいったらありゃしない」

竹中は沖田組系千目連の組長にして、沖田組の若頭補佐だ。数いる若頭補佐の中から、丈一に選ばれて〈ティアドロップ〉を任された。そのときには丈一が、こりゃあ大役だぜえ、と言ったと美加絵から聞いていた。竹中は小躍りしたはずだ。石ころに躓《つまず》かなければ、次の若頭はお前だと約束されたようなものだ。今頃は、こんなはずではなかったと思っていることだろう。

西崎に言わせれば躓きは最初から確定したものであり、石ころは西崎自身だから、竹中

にはもう上がり目はない。

「千目連か。中核以上だな。壊しておいても面白いかもしれない」

備え付けの冷蔵庫からミネラルウォーターを取り出して半分飲み、残りを美加絵に渡す。

「有り難う」

上掛けを巻くようにして身を起こし、喉を上げて美加絵は飲んだ。

艶めかしい、と思わなくもない。だから二十年近く続いている。

美加絵はいい女だった。

「それにしても、もうすぐだ」

水を飲み干し、ひと息ついて美加絵は髪を掻き上げた。

「近いかも。ふふ、そういえば月曜日だったかな。酔って朝帰りの丈一が、久し振りにこ

っちに来たわ」

こっちとは信子と美加絵が住む区分を言う。

丈一は竜神会会長、五条源太郎《ごじょうげんたろう》の長女敏子《としこ》を三十五のとき妻に迎えた。最初は御殿山《ごてんやま》ヒルズに住んでいたが、剛毅が死ぬ直前に生まれた一粒種の剛志《たけし》と三人、母屋に乗り込んできて二所帯に区切った。

バス・トイレを増築した、狭い2LDKが信子と美加絵の区分だった。

――おい、婆さん。もうねえのかい。親父の隠し金よ。あんだろ。えっ。叩けば出んだろ。出せよ。出しちまえって。婆あがひとり生きてくだけなら、年金だけで十分だろが。

そんなことを呂律《ろれつ》の回らない口で言っていたみたい。

「ぐちぐちとね。向こうに帰るまで言ってたみたい。ママは最後まで相手にしなかったらしいけど」

「ふん。末期症状だな。丈一らしいと言えばらしいが」

「あ。そうそう。ベロベロな丈一なんて見るの、そのとき久し振りだったんだけど」

美加絵は空のペットボトルをゴミ箱に投げた。乾いた音を立てて床に転がる。

「ねえ次郎。あたし、事務所の若い衆になんとなく聞いたの。あそこまで酔うなんて、誰と呑んだのって。誰だと思う」

「ふふっ。流れ的には、魏老五とか言われるとさすがに驚くかな。有り得ないが」

「五条国光《くにみつ》よ」

「――ほう。そっち側か。それでも驚くな」

国光は竜神会会長、五条源太郎の次男だ。後継者である長男宗忠《むねただ》の補佐として、竜神会の総本部長をしている。

「もっとも、呼ばれたのは前の晩の早いうちだって。それから朝までは、勝手に呑んでたようだけど」

「自棄《やけ》酒ってことか」

西崎は肩を震わせて笑った。

「いい感じだ」

「――わかるけど、その笑い方、なんか怖い」

「ん？　そうか」

「正真正銘の悪、って感じ」

「なんだ。いつから正義のヒーロー好きになった」

「そうじゃないけど。――無理だし」

美加絵は布団の中で膝を立てた。

「それはそうと、さっきルートがどうとかって言ってたけど」

「ああ。言った」

「戸島君、いいの？」

「え。戸島がどうしたって」

「もう辞めたがってたみたい。ティアのこと」

西崎は鼻で笑い、冷蔵庫から今度は缶ビールを取り出した。

「そんなわけにはいかない。一蓮托生《いちれんたくしょう》だ。戸島だっていい目を見た。——だが、そうか。今度ちゃんと話す。そうすれば、これからだって俺に従ってれば間違いないってわかるさ」

「そう思ってるのは結構、次郎だけだったりして」

「なんだそれ。絡むな」

「そもそも、次郎って人を信じられるの？」

少し面食らう。美加絵からそんなことを聞かれたのは初めてだった。

「さてな。そこは自分でもわからない。でも、戸島と迫水は昔からの仲間だ。信じられる」

「嘘ばっかり」

美加絵は艶冶《えんや》に笑った。

「信じてるっていう自分に酔ってるだけでしょ」

「手厳しいな」

西崎は苦笑で答えるしかなかった。

「人を信じないクセに、信じてもらえると思ってるの？」

「大丈夫。——そうだな。本音を言えば、信じる信じられるなんて不確定要素は好まない。だから」

西崎はベッドに潜り込んだ。

「信じ込ませる。それが出来るのが俺だよ」

「本当に出来るのかしら」

避けるように、今度は美加絵がベッドから降りた。

「人なんて良くも悪くも、みんな自分と大差ないわよ」

シャワーを浴びるわと、美加絵の裸身がバスルームに消えた。

第四章

一

翌日金曜、片桐は京成成田の駅に降り立った。

絆はいない。バックレられたというやつだ。

——昨日の五反田の件で上から大号令が掛かりました。近日中に千目連にガサ掛けるようです。それまでに、今泳がせてる売人に千目連引っ掛けて補強しようってことで、渋谷の下田さんと隊本部に応援頼まれました。ということで、ひとりで行ってください。ヨロシク。

嘘か真《まこと》かは知らない。内容は本当だろうが、どうにも連絡の声自体、薄笑いが感じられた。

自分から首を突っ込んだと考える方が妥当だろうが、片桐の過去に遠慮、いや、慮《おもんぱか》ってくれたのかもしれない。小癪なガキだ。

「ほう。また、ずいぶん変わっちまったもんだ」

改札から駅前ロータリーに出、片桐は目を見張った。

成田を訪れるのは約三十年振りだった。京成の駅前には大した変化はなかったが、正面のJRに向かう辺りが再開発で、驚くほど広く近代的になっていた。

新勝寺《しんしょうじ》と三里塚紛争の名残。昔の成田にはそれくらいしかなかった。道行く人々も学生か老人の参拝客、そんなものだったが今はやけに外国人が多い。

確実に、過ぎ去った三十年が目の前にあった。

「なんか、知らねえ街に来たみてぇだな」

だが、片桐にとってはその方が有り難かった。

昔のことは、思い出してもつらく悲しいことばかりだ。思い出の扉を開く場所も風景も、触れなくて済むなら触れたくはなかった。

片桐は観光気分で歩き出した。

急ぐつもりはまったくなかった。普通ならバスかタクシーの距離だが、ゆっくり近づくつもりだった。

参道はすっかり様変わりしていた。

見覚えのある名前の店も、建物は新しい。土産《みやげ》物屋と鰻屋や旅館ばかりだった間に、アジアンレストランやインドカレー屋、よくわからない文字で書かれた、なに屋だかわからない店まであった。

三十分も歩けば風景は長閑《のどか》な田園に変わったが、そこも街中同様に昔通りではなかった。球場はあった。橋の下を列車は走っていた。バイパスはなかった。日本最大のチェーンスーパーもなかった。病院はあった。高架の線路はなかったが、今は空港へのアクセス特急が走っている。地産の直売所はあったが、数が増えている。ホースクラブはあったかどうか怪しいが、馬はいた気がした。

それにしても——。

炉端焼き屋の角を曲がって押畑《おしはた》地区の坂道に入れば、森も山も変わらなかった。点在する家並みも変わらない。

それまでの変化が激しかった分、まるで時を遡った感じだ。彷徨《さまよ》い込んだ気もした。

三十年前が蘇り、足は知らず重くなった。

東堂家の前に立ち、片桐は大きく息を吸った。

樹木の匂い、川の匂い、風の匂い。

「変わらねえな」

玄関の中から、あのときは礼子が笑顔で飛び出してきた。

——あら。早かったわね。ふふっ。なんか、父さんも朝から落ち着かないみたいよ。入って。

昔と変わらないからこそ、かえって礼子がいないという現実が痛い。

片桐は玄関先で一礼し、そのまま母屋の左手に回った。

玄関を入った上がり框《かまち》の高さ、居間への距離、広さ、笑い合って飯を食ったちゃぶ台の大きさまで知っている。

しかし、玄関から堂々と入る資格など、自分にあるとは思えなかった。

それに、巌《いわお》のような主の気配は母屋ではなく、奥に感じられた。間違いなく道場だ。

庭先から回り込めば、小さく硬く揺るがず、それでいて無限を感じさせる、呆れるほど卓越した気配があった。三十年前の、まだ剣士であった頃の片桐の血を騒がす気配だ。

すべての戸が開け放たれた道場の中央に、稽古着の東堂典明が目を閉じ、端座していた。

片桐は道場を囲む縁側に近づいた。

顔の皺、髪の白さは時の流れを示すが、典明には老いなど微塵も感じさせない、かえって余りある清廉な気が圧倒的だった。正しく求道に生きた、剣士の気だ。

「ご無沙汰、しております」

片桐は頭を下げた。それだけでもつらかった。本来なら今剣聖の前に出ていい男ではないのだ。

暫時、答えは返らなかった。

それでも典明が目を開けたのはわかった。

一陣の風が吹いた気がした。

「ふん。ずいぶんと鈍《なまく》らになったものだ」

片桐は頭を上げた。

いつの間にか典明は立ち、長押《なげし》へ向かっていた。まったく気が付かなかった。

典明は長押から木刀をふた振り取った。

「どれほど、どこまで錆付いているか。まずは見させてもらおうか」

一方のひと振りを典明は道場の床に投げた。乾いた音がした。

それは思わず、片桐が道場に上がる合図となった。


約一時間、片桐は典明と対峙《たいじ》した。

典明の正眼に対して、片桐は青眼だった。

激しくぶつかり合うわけではない。ただ剣尖《けんせん》に剣士の気魂を込め、向かい合う。

これは掛かり稽古より高度にして、きついものだった。

三間の間を取り、対峙した瞬間から片桐は全身全霊だった。

摺《す》り足で典明が一歩前に出る。それだけで剣尖から放射される気は体感で倍になった。

半眼に目を落とし、片桐は耐えた。

耐えたことがわかると、典明はまた一歩前に出た。半間を詰められると額に汗が滲んだ。一間になると汗が止まらなかった。自身の剣尖が揺れ始めるのがわかった。

この段階で時間の経過は、すでに片桐の中から失われていた。

もう半間出られると、典明の剣気はまるで現実の颶風《ぐふう》だった。片桐にとっては立っていられることだけに意義があった。

そうして一時間で、典明と片桐の距離は一間に狭まった。一触即発の距離だ。

片桐は全身汗みずくだった。今どこにいて、なにをしているのかもわからなかった。無には程遠いが、回り回って限りなく近いところにいた。

「おおっ！」

典明の気合が掛かった。

そこまでだった。片桐はすべてを喪失した。

どれほどの時間が経ったのかはわからない。片桐は大の字になって寝ている自分を意識した。典明の気合に落とされたようだった。

――けっ。ザマぁねえや。

上半身を起こす。

道場には明かりが入っていた。外は漆黒《しっこく》の闇だった。

汗に濡れそぼった身体は少し冷えていたが、それくらいだった。近くに火鉢があった。典明はその向こうにいたが、ジーパンにカッターシャツで、褞袍を羽織っていた。

脇に一升瓶が置いてあった。

手を火鉢に翳《かざ》し、典明は炙《あぶ》ったスルメを嚙んでいた。

無言で典明は湯飲みを差し出した。

片桐は黙って受けた。ひと息に呑んだ。

「ま、もともと鈍《なまく》らだったからな。それはしようがない。しようはないが、錆はさほど多くない」

冷えた体に清酒が染み透った。

典明の声も。

「馬鹿が。どうせなら、もっと早く来い」

「……すいません」

それが精一杯だった。

炙ったスルメをちぎり、典明が放った。

片桐は嚙んだ。酒ももう一杯呑んだ。

隅々になにかが行き渡り、なにもかもが解《ほぐ》れていくようだった。

「一週間、居《お》れよ。することは色々あるぞ。——墓参りもな」

典明はそれだけ言って、湯飲みを大きく傾けた。

返事は片桐から出なかった。出せなかった。

全身が震えた。震えはいつの間にか、涙になった。しばらく、澱《おり》のような涙は止まらなかった。

典明は放っておいてくれた。放ったまま、スルメの足二本と三杯の酒を呑んだ。

やがて、道場脇の木戸口に気配が湧いた。

「典爺、いる？」

風鈴のように涼やかな、若い声だった。

「おう。千佳《ちか》ちゃん。こっちにいるぞ」

片桐は涙を拭いた。道場が最前より明るく、温かく見えた。

千佳と呼ばれた女性はサンダルを脱いで、膝で縁側に上がってきた。セミロングの黒髪を後ろで束ねた、愛らしい顔立ちの女性だったが、膝歩きだ。

お転婆、じゃじゃ馬、片桐の脳裏に浮かんだイメージに、大した差はなかった。

「卵の襲来よ。今こっちにも来ると思うけ、ど。――あら、お客様？」

その場にペタンと座る。

「まあ、一見客に見えて、そんな偉そうな奴ではないがな」

「ふうん。でも……」

千佳はまじまじと片桐の顔を眺め、

「あっ！」

と驚きの声をあげて口に手を当てた。

「もしかして、絆のお父さん。って、生きてたんだぁ！」

ほうと息を吐いたのは典明だ。

「千佳ちゃん、知っていたのかな」

千佳は束ねた髪を左右に揺らした。

「知らない。でも家に写真があるの。礼子さんと、うちの父さんと母さんと、この」

千佳は肩を竦めて片桐を見上げた。

「片桐さん？　でしたっけ。その四人で撮った写真」

片桐は視線を受けて頷いた。

そういえばそんな写真を撮った覚えは、たしかにあった。礼子と道場で汗を流し、そのままの稽古着で並んだ写真だ。

「おぉい。先生ぇ。道場かい」

今度は玄関の方から声が聞こえた。

聞いた覚えのある声だった。

写真のことを思い出した後では、すぐに誰だかわかった。

気配は、足早に庭を回ってやってきた。

「うちの野原がよ。ほれ、例の矮鶏の卵取り手伝ったら、なんだか知らねえけど売れるくれえ貰っちまいましてね。おすそ分けですぜ。別に余ったからってわけじゃねえよ」

間違いなく、綿貫蘇鉄の声だった。

今なら懐かしいと感じられた。

「あれ。お客さんだったかい」

片桐は顔を上げた。

「ん？　あれ。ああ？」

三十年分、正しく齢を取った蘇鉄がいた。手に大きな籠を下げていた。

「あ！　てて、てっ」

怪訝な顔が真っ赤に染まるのは早かった。

変わらない。

昔から蘇鉄は、血の気の多い親分だった。

「久し振りだな。親分」

「て、手前っ。片桐ぃ！」

縁側に飛び上がろうとして、手の籠を思い出したようだ。そっと置いてから、蘇鉄は仕切り直すように片桐を睨んだ。

「手前ぇっ。いい根性だなあ。どの面下げて、この家に入りやがったぁ！」

真っ正直な怒りが正面から吹き付けた。

──礼子ちゃんはよ。本当に優しくて明るくて、いい子なんだ。俺ぁだいぶ齢離れちまってるしこんな商売だし、なんたって礼子ちゃんは師匠の娘さんだし。だからよぉ、一度だけしか言わねえけどよ。俺ぁ、手前ぇが羨ましくて羨ましくて仕方がねえんだぜ。忘れんなよなぁ、片桐よぉ。

三十年前、酔った蘇鉄にたしかに言われた。

だが、片桐は礼子の心だけでなく、蘇鉄の気持ちも踏み躙《にじ》った。

足音高く蘇鉄は道場に入ってきた。それもこれも今なら懐かしく、どれもこれも自分が蒔いた種だと受け止められる。

「ちょっと親分。なにしようっていうのよ」

千佳は止めようとするが、典明はなにも言わず、動きもしなかった。かえって楽しげだ。

「千佳ちゃん。悪ぃが、これぁ俺とこいつの問題だ。下がっててくれ」

蘇鉄は片桐の前に立った。

「この野郎。片桐っ。礼子ちゃんをよぉ。あんないい娘をよぉっ。こんの野郎！」

蘇鉄が拳を握り込んだ。

それも有りだ。

違う。

それがなければいけない。

「わかってんのか。この野郎っ」
二、三発。いや、四、五発は殴られてやろう。
片桐は不思議と、笑える自分を自覚した。

二

十二日の月曜日だった。曇り空の肌寒い一日だ。

沖田丈一は組事務所のソファに座り、昼前から酒を呑んでいた。

「ふざけんなよ。まったくよぉ」

どうにも、すべてが悪い方に回っていた。

〈ティアドロップ〉の仕入れに金を注ぎ込みすぎた。潤沢だったはずの資金は一気に底を見せた。

そもそもケチのつき始めはその辺りだが、それだけで止まらなかった。少しでも回収しようと、こそ泥のような半グレ売人の取り込みを指示したが、最初は警察とのマッチレースだったはずが、最近はどうもほかの筋からも邪魔が入るようだった。おかげでティアの回収は遅々として進まないどころか、配下のグズどもの手際も悪く、下手が目立ってきた。傘下《さんか》の組織で近く強制捜査になりそうなところ、構成員が捕まりまくって機能しない三次、四次団体は、どこがどうと数えるのも面倒臭いくらいだった。

事務所でグダグダしてんなら、どっか行ってティアでも金でも持って来いよとハッパを掛け続けた。

そのせいか、月曜日にも拘らず朝から事務所は閑散としていた。

「どいつもこいつもよぉ。使えねえのばっかりだぜ」

ここ何日かは、浴びるように酒を呑んでは二日酔いを繰り返す毎日だった。

この日は特に酷《ひど》かった。朝飯は食えず、十時頃には猛烈に腹が減ったが、食えば吐くような気がした。だから迎え酒のつもりで呑み始め、気が付けば本格的に呑んでいた。

だが浴びるような酒は、なにもグズたちのせいではない。諦めがつくほどにグズどもには慣れていた。丈一の顔色ばかり窺い、丈一が決めなければなにも出来ない連中だ。

この二日酔いの気分の悪さは、すべて関西の、あの馬鹿のせいだった。

「畜生。偉そうにしやがって。国光のクソガキがよぉ」

思い出せば酒は不味《まず》かった。思い出さないよう、よけい呑む。

この繰り返しだった。

「竜神会がナンボのもんだってんだ。手前ぇらでどうにも出来ねえから、関東を親父に任したんだろうが。こっち仕切ったなぁ竜神会じゃねえ。俺の親父だ。沖田組の、沖田剛毅じゃねえか」

一週間ほど前だったか。丈一は竜神会の総本部長、五条国光に呼び出された。

「今、東京に出て来ましてん。沖田はんも、出てきてや」

国光の齢は、たしか丈一より二つ下のはずだ。そもそも、その辺の言葉遣いからして偉そうだった。

呼び出されたのは夜六時、オープン前の銀座のクラブだった。

「おお。こっちや。沖田はん」

整えた髪、整えた眉。細い顔に、シャンデリアの光を撥ねる磨き抜かれた銀縁フレーム。サテンの切替がついた青いスーツ。毒々しいほどの洒落っ気。

それが五条源太郎に甘く育てられたと噂《うわさ》の次男坊、五条国光だ。

「わざわざ、すんまへんな」

店に客は、国光とその取り巻きの六人だけだった。丈一はひとりで、連れは全員並木通りに残した。

店のオープンまではまだ一時間あった。

馴染みの店を作ると、竜神会の連中は好んでそういう呑み方をする。

一般客が入る前に呑む方が気が楽だと言う。そうして、好みや馴染みのホステスがいれば、オープン前に連れて出る。気が楽だと言うだけでなく、その方が結局安上がりだとも聞いた。

とことんまで、関西の連中はゼニに細かい。

「ま、好きなだけ呑んだらええ。沖田はん、最近頑張ってはりまっさかいにな」

国光は手ずからブランデーを注いだ。

「東京来たら、沖田はんの知ってはる店にと思いましたが、やめましたわ。そしたら金出させることになりますやろ。頑張ってはる沖田はんに、そんな金使わせるわけにはいかしませんし。そんな金あったら、上納の足しにしてもらったほうがええですし」

ねちねちと嫌みなことを言う。

国光はフランス留学とかを鼻に掛ける頭でっかちな男だ。色白で線も細い。竜神会という金看板だけで生きている。

ホステスだけは客数以上にいたが、それで不味い酒が上手くなるものでもない。顔だけ立つようにしてやって早々に退散しようと、下らない話に付き合ってやる。

そのうち、ふと丈一を眺める国光の蛇のような目に気づいた。

「なんすか」

国光が片頬を吊り上げた。

そのまま爬虫類のようだった。

「さっき言うてあげましたのに、気づかれへんようやったんで」

国光はグラスを置き、ゆったりとソファに足を組んだ。

ママが目配せしホステスが一斉に下がる。

「なぁんもないのに、ただ私が沖田はん呼ぶと思いまっか。阿呆《あほ》らし。お互い、呑んで楽しい相手やあらしませんやろ」

「ああ？　――わからねえけど」

そういうカラカラ頭は、おやっさんとそっくりや、と国光は笑った。

取り巻きが全員、黒々と笑った。

気にくわなかったが、丈一は流した。早く店を出ることしか頭にはなかった。

丈一にも行きつけの店はいくつもある。小洒落て呑むなら銀座にもある。やりたい放題に騒ぐなら中目黒《なかめぐろ》だ。

「上納、勝手に下げたり遅らせたりするんは、あきませんなあ。沖田はんはうちの中でも大事なとこや。なんたって関東や。そないなとこが気儘《きまま》したら、ほかに示しがつきまへん」

「へっ。そんなこといちいち総本部長に言われねえでも、こっちゃあ専務に話、通してますぜ」

専務とは国光の兄、宗忠のことだ。ヤクザの呼び方は様々だが、竜神会では十年以上前から、一般と変わらない役職で呼んでいる。

「それに、リーマン以降は横並びの中じゃあ、ずっと一番で通してる。少しくれえのことでがたがた言われる筋合いはねえと思いますがね」

「そやな。沖田はんがそう言いたい気持ちもわかるわ。私も情で応えたいわ。勝気な妹も、もらってもろうた。どや、元気にしてまっか」

「問題ねえですよ」

「そうでっか。夫婦仲は、大事にせなあきまへん」

国光は満足げに頷いた。

「そやさかい、情もある。兄貴は特にそこんとこが優しい。で、面倒な話はぜぇんぶ私に回ってきよる」

国光は銀縁フレームを持ち上げた。

「情で話せればどんなにええか。なんたって沖田はんは妹婿《むこ》や。けど、それとこれとは別や。メンツ、シメシ。それを忘れたら、私らの社会は成り立ちまへん。情はその次や。過去の実績なんかは、次の次のずっと下の方や。それに沖田はん、ぎょうさん入れた言うてこの十年、あんたはんも総会やら盆会やら肩で風切って、ずいぶんええ目も見はったやろ。〝行って来い〟や」

丈一は国光を睨んだ。

しかし、総本部長の肩書きを持つ蛇は動じなかった。

「調子悪いなら悪いなりに、やり方ありますやろ。だいたい調子悪い言うても、お手持ちの会社は、全部堅調やんか」

「そんなこと言ってもよ。フロントなんてなぁ、総本部長こそわかってんでしょうに」

モグリの雑なフロントなら荒事でもなんでもいけるだろう。反面、警察に目をつけられたらすぐに潰されるというリスクもある。

沖田組の場合は、調子がいいときは剛毅に先見の明があったと持て囃《はや》されもしたくらいで、古くから一般社会に溶け込み、官憲も手を出せないくらいに成長した。その代わり年数を経ると融通が利かないという逆の面を持つようにもなった。特に金松リースくらいになると世間の目に雁字搦《がんじがら》めだ。役員報酬の二、三人分くらいならなんとでもなり現実そうしているが、億を超える使途不明金はなかなか作れない。国税庁の査察が入ったら一発でアウトだ。

表の社会に溶け込んだフロントが多い分、沖田組系企業には急に金を引っ張れるところは少ない。少ないどころか〈ティアドロップ〉を失って以降の上納は、そういうところからの金で補塡《ほてん》してきた。

もう逆さに振っても鼻血も出ないのが現状だ。

「わかってまっせ。そやさかい、相談ですわ」

国光は身を乗り出した。

蛇の目が、獲物を狙うようでますます嫌らしかった。

「上納がそない苦しいなら、会社いくつか引き受けてもよろし。これが会長の判断ですわ。もちろん、格安で。最終的には売りまっけど、そないややこしい話、沖田はんには無理でっしゃろ」

「なんだって」

一瞬よくわからなかった。

なんなのだ。

今、なにか堅い一線が引かれた気がした。

「フロントだとばらせば、あんたはんとこの金松リースでもひとたまりもありませんわな。そこにうちの知り合いでもフロントでも、手ぇ差し伸べますわ。で、時期を見て売ると。そっちにも当面の資金が入る。うちもたいがい儲かる。一石二鳥や」

「ち、ちょっと待ってくれ」

フロントからの上がりは沖田組の運営資金に組み込まれている。目腐れ金で今後を失い、今を凌《しの》ぐことにしかならないことは丈一でもわかった。

しかも、資金を得ても上納が免除されるわけではないだろう。最終的に肥え太るのは竜神会本部だけだ。

「ええ、ええ。待ちまっせ。けど、そない長くは待てまへん。嫌ならそうですな。これは私見、私からの提案でっけど」

国光は身をさらに乗り出した。息が掛かるほど近くだ。

それほどの近くで、蛇が笑った。

「若隠居もありですわ。剛志ももうすぐ中学生でっしゃろ。それなりの後見が立てば、誰からも文句は出えしませんわ」

自分の中から血の気が引く音、そんなものがあると初めて知る。

顔を見れば馬鹿でもわかるだろう。それなりの後見とはすなわち、国光のことだ。

竜神会は、関東に直系を入れようとしていた。

「ま、待った。いや、か、考えさせてくれ」

国光はソファに戻った。

「こっちも、なにもすぐにとは言いまへん。ただ延ばせば延ばすほど、金回りは今より、もっと苦しくなるんと違いますか。起死回生もよし。こっちの案を呑むもよし。あんじょう、考えなはれ。なあ、沖田はん」

国光は手を挙げた。

嬌声《きょうせい》がわらわらと席に戻る。

もう、竜神会の面々は丈一への興味など失ったように騒ぎ始めた。

早々に立つつもりだった席から、丈一はしばらく立てなかった。

三

「ねえ」

怠惰な声を聞いて、丈一はふと我に返った。組事務所の応接セットで酒を呑んでいる。忘れていた。

事務所のドアに寄り掛かるようにして、妹が立っていた。美加絵の声だったようだ。

「ねえ」

美加絵はもう一度同じ声を出した。

その母信子といい美加絵といい、明るく笑った顔など見たこともない。昔から丈一にとって、ふたりはどうにもまったく捉えどころのない、薄気味の悪い親子だった。

五条国光と、なにも変わらない。

「んだよ。こちとら二日酔いで頭が痛えんだ。用件があんならさっさと言え」

お・か・ね、と美加絵は吐息に混ぜた。

「それ以外、兄さんと話すことなんてあるわけないでしょ。ここんとこ一円ももらってないわよ。五反田はママの趣味だからいいとしても、銀座はなんとかしてよね。パパが作ったお店よ」

　丈一は舌打ちで聞いた。

「そんな話かよ。あるわけねえだろ。そっちこそ少しゃあ儲けて持って来いよ」

「じゃあ、お金ちょうだいよ。女の子だってもう揃わないわよ。引き抜きも止められないし」

「っせえな！」

　丈一は応接テーブルを蹴った。グラスが転がり、派手な音を立てる。

「どいつもこいつもよ。ねえって言ってんじゃねえかっ。手前ぇでなんとかしろよ。人の懐ばっかり当てにしねえでよ」

　酔いが回り始めていた。誰に言っているのかの自覚も曖昧だ。

「じゃあ、たたむか、営業権ごと売るかすれば」

　美加絵の声は、――誰の声だ。

「売らねえよ。今あるもんは、全部俺のもんだ。誰にも渡さねえんだよ」

　答えは返らなかった。

「失礼しまっす」

　新たな声がした。

　丈一はドアの方を見た。美加絵を脇に退けるようにして入ってくる大男がいた。

千目連の竹中だった。真顔だ。スキンヘッドで眉毛もない。少し前まではそれが頼もしいと思ったが、今はイラつく顔だった。〈ティアドロップ〉を預け、若頭補佐筆頭扱いにしてやったはずが、すべてをぶち壊してからは使えない奴らの筆頭だ。

「会長。お話が」

「んだよ」

竹中は対面のソファに座ろうとした。

「座る前に酒作れよ。頭ぁ痛ぇんだ」

「ウス。んじゃ、用意しながら」

竹中はテーブルをかたづけながら話し始めた。

腕っぷしは人並み以上だが、口は達者な方ではない。回りくどい説明だった。半分以上は入ってこなかった。かろうじて半分といったところだ。

「へえ。エムズと、魏老五かい」

ティアの売人ぶんどり合戦で半グレと絡むうち、どうやら別のことで動き回る半グレ連中を見つけた。やけにバタついているようで、動きが派手だったらしい。それで目についたという。

一週間じっくり追い掛けたところ、戸島健雅という元狂走連合の総長が社長を務める、エムズという会社に辿り着いた。調べれば、社業は八坂とまったく同じだった。結果、昔派手にティアを売っていたらしいというところまで行き着いたようだ。

対して、千目連と警察以外の邪魔な別筋も、広く網を張ればぼんやりと浮かんできたという。それが魏老五だ。そもそもは、新しいヤクを大量に持っているらしいという実《まこと》しやかな噂をひとりの情報屋が運んできた。それで、病院送りにされた子分のひとりが、中国語を聞いた気がすると言っていたのを思い出したらしい。こちらも的が絞れればと勇んだようだが、さすがに半グレとマフィアは大違いだった。

噂の域から少しでも深く入ろうとすると、いきなりすべてが消えたと言う。噂を運んできた情報屋などは存在自体が消えたらしい。魏老五に関しては、尻尾《しっぽ》どころか、影さえ踏めてはいないと言う。

「エムズな。へっへっ。面白ぇじゃねえか。それが次郎のルートってか。あの野郎」

丈一は竹中に作らせた二杯目の水割りを呷った。

「それと、ノガミのチャイニーズ・マフィアかよ。聞いたこたぁあるが、ただでさえチャイニーズは面倒臭ぇ。今ぁ手ぇ出してる場合じゃねえな」

ウスと答え、竹中は次の水割りを作った。差し出しながら、ただ別件かどうか、不思議なんすがと続けた。

「ん？　なんでえ」

「ウス。どういうわけかわかんねえんすけど、下がってんです。ティアの価格が」

「んだと？」

「今、絡めとった売人に売らせてんじゃねえですか。それが、下げねえと売れねえようなんで」

「言ってるだけじゃねえのか。足元見られてんじゃねえぞコラ」

「ウス。でも、本当らしいんで」

怒鳴りつけようとして、丈一は視線を感じた。

まだ美加絵が、ドアに寄り掛かって立っていた。

「んだコラァ。見世物じゃねえぞ！」

矛先は竹中から美加絵に変わった。

「ふん。見世物ならお金払ってあげてもいいけど。くだらない」

顔色ひとつ変えず、かえって捨て台詞で美加絵は出て行った。

まったく信子といい美加絵といい、扱いに困る女どもだった。

「舐めんなよ。あんまり調子こくと、東京湾に沈むぜぇ」

酒に倦《う》んだ言葉だけが、美加絵の後を追い掛けた。

四

同じ日の午後、丈一からの何度かの不在着信に西崎が折り返したのは、四時過ぎだった。最初の着信に気付いたのはいつも通り、病院の駐車場に止めたレクサスに乗り込んだところでだ。正午過ぎくらいだったが、特には焦らなかった。

そのまま豊洲《とよす》ベイサイドの自宅マンションに戻り、簡単な昼食を摂ってからジムに行った。西崎のマンションは地階にフィットネスジムを併設していた。

たっぷり二時間汗を流し、自室で熱いシャワーを浴びた。バスローブに身を包み、ミネラルウォーターに絞ったレモン果汁を落としたところで壁の時計を見た。四時だった。

西崎は携帯を手に取った。丈一からの不在着信はさらに増えていた。

ここでようやく、西崎は丈一に連絡を取った。

ここまで引っ張ったことは今までない。遅らせたのは、どうにも気が進まなかったからだ。

グダグダとした話になると分かっていては、なかなかスマホの画面に指を載せる気にはなれなかった。

丈一はすぐに出た。

——遅《おせ》ぇぞ、コラ。いつまで待たせんだ。

予想通りの、溜息が出るほどステレオタイプな声だった。

「すいません。今日は午後から医局で臨時会議があったもので」

——ふん。知らねえよ。んなこたぁ。

知るわけはない。西崎自身、出たこともない。

——だがまあよ。おかげで酒がちったぁ抜けた。最初に出やがったら、まず手前ぇをぶっ殺すって話にしかならなかったぜ。

「そりゃあ、俺にとって良かったんですかね」

——どうだかな。

いやに余裕を見せる。

普段なら西崎の中で警戒警報が鳴る領域だが、この日に限っては鳴りはしない。だいたい、抜けたと本人は言うが、呂律はまだ怪しい。

西崎に言わせれば十分酔っているレベルだ。

「で、なんの用ですかね。あれだけ何度も掛けてきてるんです。急ぎなんじゃ」

——おう。それだがよ。へっへっ。例のティアよ。あちらさんとの話ぁまだかい。

「まだですね」

——けっ。簡単に言ってくれるじゃねえか。

「まだなものはまだ。ほかに言いようもないでしょう」

――本当かねえ。ええ、次郎さんよ。

どうしようもなく話が持って回る。

西崎はスマホをスピーカーにして、冷蔵庫からレモンをもう一個取り出した。

なにかしてでもなければ、馬鹿らしくて聞ける話ではなかった。

――どうにも、お前が信用出来なくてよ。だいたいティアもお前ぇ、まだ持ってんじゃねえのかい。持って、こっそり売ってんじゃねえのか。それでティアの値が下がってるとかよ。どうだ。

「言い掛かりですね。なんですか、それ。だいたい、売《ばい》のルートのことはわかってるでしょう？　どうやって俺が売るっていうんです。兄さんとこが自分で下手打って、粉々に潰してくれたんじゃないですか。そんなすぐに新しいルートなんて確立出来ませんよ」

くだらない時間の短縮のため、多少強引でも西崎から振ってやった。

いや、ちょっと待て。ティアの値が下がっていると丈一は言わなかったか。

ちょっと待て。

だが、西崎が思考する間もなく、丈一は西崎の振りにすぐ食いついた。

――へっへっ。知ってるぜぇ。エムズの戸島、だっけかな。

丈一は得意げだが、西崎は丈一が知ったことを知っていた。昼前に美加絵から連絡があったからだ。

〝なんか、竹中もやるわね。よくはわからないけど、戸島君があなたのルートだったって突き止めたみたい。あと、上野の魏老五のことも〟

要約すればそんな話だ。

だから対策が立てられた。丈一がなにを言っても、負けはしない。

「戸島がどうしました」

丈一はこのひと言で笑いを引っ込めた。おそらく戸惑《とまど》っているのだろう。

――どうしましたってお前ぇ。惚《とぼ》けんじゃねえや。手前ぇの売のルートだろうが。

「そうですが、正しくないですよ。ルートだった。過去形です」

丈一は一瞬黙った。

――わかんねえ。手前ぇ、少し頭ぁ切れるからってよ。煙《けむ》に巻こうったってそうはいかねえぞ。

「そうじゃないですよ。戸島は表の人間です。嫌がったんですよ。もう二度と裏とは関わらない、やらないってね。兄さんにティア渡したときも、だから二番手で考えてたＪＥＴ企画をつなげたんです。いまさらですよ。あいつは、強引に動かそうとすれば警察行きますよ。面と向かってそう言われましたから」

――それじゃあ、お前ぇ。って、なんだよそれ。

「だからルートはまだです。ブツに関してはさらに」

――おっと。それはわかってるぜぇ。ノガミのチャイニーズだ。間違いねえ。

「本当ですか。ウラ、取れてるんですか」

――ああ？　いちいちうるせぇな。

丈一が苛《いら》ついてきた。もうすぐ頂点に達して、自分から電話を切るだろう。

――取れてねえよ。だったらなんだってんだ。俺が間違いねえったら間違いねえんだ。

西崎は鼻で笑った。空のグラスにミネラルウォーターを注ぐ。

――おい。今笑いやがったな。

「ああ、失礼。俺には、雲をつかむような話でしたから」

――手前ぇ、次郎。舐めてんのかっ。

「いえ。そういうわけじゃありませんが。まあ、ティアに関しては、手に入れてから言ってもらいましょうか」

――偉そうじゃねえか。なにか？　俺ぁ、手前ぇの下か。手前ぇが兄貴か？　組長か？　ええ？。

馬鹿らしさに飽きが来た。ミネラルウォーターにレモンを絞る。

「なに言ってんです。兄さんは兄さんでしょう。事実は事実。丈一に次郎。これは曲げられない」

——ああ？

なぜか、丈一の声が黒くなった。

——へっ。なんだそれ。なんだ？　丈一に次郎って。へっ。なんだよ、それ。

「なんだって、簡単な一番目と二番目。まだ酔っててんですか。ほかになにがあるっていうんです」

突如、電話の向こうで丈一が笑った。大笑いだ。しばらく止まらなかった。

——こ、こいつぁ、面白《おもしれ》ぇや。一番目と二番目だぁ？　それで次郎だ？　こいつぁ、最近にはねえくれえ面白え。

「わかりませんよ。兄さん。なに笑ってんですか」

——へっへっ。これが笑わねえでいられるかよ。おい、次郎。お前ぇ今まで、二番目だから次郎だって思って生きてきたってんだろ。へっへっ。そりゃあ、おい、面白過ぎて涙が出らあ。

西崎はなぜか、鼓動が早くなるのを感じた。

次郎、母の拠り所、運がなかっただけ、剛毅の顔。

——あの頃よ、うちにゃあ美加絵が可愛がってるペットがいてよ。お前ぇが生まれたって聞いた親父が、面倒臭ぇ、そいつの名前ぇでもつけとけって西崎に言ったのを俺ぁ覚えてる。

なんなのだ。なんの話だ。

――次郎はよ、犬の名前《なめ》えだぜ。間違いねえよ。俺がつけたんだ。カタカナでジロー。へっ。お前ぇは俺の弟じゃねえ。カタカナのジローの弟だ。犬がポチだったらお前ぇ、漢字でポチか？　どう書くんだろうな。

天地がぐらりと、一回転する気がした。

気にしたことはない、つもりだった。

ただ、母が大事にしていただけ。

それにしてはアイデンティティが揺れた。

大事でも必要でもないと思ってきたはずだが、実際、自分は今、どこに存在する。

――面白ぇ話聞いて、多少は気が晴れた。じゃあよ、しっかりやってくれよ。頼むぜ。漢字の次郎君よ。はっはっはっ。

電話が切れた。

ミネラルウォーターのグラスを手に持ったまま、西崎は固まった。

ひとつの想いだけがマグマのように西崎の中で灼熱《しゃくねつ》だった。

(丈一だけは、どうあっても殺す。剛毅が母を殺したように)

グラスが派手な音を立てた。

灼熱の想いが伝わったか、気がつけば手が異常に熱かった。

それで気が付いた。グラスを握り割った手から、血が滴っていた。

——人なんて良くも悪くも、みんな自分と大差ないわよ。

美加絵の言葉が西崎の中に、虚しくも嘲《あざけ》りに似て響いた。

五

十三日、絆は非番だった。

渋谷と隊の応援捜査が山場を越えたのもあるが、この日の予定は前回の恵比寿のときから樫宮に決められていた。

「次の非番はいつですか。風邪をひく予定ですから」

そんな能天気でいいのかとも思うが、なんとなく断れなかった。

恵比寿での帰り道、片岡三貴に聞いたからかもしれない。樫宮とはどうなのと、絆が何気なくこっそり聞いたことに対する答えが引っ掛かった。

「そうね。いい人なんですけどねぇ。どうなんでしょう。本当に、私を見て誘ってるのかなぁなんて。樫宮先輩、実はまだ尚美を狙ってるのかもしれませんよ。お気をつけて」

そうかどうか、真心は〈観〉えない。曖昧に聞いてしまった反動として、かえって断れなかった。

そのときは――。

朝八時、正確には七時にだが、絆は珍しく遅れることなく、ＴＤＬ《東京ディズニーランド》の入場門口の長い列に並んだ。

県内の待ち合わせであれば、県民として遅れるわけにはいかないという変な義務のような縛りが働くが、実に出発点は池袋の特捜隊本部だった。

「ディズニーなんて久し振りね」

隣で尚美が飛び跳ねる。ふたりの前にプーさんのリュックを背負った樫宮と、ミニーの耳をつけた三貴が立つ。

絆は空を見上げた。まだ早朝といっていい時間の冬空は晴れ渡り、雲ひとつなかった。全体として、のんびりとしたものだった。

こういう日があってもいいと思いつつ、しなければならないことを並べれば、これでいいのかとも思う。どうにもワーカホリックの自覚もあった。警察官など、みんなそんなものかもしれないが。

「ま、いろいろ考えをまとめるにはいいか」

「えっ。絆君、なにか言った？」

尚美が斜め下から覗き込む。絆は鷹揚《おうよう》に笑って首を振った。

前夜、仮眠室のベッドに潜り込もうとした絆の携帯が振動した。大利根組の立石からだった。親が佐原のヤクザで、若いころはずいぶん無茶をしたと嘯《うそぶ》く二十五歳だ。それで、修行と称して蘇鉄のところに預けられたらしいが、どうにも代貸格の野原の匂いが否めない、卵取りが野原に次いで上手い青年だった。

――若先生。今、いいっスか。

「いいよ。なんかわかったかい」

――わかったってぇかわからねえってぇか、とにかくどん詰まりんなったんで報告っス。

「うん。いい感じにわからないね」

でしょう、と陽気な声を出し、立石は話し始めた。

半グレ仲間から知り合いを辿り、本人的にはもう見ず知らずのところまで話はつながっていった。だから時間が掛かったという。

「へえ。ずいぶん有り難い仲間だね」

――友だちとのつながりは大切にってぇのが、俺のチームのモットーっしたから。

「……へえ。いいモットーだね」

でしょう、とまた立石は元気良く、大きな声で言った。

――で、つないでつないでいったんっスけど、途中で消えたんス。こう、ポッと。

いきなり声が途切れた。鼻息だけは聞こえた。

どうも、待っているようだった。

「ああ。ポッとね。消えたんだ」

――そうなんス。

なんとか会話はつながった。

――ただ、みんなほんと一生懸命つないでくれて、畑山でしたっけ。そいつ自体は消えたんスけど、いつの間にか〈チームに関わりありそうなやつ探索〉になってたみたいで。そしたら。

田之上《たのうえ》組に行き着いたっスと立石は言った。

――ヤクザに辿り着いたらもう、どん詰まりっス。しかも田之上組って、辰門会《しんもんかい》に近いとこっスよね。

「うん。そうだ」

田之上組は歌舞伎町裏を根城として古い。絆にも認識はある。立石は近いというが、近いどころではない。北陸の広域指定暴力団、辰門会の直系だ。七、八年前に先代の田之上から組長が代わり、今はたしか窪城《くぼしろ》という男が組長だったはずだ。

ただ、立石の話に絆は単純な疑問も湧いた。

「でもそれだったら、たとえばエムズ、狂走連合くらいになったら、ネットワークですぐわからないかい」

それとなく聞いてみた。

渋谷の下田からも、エムズがどこかに辿り着き、動きが慌ただしくなったという情報は今のところない。

——どうっスかね。

立石はうぅんと唸った。

——狂走連合ってでかいっしょ。ヤクザを端《はな》から馬鹿にしてんスよ。ヤクザに流れるのは、俺みたいなのやその畑山みたいな、小っちぇえチームの半グレっスね。うちなんか小っちゃ過ぎてっスね。狂走連合が道を走ってるだけで、一方通行でも逆走で避けるようなチームだったんス。

「——刑事が言っちゃいけないのかもしれないけど、それでいいの？」

大丈夫っスとまた立石は陽気な声を出した。

——あ。ちなみにそいつ、畑山がいたチームは、スケアクロウってんス。案山子《かかし》っスよ。

「なるほど。あんまり動きそうにないね」

——でしょ。

どこか、自慢げだ。

聞かなければいけない雰囲気だった。

期待の鼻息が聞こえた。

「なら、お前のチームは？」

——うちは、マッドスネイルっス。

「へえ、マッド。格好いいね。なんて意味だい」

——へへっ。田螺《たにし》っス。

「……ああ。案山子よりは、少し動くね」

——でしょでしょ。

昨日、立石とはそんな話をした。仄々《ほのぼの》としてはいるが、情報としては進展だ。

結局、つらつらとそんなことを考えていると、

「絆君。ほら」

尚美に腕を引かれた。

「えっ」

「オープンよ。動かないと」

そういえば、列がもぞもぞと波のように動き始めていた。樫宮などは大きく肩を回していた。なにを投げるつもりなのだろう。いや、

(非番だ非番。ヤクザも半グレもマフィアもいない。俺はワーカホリックじゃない)

自分に言い聞かせて歩き出す。

ここは東京ディズニーランド。

三頭身の、しゃべるネズミの国だ。

六

ＴＤＬの一日はそれなりに楽しくはあった。

尚美から笑いは絶えず、三貴も最後まで楽しそうで、樫宮は終始、ファスト・パスやポップコーン・スーベニールのために走り回っていた。

が、絆にとっては結局、丸一日仕事が絡まないなどということは、どだい無理な話だった。夢の夢、見果てぬ夢であるかもしれない。

遅い昼食の席を確保した直後に、渋谷の下田から連絡があった。

――千目連に目処《めど》が立ったからよ、部下に任せといたエムズの動きを確認したらよ。筋としては狂走連合から遠い、見るからに半グレといった連中の出入りが頻繁になっているという。

――どうやら、そろそろ形振《なりふ》り構っていられない状況になってきたみてぇだな。おっと、今日は非番、デートか。

「あら、よくわかりますね」

――へっへっ。後ろの方で、そりゃぁ、パレードだな。ディズニーのよ。

「なるほど」

たしかにパレードが始まったようだ。

「下田さんも、ディズニー通なんですか」

――通ってほどじゃねえけど、うちは娘がふたりだったからな。ずいぶん、通わされたもんだ。

声が遠くなる。懐かしんでいるようだった。

下田さん、と声を掛ければ現実に立ち返り、じゃあな、また連絡すると電話は切れたが、絆が席へ戻れば注文した品は樫宮の腹の中だった。

パレードですから行きましょうと、樫宮が言って全員が立った。

ネズミの世界は無情だ。

日が暮れてからは、今度は成田の片桐からの電話だった。昼食のときよりはまだましだった。夜のパレードまでの小休止で、温かい飲み物を飲んでいるときだった。店外に出て受けた。

今湯島《ゆしま》に帰ってきたと、片桐の第一声はそれだった。

「どうです。しごかれましたか」

――ああ。たっぷりな。色々、ケツの毛まで抜かれる勢いだったよ。

以前より声に張りは聞こえたが、内容は首を傾げるものだった。

「なんです。それ。稽古って、そんな怪しかったですか」

――ケイコじゃねえよ。アミとミイナだ。

「……ああ。そっちですか」

――そっちって、わかったような口じゃねえか。

「わかってますから」

なぜか毎日の様子は、千佳から連絡があって聞いていた。

〈今日は典爺と出掛けたわよ。あれは駅前のキャバクラね、きっと〉

だったり、

〈今日もキャバクラよ。なんか迎えに来た親分とも、いつの間にか意気投合しちゃってるみたいでさ〉

とか。お前は中年の家政婦かと言いたいが、様子がわかって悪いこともないから黙っていた。

ただ、片桐さんのこと、なんでそんなに気にするんだと聞いたときの、

〈えっ。それはほら、あれよ。だって、ほら、あ、そうそう。絆のバディなんでしょ。だからほら、ほほほっ〉

なんだか様子が怪しかったが、よくわからない。

「まったく」

絆は長い息をついた。

「成田までいったい、なにしに行ってたんですか」

——なにってよ。ああ、ケイコって稽古か。

片桐は咳払いで誤魔化した。

——電話した用件だけどな。

魏老五から電話が来たと片桐は言った。

——向こうからのホステス連中は、ジャスミンに関してはみんな首を振ったようだ。まあ、範囲ははっきりしねえが、あっちの連中はたいがい連絡取り合ってる。その連中が知らねえってんなら、知らねえんだろうな。

「そうですか。ノガミの網にも引っかからない、と」

——ただひとり、昔からジャスミンを知ってるって女が群馬にいてな。そいつの店によ、ジャスミンの昔の、ケソンの頃の彼氏だかなんだかが、ネギ畑の親父と一緒に来たんだと。

「ケソン？　ネギ畑、ですか」

——出稼ぎだな。観光だか就業だか知らねえが、おそらく不法就労だな。群馬のネギ畑でよ。

「なるほど」

——あんたの彼が店に来たってメールをその女はジャスミンにしたらしい。辛《つら》い仕事させられてるみたいよってな。返事はなかったってことだが、ノガミのボスが引っ掛かるってな、その男のことも調べさせたんだと。そしたら、逃げ出してたってよ。

「逃げた？」

――そう。昔からそういう連中は多い。日本に来たはいいが、パスポート取り上げられて、強制収容所みてぇな環境で働かされる。辞めるにゃ逃げるしかねえが、逃げりゃその瞬間から不法滞在者まっしぐらってな。その昔ノガミでよ、テレホンカードをトランプみてぇにして売ってたイラン人なんかぁ、みんなそんな連中だ。夢持ってやってきて、歯ぁ食いしばって、それでも辛くて苦しくて、どうにもならなくて逃げ出す。そんな連中ばっかりだった。

「そうですか。だから、その男も逃げたと」

ただし、と片桐は続けた。

――こりゃあ、もう四ケ月も前の話らしい。今につながるかはわからねえ。

「了解です。――じゃあ、片桐さんも明日から始動ってことでいいですね」

――ああ。構わねえよ。

顔の腫れも引いたしと、よくわからないことを呟いた。

わからないことは無視する。

「明日は隊に出てからになりますから、そのあとで連絡します」

午前中にと告げて、絆は通話を終えた。

店に戻ろうとすると、ちょうどまた三人が出ようとするところだった。絆の飲み物は片付けられていた。

「行きますよ」

樫宮がリュックを背負い、尚美が笑顔で続いた。

ただ、三貴だけはゆっくりだった。難しい顔をして遅れた。気配も動作も不自然だった。

絆の到着を、待っているようにしか思えなかった。

「どうしたの」

支度を手伝う振りをして近づけば、三貴はいきなり真っ直ぐに絆を見上げた。

「先輩。よくわからないけど、尚美、なんかおかしなことになってるわけじゃないですよね」

唐突だが、有無を言わせない一途《いちず》な目だった。よくはわからないが、真剣に尚美のことを案じている目だ。

親友、なのだろう。いい娘だ。

だから、

「おかしなことにはしないよ」

取り繕うことはしなかった。

だが、三貴の目はまだ逡巡《しゅんじゅん》していた。よほどなにかがあるのだ。

「どうしたんだい。大丈夫。なにがあっても大丈夫だから」

心を押してやる。

三貴はおずおずと、ポケットからなにかを取り出した。

小さな空の、目薬の容器だった。

「え、これって」

さすがに想定外だ。

絆は一瞬絶句した。

「このところ尚美、変じゃないですか。彼女先輩に教えてるけど、目薬飲んだ人なんて、イベントのときも上野でも、私全然知らないし」

ああ、尚美をずっと気にしてくれていたようだ。

「それでこれ、さっき彼女がトイレでごみ箱に。だからわたし、尚美が出てからこっそり拾ったんです」

絆は空の容器を受け取った。

なにも書かれていないところがかえって怪しいが、

「よく気付いたね」

「だって、尚美これをナプキン入れから、ナプキンの間から出したんです。それが鏡越しに目に入って。普通入れないでしょ。目薬ですよ」

「そうだね」

そういうことか。そんなところに。

「でも先輩。ホントに、尚美。私、私――」

青褪《あおざ》める三貴の肩に、絆はそっと手を置いた。

「よく、拾ってくれたね。有り難う。尚美に代わって、お礼を言うよ」

「えっ」

絆は三貴に笑い掛けた。

偽りも詐術もない、男らしい笑みだった。心が乗った。

「これから、色々あるかもしれない。いや、ある。でもね、これで尚美は救われる。最後には、絶対尚美は救われる。有り難う。そして、これからも彼女をよろしくね」

三貴の目に、かすかな涙が浮かんだ。

「ただ、このことは尚美には内緒だ。それがきっと、彼女のためだから」

はい、と三貴は小さく頷いた。

ひと筋の涙が、それで落ちた。

遠くから、なにしてんですと樫宮の声がした。

ハンカチに包んだ容器をポケットに入れ、絆は手を振って樫宮に応えた。パレードが始まるようだった。

三貴と二人、急いで走り寄った。三貴は樫宮を通り越した。

「樫宮君。もっと前行こうよ」

人混みを縫って最前列を目指すようだ。涙の跡を見られたくもないのだろう。

絆は尚美の隣に立った。尚美は絆の腕を取った。手が冷たかった。

「そういえば絆君、上野ってあの後どうなったの。そうそう、この間なんか、あの日薬売ってる人がいたわ。中国人だったみたい。上野って、そんな人ばっかりなのかな」

やあねと、尚美は絆の腕に顔を寄せた。

絆は答えを持たなかった。尚美に言ったところで、その後ろに隠れて尚美を動かす誰かには届かない。

華やかにして、どこか物悲しいパレードの音楽が遠くから聞こえてきた。

「そうだ。絆君。もうすぐクリスマスだね。なにか欲しい物、ある?」

「え。――欲しい物?」

「そう」

黒髪を揺らし、尚美がすぐ近くで顔を上げた。

「クリスマス・プレゼント。なにがいい?」

白い吐息が甘やかに匂った。見上げる瞳は一途に、絆だけに向けられていた。パレードの喧騒にも派手な音楽にも揺れない。

尚美は絆に身も心も委ねていた。

心がざわめいた。

愛おしい。

どこまでもどこまでも愛おしかった。

だから――。


守らなければならない。


絆は尚美を抱き寄せた。

身体が冷えていた。温もりを伝えたかった。さらに強く抱き締めた。

尚美は逆らわなかった。

ただ、

「ふふっ。ちょっと苦しい、かな」

そう言いながら、自分も絆の背に腕を回した。絆の胸に顔を埋めた。

「それで、なにがいい？　クリスマス・プレゼント」

尚美の白い吐息が、空に昇る。

「――雪、かな」

「えっ。雪?」

「うん」

尚美に降り積もり、真っ白に染める清廉潔白の綿雪。吹雪でもいい。

温もりならいくらでも自分が伝える。全身全霊で溶かして暖める。守る。

「ホワイト・クリスマスがいい。ふたりのために」

願わくば、それが欲しかった。

絆は星が瞬く夜空を見上げた。

三頭身の、しゃべるネズミの国から夜空に問う。

サンタクロースは、この世にいるか。

第五章

一

翌朝、池袋の隊本部に出た絆は、金田にいくつかの件を報告した。金田の机の上には絆のハンカチに載せた、空の目薬の容器が置かれていた。

報告の途中で金田が繰り返したワードは、ティアの容器と田之上組のふたつだった。片桐からの話も報告したが、そちらはまだ蒙漠としている。必要ないというわけではないが、当面の優先順位が低いということだろう。

話し終えると、金田はデスクに肘を載せて手を組んだ。

「そう。東堂君の彼女がね。やはり、と言っていいんだろうかね」

「俺のことは、気にしないでください」

絆は緩く笑った。

「予断、憶測の域はもう超えてます。これはもう、確たる証拠品ですから」

「そうかい。じゃあ、正規の手続きで検査に回していいんだね」

「お願いします」

「――辛い話だ」

「いえ」

絆は即答した。

金田が下から絆を見上げた。

「とは？」

「この容器は彼女の友だちの、彼女を思う心が見つけてくれたものです。だから、これは彼女を救います」

「ほう。言うね」

見上げたまま、金田の目が細められた。

「だけど、そういう独断は嫌いじゃない。いや、刑事には必要なものかもしれないね」

金田はハンカチを閉じ、デスクの引き出しにしまった。

「で、次は田之上組、か」

「カネさんの方で、なんか伝手《つて》ありますか。なければ強引にでも行きますけど」

「そうねぇ。まあ、あるにはあるんだけどねぇ」

「お、どの辺ですか」

「田之上組の先代。田之上洋二《ようじ》」

さすがに絆は息を詰めた。

「――ド直球じゃないですか」

「ただねえ」

金田は椅子の背凭れに身体を預けた。

暫時、考えている様子だった。

やがて、仕方ないかと携帯を手にした。どこかに掛ける。

「ああ。池袋の金田だけど、これは今でも、鳥居主任の携帯かな」

どうやら留守電のようだが、聞いた覚えのあるような名前だった。電話が欲しい、間違ってもお手数ですがお願いしますと言って、金田は通話を終えた。

「鳥居主任って、誰でしたっけ？」

「この間、東堂君も会った男だよ。ホンシャの受付で」

「ホンシャの？　ああ」

こりゃぁカネさん、と濁声を掛けてきた胡麻塩頭がたしか鳥居という名前だった。

ということは小日向警視正の部下、公安の男だ。

「その鳥居さんに電話しないといけない、と」

「そう。まあ、仁義ってやつだね。ずいぶん前、組対部が出来る前の話だ。鳥居君は、私が外事特別捜査隊にいたときの仲間でね」

「そうですか。外事の」

ずいぶん前と簡単に言うが、大昔だ。

「ちょっとした捜査があってね。彼に貸してもらったんだ」

「貸してもらった？」

「うん。田之上はね」

金田は周りを窺って声を潜めた。

「鳥居君のエスなんだ。正確には、だった、だけどね。もう引退してるから」

エス、呼び方は色々あるが、要は内部協力者、スパイのことだ。

「そういうことですか。——了解です」

「今考えていたのは、君とあの分室の関わりだけでね。GOと判断したからには、その方向でいいよ。ただ片桐とも連絡を取って、三時以降にしてほしいかな。鳥居君から昼までに掛かってこなかったら、新しい彼の連絡先を探す。そこから二時間。三時なら、少なくとも君が恥を掻かないようにはしておくよ」

絆は、有り難うございますと頭を下げた。

「じゃ、そんな内容で片桐さんに。俺はその前に、新宿署に顔出します」

絆は、金田のデスクを離れながら片桐にメールを送った。

〈午後三時。歌舞伎町。田之上〉

わかったと返信が来たのは、金田のデスクからわずか五歩だった。

やっぱり成田かねぇと、やけにしみじみと金田は呟いた。

「東堂君。君、いくつだっけ」

「え。二十七ですけど」

「そうか。二十七年。二十八年。十年ひと昔って言うけどねぇ」

長いねぇと、金田は湯飲みの向こうに顔を伏せた。


午後三時、新宿区役所前で待ち合わせた片桐は、寒風の中を飄々《ひょうひょう》とやってきた。

「へえ」

一瞥で、絆の口からは感嘆が漏れた。

「なんだよ」

態度も口調も変わらないが、たしかに片桐はそれまでの片桐ではなかった。不純物がないというか紛れがないというか、とにかく、清々として〈観〉えた。実際に身体も、無駄がいくぶん削《そ》げているようだった。

「見違えました。キャバクラ通いばっかりしてたわけじゃないようですね」

「放っとけ」

片桐は目を瞬《しばたた》いた。

「そのせいで、こっちも見違えちまって今大変なんだ。面倒臭ぇ」

「なにがです？」

「あの凄ぇ爺さんに〈自得〉を許されたってよ、お前ぇどんだけ底抜けなんだ？　それをまた、ちょっと垢《あか》の落ちた目で現実に見ちまってる俺ぁ、結構今、どうしようもなく腹の底に力が入ってんだ」

「ははぁ」

とはつまり、往時の剣士としての感覚が蘇ったということだろう。蘇れば漠然としたものでなく、絆と自分との彼我《ひが》の差にも思い至るというわけだ。

「だから、慣れるまでは疲れっからよ」

早ぇとこ行くぜと片桐は歩き出した。

田之上組の事務所は、花園神社の近くだった。区役所からは目と鼻の先だ。

鳥居君と話ついたよ、と金田から連絡があったのは約一時間前だった。

実際に連絡があったのは午前中のようだが、だったら今につなげますよと鳥居主任は言ってくれたらしい。それで先代の田之上洋二に連絡が行き、堂々と田之上組に〈挨拶〉をしに行けるようになった。

現組長の窪城が、三時には自宅から事務所に出て待つということだった。

古い三階建てのビルが、まんま田之上組の事務所だった。そんなビルが自前だというだけで、新宿に居ついて長いことがわかる。金看板こそないが、一階の外壁に文字の名残が汚れとしてくっきりしていた。

一階はガレージと、田之上組が経営する不動産会社だが、ようは組事務所だ。年齢もまちまちに、六人がいた。

「東堂と言います。窪城さんは」

スーツを着た三十代に見える男が無言で立った。

雰囲気としてはやはり、エムズやＪＥＴ企画など、半グレがノリで起こした会社とは違う。

いや、実際には会社ではないが、漂う気配に一本、芯のようなものが〈観〉える気がした。

二階に上がると、手前が開けたリビングのようになり、ソファと花瓶の花に彩られたテーブルがあった。

さらに奥には二部屋が見えたが、ドアは閉まっている。三階に上がる階段はそちら側だ。潮目のような雰囲気の変化が途中に感じられた。

踏み越えて奥の部屋や三階に向かうには、おそらくなんらかの令状が必要になるだろう。

「聞いてますよ。どうぞ」

窪城は花瓶の花の向こうで、ソファに足を組んで座っていた。花はピンク色も鮮やかなチューリップだった。

窪城はコーヒーを飲んでいた。ブラックだ。

手招きされて絆は対面に座った。片桐は当然、絆の隣に座る。片桐からは位置的に窪城は、チューリップに遮られて見づらいだろう。

すぐに若い衆がコーヒーを二人分持ってきた。そのまま一礼して近くのデスクにつく。所作や礼儀は鍛えられているようだ。先代か現組長か、その力量だけは認めておく。

コーヒーは、香りだけでもかなり上等だと絆にも分かった。

「お忙しいところ、どうも」

「いえ。初代に言われちゃ。なにをおいても親。そう叩き込まれてきましたので」

ゆったりと窪城はそう言った。バリトンの渋い声だ。

五十代と聞いた気がするが、ざっくりとなら四十代にも見える。社長・重役というよりは課長・係長といったふうに線も細く押し出しも弱いが、並みからすれば異常と言っていいほどに目の光が強かった。

経済ヤクザ、なのだろう。しかも新宿の牙城《がじょう》を譲らない。相当出来る男だ。

漂う気配に険はない。鍛えられてもいない。

ただ、底冷えするほどの冷気が〈観〉えた。

絆は証票を出そうとした。窪城は結構とそれを止めた。名刺だけは受け取った。

「見せられて興味深い物でもないですし、今日は飽くまで、昔馴染みの知り合いが挨拶に行くと初代からは聞いてますので」

片桐がかすかに笑った。

窪城の目が動いた。

「なにか」

「いや。真っ当なことを言うもんだと思ってな」

片桐はコーヒーに口をつけ、ほうと漏らした。

窪城が口元を緩めた。

「凝ってましてね。逸品ですよ」

片桐は片頰を吊り上げた。

「だが、ヤクザはヤクザだ。上等なコーヒーも、人様から吸い上げた汗水で淹れた日にゃ、泥水と一緒だな」

挑発だ。コーヒーを持ってきた若い衆はわずかに気を尖らせた。

「それはあなたが味音痴だからでしょう。美味い物は誰が食べても飲んでも美味い。誰が作ってもね」

窪城は微塵も動じなかった。

そういう男かと認識する。

絆もコーヒーをひと口飲んだ。

「なるほど。美味い物は美味い。その通りですね」

窪城の意識が絆に戻った。

その一瞬、切り替わりの境目。斬るならそこだった。

「スケアクロウの畑山を、どうしました？」

虚心の間《あわい》がかすかに広がり、なにかが〈観〉えた。

熱さ、だろうか。それにしても一瞬だ。

コーヒーの若い衆の気が大いに乱れ、窪城のなにかは紛れて消えた。

「なんですか。誰ですって」

「半グレです。チンケなチンピラって言葉使うと、そこのお兄さんは怒っちゃいますかね」

若い衆は身を固め、ことさらに動かなかった。

「スケアクロウってチームにいた畑山。どうですか」

「さぁ。知りませんね」

「畑山は知らなくても、スケアクロウはご存じですよね」

「それはね。さっきあなた方を案内してきた奴。あれが作ったチームだったかな。でもそれくらいですよ」

「なるほどね」

絆はもうひと口コーヒーを飲み、ソファに深く座った。

「でも、新宿でこの事務所、人数を維持していくのは大変でしょう。普通の会社でも大変そうだ。遣り手ですね」

「そんなことありません。全部、初代が作ったものです。おんぶに抱っこですよ」

初代田之上は歌舞伎町で摘発のあったクラブやぼったくりバーを居抜きで借りることを繰り返し、所帯と勢力を拡大した。その摘発と、対ロシアの窓口である新潟の情報をバーターで遣り取りしたのが、当時外事特別捜査隊にいた鳥居だと聞いた。

「でも、だったらよけい新しいことに挑戦したくなりませんか。窪城さんはずいぶん切れ者のようだ。守るだけじゃ飽き足りないでしょう」

「まあ、そんな願望がないとは言いませんよ。でも、流れがね」

窪城は肩を竦めて見せた。

「ご存じでしょうけど、うちは新潟の親の方でゴタゴタしましてね」

絆は鷹揚に頷いた。辰門会は一時、会長が推《お》す息子と直系連合が推す理事長で跡目争いが起こり、分裂寸前までいったことがある。

「結果は順当に息子で収まりましたけど、ごたごたが始まったのが八年ほど前。ちょうど初代が引退したときです。ゴタゴタしたから引退したってのもありますね。で、ようやく収まったのが一年半くらい前です」

当然その辺りは絆も知っている。

だから、と窪城は続けた。

「方針というか、これからがまだ定まらないんですよ。勝手なことをして睨まれても、つまらないですからね。私のところだけじゃなく、どこも大人しいものじゃないですか。現状維持に汲々《きゅうきゅう》として」

「代替わりして八年、なにも出来ないってのも張り合いがないですね」

「と、最初は思いましたが、慣れますね。私は元来、怠け者のようです」

「方針が決まらないなら、一か八か先陣を切って動くのも手ですね。現状維持は衰退の始まりとも言います。先鞭《せんべん》をつければ、内部での株も上がるでしょう」

「理屈としてはそうですね」

「ティアドロップとか、どうです。これも知ってますよね」

振ってみた。

窪城は鼻で笑った。

「TVで一時期やってたくらいにはね。でも、知ったところでっていうのもあります。うちは初代の方針もあって、そういうものには一切手を出しませんから」

「そうですか。残念だ」

頃合いと見たようで、片桐がコーヒーを飲み干した。先に立って下への階段に向かう。

若い衆が立とうとするが、送りなんかいらねえと手であしらった。

「参考になりました。有り難うございます」

絆も窪城に礼を言って立った。

「また、というのもなんですね。もうお会いしないことを祈ります」

「合わなくて済むよう、努力しますよ」

窪城は手を差し出した。

絆は笑って首を振った。

「いやぁ。努力は止めましょう。努力なんかしたら必ず捕まえますよ。どんなことをしても」

最後の最後で歪む表情にお邪魔しましたと告げ、絆は片桐の後を追った。

片桐は一階も抜け、外に出ていた。

絆は、煙草をつけようとしているその背中を小突いた。

「なんだよ」

注意されたと思ったのか、片桐は煙草をしまった。

絆は片目を瞑《つむ》って見せた。

「やりましたね。また」

「なにをだ」

「入ったときの事務所のパーテーション下と、帰り際の階段脇の絨毯《じゅうたん》」

「けっ。相変わらずお見通しかよ」

盗聴器だ。片桐は田之上組にふたつ仕込んでいた。

「どうにも、胡散《うさん》臭かったからな。悪いか」

「いい判断だと思います。交代で聴きましょうか」

「なんだ。珍しく素直だな」

「チンピラの挙動といい窪城の気性といい、怪しさマックスですからね」

絆は歩きながら片桐の前に手のひらを差し出した。ティッシュペーパーの切れ端のような物が載っていた。

いや、花びらだ。

「なんだそれ」

「花瓶近くの絨毯に落ちてました。俺たちが来る前に替えたんでしょうけど、男所帯はこういうのが雑ですね」

「だからなんだって聞いてんだ」

「勉強が足りませんね。片桐さん、これ、たぶん茉莉花《マツリカ》、アラビアジャスミンです」

「――だからなんだ。ジャスミンとアラビアジャスミンで語呂合わせか」

「あんな男所帯に花。しかも花瓶も新しい。片桐さんの事務所だったらありですか。それに、ピンクのチューリップですよ」

「――まあ、ないな」

「だから怪しさマックスです。おそらく誰かいたか、いるか。それで俺たちが行くことになって窪城が、おう花替えとけよ、と言った。で、チンピラが花屋のお姉さんに、訳も分からず買わされたってとこですかね。予想できる分、盗聴する気にもなるってもんです。で、限界距離は？」

「二百」

「保《も》ちは？」

「まあ、十日ってとこかな」

じゃあ花園《はなぞの》神社で張り込みの場所探しましょうと、絆は片桐を追い越した。

二

翌朝、始発で隊本部を出た絆は、まだ暗いうちから花園神社裏手の片桐と交代し、盗聴に当たった。

一旦帰る片桐との交代は午後三時だ。そこから交代の時間は五時間にした。長期に及ぶ可能性のある張り込みは無理をせず、させないのが基本だ。集中力が目に見えて減退するからだ。

窪城は一旦事務所を出、夜八時過ぎにまた来て何人かと飯に向かい、いい調子で十一時過ぎに戻り、一時前には自宅に帰ったらしい。

「ああ。ただ窪城がよ。夜中の十二時半ぐらいだったかな。電話で怒鳴ってたな。手前ぇの店から、ありゃあ店長かな。報告の電話だろうが」

「へえ。なんて」

「花瓶なんかあるからその気になっちまったが、なんだチューリップってのはよ。もうちっとましな花ぁ注文しろよ。だったな」

「ははっ。ど真ん中ズバリですね」

「だからって、わかったことはなにもねえがな。じゃあよ」

片桐は上野に帰り、絆はイヤホンを耳につけた。感度は良好だったが、片桐以上になにも起こらなかった。

片桐が戻って交代するまで、窪城は事務所に現れなかった。カタコトの日本語や英語、タガログ語の類《たぐい》も聞こえない。

片桐は交代の時間通り、二時五十分にはやってきた。さっぱりしている。無精髭も当ってきたようだ。

「どうだ」

「なにも。窪城もまだ来てません」

わかったと言って片桐は受信機を手に取った。

「お前はどうするんだ。池袋に戻るのか」

「いえ、新宿署を借ります。ただその前に、ちょっと金松リースの様子を窺っておこうかと。この前のガサ入れのとき捕まえた男からは、会社まで辿れませんでしたから」

「仕事熱心だな」

「十分前集合の片桐さんに言われたくもないですが」

片桐と別れ、東口から大ガードを抜けて西口に回る。

新宿通り沿いの、大きなテナントビルの四階が金松リースの本社だった。ちょうど西新宿ホテル群の裏手にあたる。

金松リースの主業務は建設機械のレンタルだ。関東主要都市十ケ所に拠点があり、本社には総務と経理にリースの営業部門、それと何人かのヤクザがいるだけだった。

社内には活気があった。電話の音が絶えない。

絆は前回同様、勝手にフロアの真ん中辺りにいる男に近づいた。顔を上げた男はぎょっとしたようだった。

「やあ。松島ですよ」

絆は前回、男が絆につけた出任せの名前を口にした。

男は苦虫を嚙み潰したような顔になった。

「社長も専務もいませんよ。わかってんでしょ」

「それはね」

入ってすぐわかった。

左手の重役室に人の気配は皆無だった。社長の葉山《はやま》も専務の山上《やまがみ》も留守のようだ。

「それに今日は戻るかどうか――」

「ちょっと待たせてもらうよ」

男がなにか言うより早く絆は右手、応接室の方に向かった。

「ああ。お茶とか要らないから」

右手にはトイレと給湯室、女子社員の休憩室と喫煙ルーム、それに応接室がいくつかあった。

　絆は選んで喫煙ルームに入った。煙草を吸うわけではない。パイプ椅子に座り、ただじっとしていた。入ってくる社員はみな怪訝な顔をし、なにも言わず吸う物を吸って早々に出る。

　三十分ほどで絆は外に出た。

「帰るよ」

　男に声を掛けた。

「へっ。だから今日は戻るかどうかわからないって言ったでしょ」

「まあ、それならそれでいいんだ」

「えっ」

「最近、社長や専務はちゃんと来てるのかな」

「――言うと思います？」

「会社、順調？」

「見ての通りです」

「余計なことに手、出してない？」

「知りません」

「お邪魔さん」

絆はそのまま金松リースの外に出た。顔を顰める。全身から、煙草の匂いが立ち上るようだった。

「ま、三十分で済んだのはラッキーかな」

喫煙ルームに居続けたのは、隣が女子社員の休憩室だったからだ。

——オリンピック関連もあんなに受注してるから期待してたのに、なんでボーナス半減なのよ。どう考えてもおかしくない？

——そうそう。社長も専務も難しい顔ばっかしててさ。もともとそんな顔だけど。変な不動産とかにハマって、やばいのかな。うちの会社。

収穫はそれだけでも十分だった。

東品川のコンテナから失った〈ティアドロップ〉の影響は、フロントにも確実に影を落としているようだ。

「上納、かな」

フロント企業の賞与にまで手を出しているのなら、沖田組は相当苦しい。そう判断出来る。まずまずだ。

絆は上着を叩きながら新宿署へと足を向けた。

携帯が振動したのはそのときだった。金田からだ。

通話にしようとする指先が、一瞬揺れた。嫌な予感に、期待と覚悟が錯綜《さくそう》した結果か。

――東堂君。結果が出たよ。

「はい」

金田のトーンに期待は砕け、覚悟が定まった。

――容器内の残留成分は、ティアで間違いないそうだ。

「そうですか」

しかもレッドだよ、と金田は囁くように付け加えた。

覚悟は定めたつもりでも、膝がかすかに震えた。

――東堂君。容疑以上に、わかってしまうと難しいね。

「――難しいですね」

――本人に自覚はないんだろ。

「ありません」

――救おうとすると壊れるかもしれない。壊したら救えるのかもしれない。なにをやっても壊すことにしかならないかもしれない。なにをやっても、救えるのかもしれない。本当に難しい。

「はい」

――ただ東堂君。なにもしなければ、クスリは確実に人を壊す。これだけは絶対だ。

「わかってます」

わかってればいいと、受話口から金田の溜息が聞こえた。

——逮捕も自首もありだ。時期も任せるよ。いつでもいいように、出来る準備だけはしておくが。

「了解です」

——救いたいね。

いや、救おうと強く言って、金田は電話を切った。

しばらく通話終了の画面を見詰め、絆は天を振り仰いだ。

夕暮れ間近い空が、憎らしいほどに赤かった。

このまま新宿署へ入っても眠れそうにはなかった。

胸の内に渦巻く感情は悲しみであり、悲しみを食い散らかす怒りだった。

絆はスマホを通話にした。

——おう。どうした。

相手は片桐だった。尚美のことを話した。さすがに片桐も絶句した。

最後に、悲しいなとだけ言った。悲しいですと、絆も真情を告げた。

だが、電話したのはなにも、慰めて欲しかったからではない。

「片桐さん。魏老五、事務所にいますかね」

——ああ？　お前ぇ、いったいなにするつもりだ。

片桐の声が尖った。

「なにも。ただ、釘《くぎ》を刺そうと思って」

——釘ったって、なんに刺そうってんだ。

「ティアですよ。持ってますよね」

絆は片桐の言葉を遮った。

「持ってるってことは、売るってことです。今じゃなくても、ここじゃなくても、どこかで誰かに、いつか売るってことです。金儲けも結構ですけど、誰かの命、誰かの涙。そんな物を売るのは、金輪際勘弁ですから」

——だからってよ。

「魏老五、いますかね」

——お前ぇ、ひとりでどうなるって。

「いるのかっ。いないのかっ！」

絆は声を荒らげた。たまたま近くにいた人たちが一斉に振り向いたほどだ。

絆は苦く笑った。

「とまぁ、こんな感情をね。阿漕《あこぎ》な商売の代償にぶつけてこようと思いまして。ストレスってヤツですかね。多少、普通の人とは違いますが」

暫時、片桐からの返答はなかった。

夕陽がさらに赤かった。

「見えますか。片桐さん、この夕陽」

見えるよと片桐は言った。

「尚美を蝕《むしば》む赤です。血の涙の赤かもしれない」

片桐の深い溜息が聞こえた。

――ボスは、いるよ。さっき連絡したばっかりだ。事務所にいる。

「有り難うございます」

――けどよ。

「大丈夫。危ないことはしませんよ」

――どっちにだよ。けどまあ。

気を付けろよと、最後に片桐は言った。

絆は新宿署には寄らず、そのままJR新宿駅へ足を向けた。

山手線に乗り、御徒町《おかちまち》で降りる。仲町通りへは上野より御徒町の方が近かった。

終始無言はひとりだから当然かもしれないが、誰も周囲に寄ってさえ来なかった。どうしようもなく漏れ出る気が、他人を遠ざけるほどに異質だったのかもしれない。

(まだまだ未熟、だな)

その未熟が尚美のような悲しみを作ると思えば、苦笑に逃げる余裕など生まれなかった。

冬の太陽は、最後の最後で力なくストンと落ちる。仲町通りに入る頃には、夜が始まっていた。

絆は、真っ直ぐ魏老五の事務所に向かった。何人かの客引きが寄ってきたが、一瞥すると声を掛けることさえなく引き下がった。

裏通りに入り、角ビルの七階に絆は上がった。変わらず、怪しい篝火のオブジェが輝いていた。真っ直ぐ進み、絆はインターホンを押した。カメラアイに証票を見せる。

「警視庁の東堂です。ちょっとご挨拶に」

少し待たされたが、鍵は開いた。

中には、前回訪れたときと同じようなメンバーがいた。三人、少ないか。前回と違うのは、酒盛りの最中だったということだ。事務所の端に豪華なケータリングと酒瓶が並んでいた。

誰もが思い思いの場所に座り、談笑していた。すでに赤ら顔も多い。なかには麻雀《マージャン》の卓を囲んでいる者たちもいる。

どれもポーズだとわかった。

みなが絆を強く警戒していた。

「やあ。久し振りね」

魏老五は最奥の、いつもの場所にいた。机にはワイングラスが置かれていた。赤だった。

絆は答えず、勝手に事務所の中央辺りまで進んだ。

右側のテーブルに二人の男がいて絆を下から睨み、左側では四人が麻雀に興じていた。

「もっとこっちにくればいいね」

「いえ。ここで」

「お前は運がいい。今日は、日本でいう忘年会ね。好きな物を呑めばいい」

「職務中ですから」

「――つまらない男ね」

魏老五は椅子にもたれた。

「で、今日はなに。刑事がひとりで来たら、面白い話をするか、金の無心をするかのどっちかだけどね」

さざ波のような笑いが起こった。

絆は一同を見回した。

「面白くもないし、金にもなりませんよ。さっきインターホンで言いました。挨拶だと」

ふんと鼻を鳴らし、魏老五はグラスのワインを呑んだ。呑んで、掲げたグラスを揺らす。

赤い色が惑うように回った。

「お前じゃなかったら、ひとりじゃなかったら開けなかったね。いきなりは無礼。普通なら開けない。覚えておくといいよ」

「いえ。それも結構。二度と来るつもりもないし」

さざ波のような笑いが止まった。全自動卓の雀牌を混ぜる音だけが響いた。

静かだが、周囲の気は次第に凝《こご》った。特に魏老五には、強い怒りが〈観〉えた。

「ニィシァンザオス（早死にするぞ）」

「ああ。挨拶って言ったけど、ちょっと違うかな。堅気の挨拶じゃない。そっち方面の挨拶だ。その分、面白いって言えば面白いかもね」

魏老五がいきなりグラスを投げた。

「ジャーフオッ（野郎っ）」

部屋中の全員が一斉に立ち上がった。部屋中に気が膨れ上がる。絆に向かう、邪気の巨大な塊だった。

絆はわずかに腰を落とした。

目を閉じ心気を鎮める。

怒りを〈観〉れば怒りが鎮まる。

これが欲しかった。

破邪顕正《はじゃけんしょう》は、我にあり。

「おおっ！」

絆は目を開いた。

噴き上がる剣気は十数人の邪気に負けなかった。それどころか押し返し、掻き消すほど圧倒的な力を備えた爆裂だ。

見開いた眼からは、白光が現実にもほとばしるようだ。何人かは実際に呻き声をあげながら、眼前に手を翳して顔を背けた。

絆以外、まともに立つ者はひとりもいなかった。

絆は無人の野を行くがごとく、ゆっくりと前に歩いた。

「持ってるよな、ティアドロップ。いや、証拠とかそういう話じゃない。そんなものはどうでもいい」

魏老五は椅子に座ったまま、青褪めて唇を震わせていた。

「持ちたきゃ持ってろ。その代わり、未来永劫《えいごう》ずっと持ってろ。売らせないよ。絶対に。絶対に俺が売らせない」

指を突きつける。魏老五の喉が鳴った。

絆はそこで、一切を閉じた。室内にまた、全自動卓の洗牌の音が蘇った感じだ。

絆を囲繞《いにょう》する全員から、邪気が消え果てていた。

「……という挨拶です。お邪魔しました」

絆は魏老五に背を向けた。

「ぶ、無礼をわ、私は忘れないね。礼儀知らずは、いずれ、手酷《てひど》い、報いを受けるよ」

荒い息に混ぜて魏老五が言った。

絆の気を受けてまだ、怒りの欠片《かけら》を保つ。ある意味、認めざるを得ない。

それがチャイニーズ・マフィアのボスだ。

「いつでも」

絆は魏老五のビルを出た。

賑やかさが、賑やかに感じられた。客引きの声が陽気に聞こえた。人の笑顔が、眩しく見えた。

上々だった。

池袋は通過して新宿に戻り、署の仮眠室に入って一時間眠った。眠れた。

大ガード近くで夕食を摂り、七時半近くに店を出ると携帯が振動した。珍しいことに、典明からだった。

片桐はどうしてる。ちゃんとやってるか。

そんなことから会話は始まった。祖父の声は温かかった。横断歩道の手前で、ガードレールに腰を下ろした。

そこで、尚美の話も少しした。遠回しにだ。典明はなにも言わなかった。けれど相槌の重さを聞くだけでも、なぜかすべてをわきまえているような印象だった。

G‐SHOCKの針は、七時四十分を指していた。

「あ、交代の時間だ。そろそろ行かないと」

絆は腰を上げた。

――色々あるようだな。

「あり過ぎるくらいにね」

――すべては知らん。わかるわけもない。お前の悲しみはお前だけのものだ。

「そうだね」

――だからひと言だけ言っておく。

「なんだい」

――悲しみを心に刺すな。向けるな。

「えっ」

――悲しみは、身にまとえ。

そう言って典明からの電話は切れた。

横断歩道を渡りながら、絆は頭を掻いた。

(敵わないな。まだまだだ)

歩行者信号が笑うように、青の点滅を繰り返した。

片桐の携帯が振動したのは、七時五十分過ぎだった。

成田の典明からだった。

「どうでした」

用件はだいたいわかっていた。絆の苦しい胸の内を典明に伝えたのは片桐なのだ。伝えただけではない。よろしくと頼んだ。

こういうときの出番は自分にはない。あるのは絆を育てた東堂典明だけだろう。

――話したよ。話したがね。

典明には珍しく、煮え切らなかった。

「どうしました」

――突き放してしまったかもしれん。もう少し、温かい話をするつもりだったんだがな。

「おっと。反省ですか」

――反省？　いやまあ、反省はしておらんが。死んだ婆さんなら、もっと上手く話したろうと思うとな。男は、こういうときまったく駄目だな。

片桐は頭を掻いた。

「大先生。それを反省って言うんじゃないですかね」

――だから、反省などしていないと言ってるだろうが。

典明は言い張った。

「へえへえ。そうですか」

面倒臭い爺さんだ。

だが、直後に典明は声のトーンを落とした。

――ただ、娘の、礼子のときのことを思うとな。あの頃とさっきと、俺はきっと大して変わらない対応だった気がする。

礼子の名が出て、片桐は思わずスマホを握り締めた。片桐にとっては自分が殺してしまったに等しい、けれどただひとりの、今でも愛する女性の名だ。

「でも、あれは」

大先生のせいじゃないと言おうとした口は、

――わかっている。

典明の言葉に遮られた。

――わかっている。お前がそんなふうに言ってくれることはな。もちろん、あのときお前に言ったように、絆は強く育ててきた。強すぎるほどにな。だから、反省ではない。これはな、なんというか、愚痴だな。

「はあ。愚痴ですか」

――そう。なにも変わらず齢だけ取った、俺自身のな。嫌になるほど変わっていないようだ。ただの剣術馬鹿だ。

「ああ。剣術馬鹿、ね。間違っちゃいませんが、それだけじゃないでしょう。変わったこともありますよ」

――それだけじゃない？　なんだそれは。

「キャバクラ馬鹿」

即座に、あれは馬鹿道ではない。通と言って欲しいとかなんとかブツブツ言っているようだったが、片桐は聞き流した。

「なんにしても大先生」

――ん？

「俺は今、張り込み中なんですが」

――ん？　おお。そうだったな。

「愚痴ならわざわざこっちに電話してこないで、親分にでも聞いてもらえばいいんじゃないですかね」

馬鹿を言うな、と典明は言った。

――あれは弟子だ。こういう話はできん。

「へえ。じゃあ、あいつの手伝いで、細大漏らしちゃいけねえ張り込みをしてる最中の俺は、なんなんですかね。路傍の石でも、木の祠《ほこら》でもないと思いますが」

――お前はあれだ。お前は不肖の。

典明はそこで一度言葉を切った。切って、笑った。

――そうか。そうだ。だから言えるのだな。

「なんですね。わからねえ。弟子は駄目で、不肖の弟子はいいって、そういうことですか？」

そうではない、と典明はいつになく柔らかな声で言った。

――不肖は不肖だが、お前は不肖の、息子だよ。

一瞬、片桐はなにを言われたか、なにを言って返せばいいかわからなかった。

十二月の夜風が、花園神社の落ち葉をさらって巻き上げた。

――だからな。お前には託せるのだ。あの子はその彼女のことで、最後には必ず心を震わす。どれほど鍛えても強くとも、それが当たり前の情だ。人の子なのだからな。

片桐はなにも言えなかった。ただ聞いた。

――そのとき、子の震えを止めるのは、親だよ。

「いや。そいつは」

――ふっふっ。できなかった俺が言うのもなんだがな。ま、できなかった俺から不肖の息子へ。それでマイナスもプラスに転じようか。

頼んだぞ、とだけ念を押すように言い置き、典明は電話を切った。

「へ。最初に頼んだのは俺なのに、頼むぞ返しですか？　大先生」

通話を終えた後、片桐はしばらく動かなかった。黒いスマホの画面を見詰めた。

やがて、吹く風の中に足音が聞こえた。

ひと息吐き、片桐はゆっくり顔を上げた。

「どうだ。眠れたか」

「はい。おかげさまで」

月影を背負い、絆が涼々とした顔で笑った。

三

翌日の正午近くだった。

一時間近く前、十一時に片桐と交代した絆は、その足で北砂《きたすな》四丁目に向かうことになった。

沖田組系千尋会《ちひろかい》の事務所にガサを掛ける。そんな連絡を三田署刑事組織犯罪対策課の大川係長からもらったからだ。江東《こうとう》署と三田署の合同だ。

千尋会の事務所は北砂四丁目で、清洲橋《きよすばし》通りの向こう、明治通りに沿った辺りにあった。組だけ考えれば江東署の管轄だが、三田署の管轄である芝三丁目に組長、千田《せんだ》の自宅マンションがある。それで合同ということになったようだ。

――そっちはそっちでなにかしら動いてるんだろうが、是が非にも付き合ってくれ。

そんな連絡を、絆は大川から二日前に受けていた。

ガサを掛けるのは、確実に千田が事務所にいるときにすると聞いた。それから二日間、連絡はなかった。千田が事務所に入らなかったか、入ってもすぐ出かけるばかりだったのだろう。

沖田組は、本体がフロントの金松リースの賞与にも手を付けるくらいだ。ヤクザが本職の千尋会が、のんびり構えていられるわけもない。

――千田が久し振りに朝イチで入った。張ってる連中の勘が全員、今日ってことでそろってな。俺もそう思ったんで、札の発給にGOを掛けた。お前が来る頃には、うちの署から令状が届くだろうよ。

そう聞いては行かないわけにはいかなかった。

千尋会は千目連につながる沖田組の三次団体だ。さほど大きくも影響力もない。そんなところのガサ入れに、大川が是が非にもというのも気になったし、申請する組事務所が北砂にあるにも拘らず、令状の申請が江東署ではなく三田署なのも気になった。

待ち合わせは江東署だった。新宿から総武《そうぶ》線で飯田橋《いいだばし》に出て東西《とうざい》線に乗り、絆は南砂町《みなみすなまち》で降りた。地上に出ると、江東署は目の前だ。

時刻は十一時四十五分だった。

「お、来たか」

大川は署の入り口脇に設けられた駐車場に、五人の男と一緒に立っていた。

全員、見覚えのある顔だった。絆が頭を下げると目礼を返す。三田署組対課の面々だ。

「どうしたんです？　こんな寒空の下に雁首《がんくび》そろえて。中で待てばいいでしょうに」

「ははっ。うちのメンバーには、江東署にいたことがある奴も、なにかで関わる奴もいなくてな。そうなると、人ん家《ち》ってのは、どうにも居づらいもんだ。異例特例のお前は、慣れっこだろうけどな」

「まあ、慣れたいもんじゃありませんけどね。俺、独身寮に部屋さえないんですよ。その分、手当てがつくわけでもないし」

そうだなと誰かが言い、六人が笑った。

「で、係長。是非で俺を呼んだのはどうしてです？」

「おっとっと。そこだ」

大川は頭を搔き、周囲を見回してから身体を寄せた。

「ここの組対は、マル暴に近いのが多くてな。ま、組対には多かれ少なかれある。うちにもある。俺にもな。持ちつ持たれつってやつだ。ただここは、江東区っていう土壌かな。新宿とか上野みたいにヤクザ同士がシノギを削ってるわけじゃない。だから組対もな、なあなあにしてズブズブの奴が多い。異例特例のお前を毛嫌いする輩《やから》は、こういうところの組対にこそ多いかもしれない。互いに面通ししとくのも、悪くないだろ」

「ああ。そういうことですか」

　絆はなんとなく頷いた。

「今回はいいチャンスだと思ってな。千田の自宅のお陰だが、うちも江東の組対と合同なんて滅多にない。強引にうちで令状取ることにしたしな。江東署との合同会議でもうちの連中に向かって、一度でも千田が入ったら、転び使ってでも出すなって、これ見よがしに言ってやったよ」

〝転び〟とは転び公妨。要するにわざとぶつかって転んだりして、公務執行妨害に持っていく作業だ。

「一週間でも二週間でも張るってブラフもかましてよ。ここの課長にガサ入れ観念させるのに、えらい苦労だ」

「なるほど。ここの署の肝は、その課長ですか」

「ん？　あれ。俺、そんなこと言ったか」

　昔から大川は金田を知っているという。そういう男はなぜかみな金田に似ている。やり方が狸《たぬき》だ。

「課長は笹本《ささもと》って警部でね。今年で五十を超えたかな。カネさんも知ってる男だが、カネさんを避ける男でもあるって感じかな。俺にとっちゃ天敵みたいな男だ」

「はあ」

わかったようなわからないような。

狸の天敵はなんだろう。

「で？」

「なんだよ。で、って」

「面通しのためだけで、わざわざ呼ばれるとも思いませんけど」

「おお」

大川は大仰に驚いて見せた。手まで叩く。

「さすがさすが。さすがの異例特例だ。鋭い」

軽口だが、大川の目がまったく笑っていなかった。

狸の子分。アライグマくらいか。

そういえば、目元が似ているかもしれない。

「そういうことで、よろしくな」

大川は絆の肩を叩いた。

「だからなにを――」

「おっと」

大川が真顔に戻り、携帯を取り出した。

「ん? そうか。わかった」

通話を終えると、大川は首と肩を回し、絆に向けてにやりと笑った。

「さて、行こうかね。まずはなんとか手懐《てなず》けた、江東署のヤー公を連れ出すところからだな」

大川が先に立って署の中に入った。五人の部下が続く。

絆はまずは動かず、澄み渡る青空を見上げた。

少し風が強いか。街路樹の枯れ葉がずいぶん舞っていた。

「持ちつ持たれつはこっちにもか。ま、役どころは薄々、わかってたけど。それにしても、面通しが俺のメリットって、どんな感性だろ。俺、別にマル暴フェチじゃないし。——と、愚痴ったところで」

誰も聞いてもくれないしと呟けば、大川が署内から手招きするのが見えた。

「はいはい。まったく」

絆も遅れて、江東署の中に入った。


この日、沖田丈一は箱根《はこね》のゴルフ場にいた。

丈一は、特にゴルフが好きなわけではなかった。どちらかといえば嫌いだ。朝は早いし一日がかりだし、そうまでしてなにが面白いのかわからない。

その丈一が嫌々でもフェアウェイに出るのは、外せない集まりだからだ。

この日は、竜神会東日本直系団体の親睦コンペだった。全国と東日本と関東と、出なければならないコンペは最低でも年に三回あった。そのうち東日本のコンペは毎年十二月と、これは剛毅の頃から決まっていた。

だいたい、東日本と関東のコンペは、音頭を取って始めたのが剛毅だった。

(こんなクソ寒ぃ中で、酒呑んでクラブなんか振ってよ。爺さん連中よく死なねえな。へっ。憎まれ爺ぃ、世に憚るってか)

丈一が出るのは剛毅の跡目を継いだからだが、特に東日本の括りの中ではまだ爺さん連中が頑張っているところが多かった。

だから、コンペはまるで老人会だ。好き嫌いを別にしても、丈一がコンペに来たくない理由のひとつはそこにあった。

それと、

「丈一さん。なにしてるんですか？　カートを」

「へいへい」

常に義母、信子が一緒だというのも大きな理由のひとつだ。コンペの参加者リストには、剛毅の頃から入っている。

若い頃はたしかに綺麗だったろう。剛毅も自慢の女房として参加させたようだ。辞退すればと丈一は思うが、信子は必ず参加するし、来れば爺さん連中は往年のマドンナのように下にも置かない。

――いやぁ。ノンちゃんは相変わらず綺麗だねえ。

――おう。変わらねえ。ノンちゃんは今でもよ、高嶺《たかね》の花だぜぇ。

聞くたびに虫唾《むしず》が走るが、出ないわけにはいかない。

いや、出ることにあまり意義はないが、出ないことの意味は大いにあった。

――あそこぁ、景気悪ぃみてえだな。

――なんかよ、ずいぶんな下手打ったって話だぜ。

親睦などとは名ばかりで、情報や噂話が千里を走るのがヤクザのコンペだ。

そして、たいがいはその通りになる。

メンツを失ったらヤクザは終わりだ。だから這《は》ってでも出る。本当なら、好きでもないゴルフなどにうつつを抜かしている場合ではない。

〈ティアドロップ〉の回収は、進んではいる。が、パクられたり病院送りにされたりで、本来のシノギが滞るところも出てきた。それでは本末転倒だ。あと二、三ケ月はなんとでもなるが、上納金も年度が替わる頃のことを考えると頭が痛い。

「ちっ。ヤクザがなんでそんなこと考えなきゃいけねえんだ」

いい服着ていいもん食って、運転手付きのいい車に乗って一等地に住んで、取っ換え引っ換えにいい女抱いて、子分を顎で使って偉そうにして、面白おかしく生きるのがヤクザだと、沖田組の組長だと思っていた。

（ふざけんじゃねえや）

この日のゴルフも、そんなことを考えながらだった。昼飯の呑みで、爺ぃ連中がさらにいい調子になる頃にはもう嫌気がさしていた。そもそも丈一は上手くないが、この日は特に最低だった。ティーショットはＯＢの連続で、フェアウェイショットもチョロばかりだ。ゴルフは人生の縮図だぜぇなどと同じメンバーの酔っ払い爺ぃが言うが、格下だったらぶん殴っていた。青森の重鎮だから黙る。

そうですねと信子が追従《ついしょう》する。それにも耐える。

昼食後の、午後のスタートは十二時四十分だった。あと三時間、パーティを入れても四時間ほどでこの散々な一日も終わる。

そんなことで気を紛らし十番ホールにカートをつけると、丈一の携帯が音を発した。

千目連の竹中からだった。

「なんだよ。こんなときに面倒臭ぇ」

丈一は携帯を耳に当てた。

「コンペだぜぇ。わかってんだろ」

しかし、少し話を聞いただけで丈一の顔は真っ赤になった。

「んだとコラッ。千尋にっ。ああ?」

とまで言って我に返り、携帯を外した。

メンバー全員が、キャディまで含め丈一を見ていた。

そう、午前最後の九番ホールはパットが上手くいった。午後のスタートは丈一がオナーだった。

「丈一さん。もう少し静かに。キャディさんも怖がってますよ」

「ちっ」

後で掛けると携帯を切り、ドライバーを持ってティーグラウンドに上がる。

(ったく。どいつもこいつも、警察もよぉ。やってくれんじゃねえか)

方向もくそもあったものではなかった。

「おいおい。沖田のぉ。慌てんない。ゆっくりよ。ゴルフは人生の縮図だぜぇ」

重鎮がまた言う。苛ついた。

「っせぇな。何度もグダグダ言ってんじゃねえっつの」

振りかぶり、力任せに振り下ろす。

いい音がするはずもなかった。

(けっ。どスライスのOBか)

「ファー！」

キャディの注意を促す声が、丈一の中でぐるぐる回った。

四

「ほう。君が噂の東堂君ね。で、またなんで特捜隊がうちのヤマに」

絆が挨拶すれば、江東署刑事組織犯罪対策課の笹本課長は、そんな木で鼻を括ったような対応だった。

「いやぁ。課長、申し訳ないですねえ。ほら、前のＪＥＴ企画の件で借りがありまして。どうしてもって言われて、ええ、彼はうちの方からの出しで。ご迷惑は掛けませんから」

大川が似合わない揉《も》み手《で》で弁明する。

（ふうん。なるほどねえ）

この場合のなるほどは、対応に関してではない。

笹本は角刈り頭ででっぷりとした大男だった。顔も大きく、金壺眼《かなつぼまなこ》で前歯が出ている。

（ミミズクか）

大川の、狸系の天敵をスマホで調べた。

牽強《けんきょう》付会な気もするが、実際笹本はミミズクによく似ていた。

「私も行く。大川係長。自宅の方はそっちの管轄だから、こっちの人数も少ないしなにも言わない。けど事務所の方は、わかってるね」

「はっ。それはもちろん」

笹本は金壺眼を絆にも向けた。

「君も。部長のなんだか知らないが、邪魔はしないように」

おそらく敢えて返事を待たず、笹本は先頭の覆面車両にデカい身体を押し込んだ。

「おら。急ぐぞ」

大川に促され、絆は三田署の車両に乗り込む。大川と二人で後部座席だ。運転席に一人、残りの三人はもう一台だった。

江東署からは押収物用のバンも含め、四台が出ていた。

特にサイレンは鳴らさないが、北砂四丁目までは十分も掛からないだろう。

車が発進するとすぐ、大川は携帯を手に取った。

「おう、俺だ。今出た。抜かるなよ。内憂外患だ。――えっ。どういう意味かって。ええと、まあ、気にするな」

思わず絆は笑った。

一般の会社も自分たちのカイシャも変わらない。気持ちのいい上司がいれば、明るく賑やかに社業も伸びるというものだ。

推して知るべしだろう。少なくともそれがないヤクザ稼業は、伸びしろを持たない。ただ、成田の香具師《やし》の元締め稼業には、少しはあるような気がする。

渋滞もなく、六台の覆面車両は連なって北砂四丁目に到着した。歩道には張り込んでいたという三田署の刑事が二人立っていた。

明治通り沿いに縦列で停めた一団から、真っ先に飛び出したのは大川だった。そのまま、先頭車両から降りてきた笹本に張り付く。

「大変そうですね。でも、大川さんは優秀だ」

降りてすぐ絆はそう言った。運転席から降りた刑事は、なにも言わなかったが誇らしそうに笑った。

千尋会が入っているのは古いテナントビルだった。そこそこ広い七階建てのビルだ。一階が奥まで抜けるガレージになっている。十台ほどのスペースはありそうだったが、停まっているのはベンツ一台に国産車三台の計四台だけだった。

千尋会は二階から四階までの三フロアを使用するが、五階から上にはなんの表示もない。ほぼ占拠だよと、車の中で大川が言っていた。

「じゃ、みんな。行くよ」

全員が腕章をつけたのを確認し、笹本課長が声を掛けた。

二十人からの男たちが二階への階段を駆け上がる。先頭は見る限り、大川以下三田署の刑事四人だった。

笹本が、残る絆に顔を向けた。

「君は行かないのか。なんのために来たんだ」

「まあ、後学のため、でしょうか。ゆっくり見させてもらいます」

「そうしてくれ。なにかされても迷惑なだけだ」

居丈高に言い捨て、笹本も階段を上る。

絆はしばらくガレージをうろついてから事務所へ向かった。

——おらぁ。

——騒ぐな。邪魔すんじゃねえ。

——なんだってんだ、コラッ。

——上等だ。しょっ引くぞ、ウラァ。

聞き慣れた喧騒《けんそう》の中に、絆は身体を差し入れた。

ビルの外観より広く見える事務所だった。遮蔽物が少ない分、そう見えるのだろう。

千尋会は構成員二十一名の三次団体だ。占拠紛いだから使うのだろうが、三フロアは分不相応だ。

二階には構成員が四人と刑事が七人。三階には五人と九人。四階には三人と四人と、笹本と大川だった。

三人のうちの太ったひとりが千尋会の組長、千田だ。笹本と大川の間、おそらく組長室の前に仏頂面で立っていた。

俯瞰《ふかん》で見回し、およそ三分で絆はもう一度三階に降りた。同様にして二階へ。さらにガレージへと降りると、喧騒はそこまで広がっていた。ベンツの近くに構成員ひとりと、江東署の刑事が二人いた。

絆は、そこからまた上に向かった。これを最後まで繰り返した。

千尋会へのガサ入れは、小一時間ほどで終了した。

印象どころか結果としては、有り得ないほどなにも出なかった。大川はすぐに芝三丁目の編成にも連絡を入れたが、芳しくはないようだった。もっとも、よほどの組でなければ自宅からの線はないだろう。そもそも三田署が絡む口実のようなものだ。

最後は、千田以下の千尋会とガサ入れの人員が二階に勢ぞろいした。

「だから私は最初から乗り気じゃなかったんだ。うちは管轄内に目をきちんと光らせてる。大川係長、これは、ちょっと責任問題になるかもしれないぞ」

笹本が金壺眼を光らせた。大柄な分、恫喝《どうかつ》にも聞こえた。

千田以下、千尋会の全員がなぜかニヤついていた。

「さて、困ったものです」

大川は動じなかった。動じないにはわけがあったからだ。

「なあ、東堂。困ったなあ」

と口では言いながら、まったく困っていない。

江東署を発した車の中で、絆は大川から説明されていた。

――まったく、どっちが邪魔しないようにだか。東堂、向こうの奴らは、笹本の指示もあって絶対邪魔するはずだ。いや、邪魔しないまでも本気では探さないだろう。そこでお前の登場だ。不審な動きには、卒配の頃から抜群に冴《さ》えてたらしいな。

これが呼ばれたわけであり、そういうことでよろしくな、の理由だった。

「そうですねえ」

絆は腕を組んだ。それが符丁として大川に指示されていた。

「どうしたもんですかねえ」

三田署の面々がさりげなく始動する。

ゆっくりと、飽くまでさりげなく、バラバラにゆっくりと。

「さてねえ」

「おい。なにを言っているんだ。お前はっ。だいたい特捜隊は関係がないんだ」

笹本が焦《じ》れてキレた。

いい調子に江東署全員の意識が絆に向く。千尋会も同様だった。

「達磨《だるま》さんが、転んだ」

絆は莞爾《かんじ》として笑った。

笹本があっけにとられ、目を瞬いた。薄汚れた人間には、眩しいものだったろうか。

「……き、貴様っ。我々を馬鹿にするのか！」

「ほほう。君がお前になって貴様になりましたね。なぁんか、江東の組対はガラが悪いなあ」

「なっ。わ、私は警部だぞっ。階級が——」

最後まで言わせず、絆は指を突きつけた。

笹本が思わず仰《の》け反《ぞ》った。

三田署の全員がおそらく、大川と打ち合わせていたそれぞれの配置につき終えた。

「四階。組長室の長ソファの壁、デスク左の引き出し真ん中、広間左壁、三枚掛かった絵の一番奥。向かい合わせに六つ並んだ事務机の左手前と右真ん中。本棚最上段」

ひとつ告げるたびに上への階段近くに陣取った三田署の刑事が、はいっと威勢よく駆け上がる。

「えっ。おっ」

笹本は狐《きつね》につままれたような顔をした。ただ、千田以下の千尋会は次第に落ち着きを失くしてゆく。

「三階。三つ置かれたゴルフバッグ全部。天板の厚い木製テーブル。クローゼットの左側。

チェックの旅行鞄。マガジンラック。四列四段になった収納ボックスの、向かって右から二列目の上ふたつ」

千尋会の連中はもう、落ち着きを失くし階段に向かおうとするが、三田署の刑事二人が行く手を阻んで許さない。

「この二階もトイレの床とか、下も軽二台とかありますけど、ひとまずこんなもんでいいでしょう。ね、大川係長」

「あ？　ああ。お、おう」

わかっているはずの大川でさえ、あっけに取られていた。

今絆が列挙した場所は、江東署の刑事が担当したか、三田署の面々をそれとなく遮った、明らかにおかしな挙動を見せた場所だった。

ここに至れば、笹本もなにが始まったか分かったようだ。

「お、大川君。東堂君。いや、これは、だね」

四階から、

「四階組長室、隠し金庫ぉっ」

まず高らかな宣言のような声がした。

「四階絵の裏、内容不明ＵＳＢ」

「三階。ゴルフバッグ、日本刀ぉ」

「四階。本棚最上段、未使用〈ティアドロップ〉五個っ」

そして、

「三階。木製テーブル刳り貫《く》《ぬ》きから、チャカ三丁ぉっ」

絆は大川に向かい肩を竦めて見せた。

「もう十分でしょう。千尋会にここの占拠を止めさせるにも、笹本課長以下を監察官が糾弾するにも」

「――おう。そうだ。そうだぜ。っていうか、お前、凄いな。それだからかよ。そんなかよ。それかよ」

少し意味不明だが、絆は笑って受けた。

背後で笹本が、膝から砕けて近くの椅子を跳ね上げた。


大川の計画は周到だった。必ずなにかしら出ると確信していたようだ。当てにならないどころか邪魔さえしそうな江東署を捨て置き、知己のいる城東署《じょうとう》の組対に話を通していたらしい。

十分後にはサイレンを鳴らし、城東署の面々が到着した。

そうなるともうゴチャゴチャで、絆の出番も居場所もなかった。

「へっへっ。有り難《がと》な。いずれこの礼はするからよ」

入れ替わりに出た組事務所の外で、大川は絆に向け片手拝みをした。上機嫌だ。

「あれ、俺のメリットは面通しで、それのバーターじゃなかったんですか」

「いくらなんでもそんなんじゃ、よ。——それでいいのか」

絆は思いっきり首を縦に振った。

「じゃ、俺はこっから忙しいからな。悪かった。本当に今度、なんかするよ」

大川が戻ろうとした。

ちょっと待ったと絆は声を掛けた。

「ん？　なんだ」

「あの、ここまで車で来ましたよね」

「来たな」

「俺、どうすればいいんでしょう」

「待ってるか？」

ワハハと大川は笑った。

「いえ。片桐さんにちょっと、こっちにも都合がありまして」

「じゃあ、歩いてって電車だな」

「うわ、やっぱり。でも電車って、ここからだとなんでしょう」

大川は少し考え、腕で左右を指示した。

「あっちで総武線の亀戸《かめいど》、こっちで最初の南砂町、かな」

「……どっちが近いんでしょうね」

「知らねえ」

雰囲気と勘、と言って、逃げるように大川は二階に上がった。

「まったく」

絆は頭を掻いた。

「これも貸しだなあ。こっちの方がずいぶんな貸しだ」

右か左か迷っていると、スマホが振動した。渋谷署の下田からだった。

「はい」

出ると、まず下田の長い吐息が聞こえた。

「どうしました？」

――いやまあ。あのな、なんかよぉ。

言い淀《よど》んだ。いや、考えがまとまらない、そんな感じか。

――ティアの売人がよ、自首してきやがったんだ。

「おっ。でシモさん、なんで煮え切らないんです」

――それがよ。

外国人なんだと下田は言った。

「外国人？」

――タイ人だそうだ。本人が言うには、不法滞在中だってよ。

来れるかいと聞かれ、とっさに行きますと言って絆は電話を切った。片桐には長めに頑張ってもらおうなどと考えながら、はたと思い出す。

「あれ。で、俺はどっちに行こうとしてたんだっけ」

右か、左か。

陽の傾きを考えれば、左の方が明るさは長持ちしそうだった。

五

翌、十七日の夜だった。

絆は足立《あだち》区の西新井《にしあらい》にいた。東武《とうぶ》線西新井の駅前だ。

昨夕、タイ人の売人が渋谷署に出頭してきてから張り込みは片桐に任せた。特捜から誰か交代を出そうにも、ことは盗聴だ。あまり大っぴらに頼めるものでもない。

片桐は最初は文句を言ったが、内容を話せば渋々だが納得した。

出頭してきたタイ人の供述には絆も最初から立ち会った。たどたどしいが、日本語の出来るタイ人だった。

「初メマシテ。ヨロシクオ願イシマス」

事情聴取の間、終始落ち着いて、ときおり男は笑顔まで見せた。ティアの売人、ではある。犯罪者には違いないが、どうしても思ってしまうほど、目が綺麗だった。

男は、自分をバンクと名乗った。タイから二年半前に研修生として来日したという。本来は漆《うるし》塗り工芸の技能研修が目的だったようだが、働いていたのは千葉の鎌ケ谷《かまがや》にある鉄工所だった。同じような外国人労働者がほかに五人いたという。

五人の住まいは、鉄工所の裏に置かれた六畳くらいの、プレハブだった。ひとり六畳ではない。五人で六畳だ。身体を折りたたんで寝ていたらしい。

エアコンどころか暖房器具もないプレハブに文句を言えば、

——だったら工場で作業してろよ。冬は暖房要らずで、夏は扇風機使っていいぞ。工場で倒れられたら困るからな。労災なんて勘弁だぜ。

工場主はそう言って取り合わなかったという。

そんなプレハブに住み、井戸水のシャワーを使い、朝七時から夜十時くらいまで工場で働かされていたようだ。給料は額面で二十五万だったが、プレハブの使用料、プレハブを置いた土地の使用料、作業服レンタル代など、ありとあらゆる天引きがあって十万にもならなかったという。飯は全部、近くのコンビニで自費だったが、手取りを考えればボリュームのある菓子パン一個と水。一食に掛けられるのはそれが限界だった。手取りから言えば残りはあるが、

「オーバーシーズ、リミッタンス」

とバンクは笑った。

海外送金だ。

貧困層を抱える国からの外国人労働者は多かれ少なかれ、日本に夢を抱いてやってくる。中にはエージェントに借金をしてまでだ。

理由はひとつ。

本国では得られない大金を手にし、自分だけでなく国の家族も豊かにするためだ。ギリギリの生活で我慢し、一円でも多く本国に送金する。それが幸せへの第一歩だと信じている。

ただ、頑張れば頑張るほど、限界は突然やってくる。心身ともにだ。

バンクもだから、鉄工所を出たらしい。出て、不法滞在者として入管や警察に怯えながら、半年ほど様々な非正規労働をして生きてきたようだ。ビザ・パスポートは所持していなかった。

実際バンクは、どこの団体や企業に呼ばれたのかも知らず、向こうで声を掛けてきたエ

ージェントの説明に夢を見て日本にやってきた。パスポートは入国手続きが済み、空港から乗り込まされたマイクロバスの中で取り上げられたままで、バンクが着いたのは地獄の鉄工所だった。最初はそこが、日本のどこにあるのかもわからなかったという。

「富士山、ドコ」

カタコトの日本語でそう尋ねたときの、工場の日本人たちの声のない笑いは、今でも忘れられないという。


下田による聴取は順調に進んだ。

そもそも自首だ。バンクには、なにも隠す気はなかったようだ。

「どうして自首を」

「全部ニ疲レタカラ。国ヘノ送金モ、モウイイ。国へ帰リタイ」

「〈ティアドロップ〉はどこから」

「ワカラナイ。仲間、外国人コミュニティデ噂ガアッタ。ソレカラ、声ヲ掛ケテキタ日本人ガイタ。ティアヲモラッテ、売ッタ。ソレダケ。オ金ハ、ソウネ。ホカノアルバイトヨリ、チョットイイクライ」

「誰に売ったんだ」

「色々。夜ノ人タチガ多イカナ。普通ノ人モイル。ア、昔ノ鉄工所ノボスニモ売ッタ。勝手ニ出タ罪滅ボシネ」

「罪滅ぼし？　どうして罪滅ぼしになるんだい」

「ダッテ、ボス喜ンデタヨ。疲レガ吹ッ飛ブ。コリャア、イイッテネ」

供述の裏は、翌日にはだいたい出そろった。

バンクは定まった住居もなく、通帳も持っていなかったから、調査は呆れるほど簡単だった。本国から持ち込んだ携帯の通話履歴が、厄介といえば厄介だったくらいだ。

鉄工所の社長に関しては慎重に進めるとして、渋谷署から二人が専従となり、この裏取りに当たった。

しかし、バンクの自首はバンク自身のことに留まらなかった。続くバンクの供述は、絆を含め渋谷署の組対を大いに動かすことになった。

「ホカニモ、私ミタイナ売人、イッパイイルヨ。私、ダイタイ知ッテル。今ハモウ、日本ノ地名ニモ慣ナレタ。ハハッ。富士山ハ、アッチネ」

八王子《はちおうじ》、調布《ちょうふ》、立川《たちかわ》、水道橋《すいどうばし》、葛西《かさい》、西新井、駒込《こまごめ》、大山《おおやま》、小伝馬町《こでんまちょう》、そのほか。

「全部、駅前近クネ。離レルトミンナ、道ガワカラナイ。迷子ハ、恐イモノネ」

バンクは十数ケ所を、そんなふうに列挙した。

本人の供述に従って各所に人が散り、絆は西新井の駅前にいた。

西新井は東西のロータリーのどちらにしても、上野や池袋のような繁華街はない。東口は特に、イオンが壁のように立ち塞がる。ひと回り歩いても、半径百メートルほどの中に、呑み屋らしき店や水商売のビルが点在するくらいだった。印象も実際も、古き良き街並みを随所に残しながらも都心への近距離通勤圏を誇る、一大ベッドタウンだ。くだを巻くような酔客は少ないがその分、帰宅を急ぐ乗降客で、駅のアナウンスが流れるたびにロータリーはごった返す。

絆は渋谷署の捜査員と四時過ぎに西新井に着き、手分けして周辺確認を終えて五時半には駅に戻り、左右のロータリーに目を光らせていた。

G‐SHOCKに目を落とせば、時刻は七時半を回ったところだった。

「いいかな」

東南アジアからと思われる外国人は何人もいたが、怪しさを感じる者はいなかった。

ただひとりを除いては。

その男は七時前に西口ロータリーに現れ、ガードレールに腰を下ろして四十分あまり、なにをするともなく辺りを眺めるだけで一歩も動かなかった。

絆が近づくと、男はにっこり笑った。

「ヤア。ヤット来マシタ。誰モ来ナカッタラ、今日モ明日モ、ティア、売ロウト思ッテタケド」

「持ってるんだね」

「ハイ」

男はガードレールから降り、両手を上げた。

「抵抗ハシマセン。ドウゾ、連レテッテクダサイ。私モ、コノ国ニ疲レタ人間デス。バンクト同ジ」

手錠を打つのが躊躇《ためら》われるほど、この男といい、先に自首してきたバンクといい、清々としていた。

このことは、各所に散った捜査員からも同じ印象として渋谷署にもたらされた。抵抗する者がいないどころか、中には周囲から厳つい男を見つけては、

「警察ノ人デスカ」

と声を駆け回り、絡まれたと思った男らと喧嘩寸前にまでなっていた売人もいたらしい。

この夜、バンクが列挙した場所すべてで売人があがった。

すべてとなるともう、渋谷署の取調室に収め切れる数ではない。署員を向かわせても半信半疑だった課長以上、署長までが大慌てで各所轄に連絡を入れた。

絆の捕まえた売人は逮捕が時間的に早かった分、渋谷に連行出来た。渋谷署に到着したのは、夜の九時前だった。

「かあ。ここまで大量に出てくるとはよ」

大部屋に顔を出せば、下田が唸った。

「たしかに。迂闊でした」

唸るほどの売人がいた。いて、売っていた。

だからティアの価格が下がったのだ。

片桐の情報による魏老五のリストを信奉しすぎた感は否めない。繁華街と繁華街の隙間を狙われた恰好だ。

絆にしても忸怩《じくじ》たる思いはあった。

タイ、マレーシア、フィリピン、カンボジア、イラン。本人が告げる国も、どこで〈ティアドロップ〉とつながったかも、当然ショバにしている場所もまちまちだが、共通点も多かった。

全員がバンクと同じような、ビザ・パスポートを持たない不法滞在者だった。定まった住居も口座がないのも同じだ。ティアとの関係も、先がぼやけて消える感じは同じで、受け取る金額も同じようなものだった。

広島、岡山、青森、宮城と、勤めていた場所も関東だけでなく全国に散り、どういうルートで日本に呼ばれたかも様々だが、逮捕したうちの六割が元の雇い主にもティアを売ったと供述した。

そしてなにより、全員が日本という国に疲れ果てていた。

「なんかよ。切《せつ》ねえな」

そう下田が絆に漏らしたのは、署に留置した全員の簡単な事情聴取を終えた後だった。夜が明けていた。

みな犯罪者ではあるが、犯罪に至る過程を作ったのは日本という国だ。この国の実労を汗水垂らして担う、一般の人々の無慈悲だ。

情状は、酌量してあまりあるだろう。本格的な取り調べ、すべての裏取りはこれからだが、見えてくるのはおそらく、彼らがいかにして日本に絶望したかに違いない。

「切ないですね。でも下田さん。切なさを心に刺したら駄目ですよ。内に深く向けるのも駄目です」

「なんだよ。じゃあ、どうすりゃいいってんだ」

「身にまとう、と。イメージは鎧《よろい》ですかね。自分を守るもの、強くするもの。ポジティブに言えば」

「難しいな。哲学的だ。お前ぇの考えか」

「いえ。爺さんが」

「さすがってぇか、そりゃあ俺みてえな凡人向けじゃねえよ。そんなもん、いくつも着込んだら動けねえ。疲れちまう。お前用だな。昇ってく奴にゃあ、そんな鍛えと地力が必要なんだな。同情はしねえが。――同情はしねえがよ」

「されても気持ち悪いですよ」

「そうか。そうだな。——で、今日はどうするんだ」

「全員の本格的な取り調べ、今日からでしょう。ちょっと気になることがあるんで、出来るだけ立ち会いたいと思ってます。その後、片桐さんとも合流しないと。——でもどうかな。立ち会いの方が大事なのは間違いないけど、もう一日くらいいいかな。ああ、でもなあ」

絆は腕を組み、天井を見上げた。

「片桐さんそろそろ、浮浪者みたいになってるだろうなあ」

「——なんだかわからねえけどよ」

そのとき、主任、と廊下から駆け込んできた若い刑事の声が掛かった。

「おうよ」

バンクが取調官を呼んでますと刑事は続けた。

「ああ?　なんだってんだ今頃。東堂、つき合え」

「了解です」

とにもかくにも、絆は下田とバンクの元へ向かった。

下田は取調室、絆は別室に入った。

バンクは自首してきたとき同様、晴れ晴れとした顔をしていた。

「オ早ウゴザイマス。オヤ、目ガ赤イデスネ。私ハタクサン寝マシタ。部屋ガアルッテ、イイデスネ」

「よかったな。で、話があるって？」

「ハイ。ドウデス。私ノ話デ動キマシタカ」

「ああ。おかげで寝不足だ」

「ソウデスカ。デハ、モット寝不足ニシテシマイマス。ゴメンナサイ」

「なんだ。なに言ってんだ」

「一度ニ言ッテモ信ジテモラエナイ。弱イ立場デ、手荒ニサレテモ可哀相。ダカラ、一日待チマシタ」

下田の目に光が点《とも》ったのが、別室の絆にもわかった。

「売人。ホカニモイマス。アジアンクラブ。私タチヨリ悲シイ人タチ。強制的ニ身体ヲ売ラサレテイル女性タチデス」

下田は別室の絆に目を向けた。さすがに戸惑いが隠せないようだった。

聴取を終えて出てきた下田は、そのまま別室に飛び込んできた。

「おい、どうするよ。うちはもう手一杯だぜ」

「どうするって。——そうですね。こういうときこそ、うちの狸に動いてもらいますか」

「タヌ——おっ。カネさんか。そうしてくれると助かる。じゃ、よろしくな」

下田はバタバタと出て行った。絆も渋谷署を後にする。
まずは遠くからということで八王子署に向かおうと思っていた。隊に戻る余裕はない。
時間的に池袋に出ているか微妙だったが、絆は電話を掛けてみた。
――お早う。どうだったね。
すぐに出た。
狸はきちんと、朝も早くから所定の位置についているようだった。

六

《初めまして。私はジャスミン、サンパギータ。突然のお電話、すみません。電話番号は調べさせてもらいました。直通の番号を知るくらいには、私も、アンダーグラウンドな世界を知ってます。警戒するのは当然ですが、私の話は、きっと貴方《あなた》に有益。聞いて下さい。
――聞いてくれますか。有り難う。――私は〈ティアドロップ〉、持ってます。どのくらいの量かと言えば、マンション二軒分。こう言えば、お分かりですか。嘘は言いません。持ってます。最近、〈ティアドロップ〉の価格が下がっているのはご存じですね。あれは、私の仲間が安く売っているからです。証拠ですか？　証拠ならあります。欲しければ、警察に聞いてみて下さい。貴方なら、そのくらいの伝手はありますよね。警察ならどこでもいいです。間違いないのは、渋谷でしょうけど。そこに、〈ティアドロップ〉の売人として、現行犯で私の仲間がたくさん捕まってます。――いいえ、けれど、それはいいのです。ノープロブレム。問題はありません。彼らはみんな、国に帰る気になって捕まった者たちですから。

さて、ミスター。ここからが本題です。私は〈ティアドロップ〉を持ってます。自分では捌き切れないほどの量です。出来たら、買ってくれませんか。金額は、お任せします。と言っても、安く買い叩こうなんて、いけないことは考えない方がいいです。貴方以外にも〈ティアドロップ〉を欲しがる人を何人か知るくらいには、私は少しだけ、アンダーグラウンドな世界を知ってます。まずは、警察関係を当たって、私の話を調べて下さい。そして、間違いないと納得したら、〈ティアドロップ〉の金額を決めて下さい。

フフッ。貴方は、いったいいくらの値段を〈ティアドロップ〉につけてくれるのでしょう。楽しみです。二日後にまた、この番号に電話します》

そんな電話が、上野の魏老五、エムズの戸島、沖田組事務所の丈一の順で掛かったのは、十二月十八日の午後だった。内容はほぼ同じだが、〈ティアドロップ〉の量に関するマンション二軒分というところが丈一の場合だけコンテナ一基分になり、囲われていた戸島への電話は、全体として冷たく感情の窺われないものになった。

三者は三様で、すぐさまこの電話に対する対応を始めた。

沖田組では丈一が、事務所内をうろつきながら周囲の連中に声を掛けた。

「渋谷だ渋谷。渋谷って言ったら、組対に山上《やまがみ》ってのがいたな。おい竹な、かって、――チッ、あいつは今駄目か。おい、誰でもいい。山上の携帯知ってる奴ぁすぐ連絡しろ。情報取れ」

へぇいと言ってひとりが事務所を出た。千目連の竹中は千尋会の後始末で、昨日から事務所に顔も出さない。

「組長。で、本当だったらどうしますね」

ソファから顔を丈一に向けたのは、今年四十になる若頭の黒川《くろかわ》だった。川崎《かわさき》を本拠にする、不動《ふどう》組の組長だ。金松リースに関係が近く、その下で現場関係にホームレスやらの作業員を入れている。

「どうもこうもねえだろ。ティアだぜ。コンテナ一基分って言やあ、今の相場で叩き売ったって百億近くにはなる。一気にうちも大復活だぜ。竜神会の国光なんてうらなりの馬鹿に、関東も沖田組も好きにゃあさせねえ。買いだよ買い。決まってんじゃねえか」

「けど組長。そんな金、いったいどこに」

「小せえフロントには銀行から引っ張れるだけ引っ張らせる。出来ねえとこは身売りだ。

でけぇとこはよ、金松辺りぁ、社員連中の給料遅らせりゃあ、結構出るだろうが」

「え。いや。組長、そんなことしたら」

「なあに。気にすんな。俺だって馬鹿じゃねえ。払う気なんざ端からねえよ。見《み》せ金《がね》だ見せ金。全部すぐに戻す。交渉の場にさえ辿り着けりゃあ、こっちのもんだ。どこのどいつが来たって負けやしねえ。イケイケのドンドンで、ボコボコのポイだ。分捕《ぶんど》ってバックれて終《しめ》ぇだぜ」

丈一は目をぎらつかせた。


一方エムズでは、戸島がソファで天井を睨んだまま、しばらく動かなかった。考えがなかなかまとまらなかったからだ。

決心がつかないという方が正しいか。

前夜のうちから、アジア系の外国人が〈ティアドロップ〉の売人として捕まったことは知っていた。売人の外国人と喧嘩寸前にまでなったのが、戸島のよく知る半グレだった。

「なんか、ティア売ってるって外人が捕まったみたいっすよ」

逆にそっちの方が半信半疑だったが、直前の電話で話がつながった。

行方知れずだったジャスミンが向こうから姿を現し、〈ティアドロップ〉を売り付けてきた。もともとこっちのもんだと怒鳴りつけてやりたかったが、通話を切られてはどうしようもない。我慢した。

「金、か。さて、金だ」

掻き集めるしかねえなと戸島は呟いた。

「痛っ」

いつの間にか爪を噛んでいた。割れた爪は、まだ元には戻っていない。

銀行にはそれなりの借入金がある。預金もあるが、担保に取られている。集められて五、六億だ。保証協会付きで新たな借り入れを起こす手もあるが、最近担当エリアの協会所長が代わったと銀行の営業に聞いた。相当渋いらしい。

「闇だよな。やっぱり」

決心がつかないのはここだった。

「借りるしかねえか」

借りられるだけ借りる。エムズと狂走連合の名前で複数から借りれば、三億や四億は問題ないだろう。利息は考えるだけでも恐ろしいが、長期ではない。とにかく、ティアを取り戻すのが最優先だ。

売人に戻るのも、八坂のように捕まってすべてを失うのもご免だ。

「心配ねえ。ここさえ乗り切っちまやぁ、もうなにもねえ。いくらでも稼げる。心配ねえ」

戸島は自分に言い聞かせるように、この後も心配ねえと何度も繰り返した。

そして魏老五は、ジャスミンからの電話を切った後、かすかに笑った。笑いながら近場にいた部下に中国語で、

『ブラフでだったら、いくらと言っておいたところで構うものじゃない。爺叔《イエシュウ》に連絡だ。内容は、そうだな。近々まとまった情報が欲しい。そんなところだ』

とだけ言い、椅子に深く沈んで目を閉じた。

口辺の笑みは、変わらない。

第六章

一

私はジャスミン。私が漠然とでもこのことを計画したのは、約四ケ月前だった。とても暑い日だったことは覚えている。ケソンのような暑さだった。

その日、松井田《まついだ》のフィリピンパブに勤める友だちから連絡が来た。友だちと言っても、友だちの友だちだ。今年で三十三歳になる。来日五回目で日本人と結婚した。私が初来日のとき、飛行機の中で三回目だという友だちが出来た。その友だちだ。

最近はなかなか興行ではビザが発給されない。短期で来ても、帰ってタイミングを間違えると一年でも二年でも待たされる。普通のというのも変だけれど、ある意味真面目なエージェントやプロモーターもお手上げだ。必然として、日本国内のフィリピンパブは国内に住むフィリピーナで回すことになるようだ。結婚してもフィリピーナ同士はたいがい携帯でつながっている。アルバイト感覚で呼ばれる。友だちと会うのは楽しい。人数を確保しなければ店が回らないということで、給金も少し良くなったようだ。

だから、今のフィリピンパブの平均年齢は昔より高い。お客も笑いながら驚く。でも、本当のことを言えば、きっともっと驚くだろう。

『ねえ、ジャスミン。あなたに驚きのプレゼントがあるの』

彼女からの電話はそんな期待を持たせる言葉で始まった。彼女はその店のチーママだった。

『よく来るスケベ親父がね。ネギ畑の親父なんだけど、昨日来てね。初めて一緒に連れてきた従業員がいたの。フィリピンの人。とってもギターが上手くてね』

ギターという言葉に、私の中に甘酸っぱいものが蘇った。

古い思い出、切ない思い出、嫌な思い出。

――店にギターあったろ。こいつよ、雑居部屋でいつも弾いてんだ。上手ぇんだ。フィリピンの曲もやるぜ。みんなに聞かせてやろうと思ってよ。

本人はただ、女の子の気を引きたいだけだったと思う。スケベ親父の考えそうなことだ。

『ホントに上手くて。演奏の後は私がついたの。若い子はスケベ親父の方。色々聞いて、驚いたわ。――エミリオって言うのよ。その人』

聞いた瞬間、甘酸っぱさは私の中から飛び去った。昔が今につながった。

『そう。彼、あなたのことをよく知ってたわ。私もあなたのことを話した。彼も、ホントに驚いていたわね』

驚くだろう。私も驚いた。彼女が聞き出したことによれば、外国人研修制度で来日したらしい。本当なら加熱惣菜の工場で働くはずだったということだが、車から降ろされたら人工的な建物などない、見渡す限りのネギ畑だったようだ。

『大変だって言ってた。昔の姿は知らないけど、どう見てもやつれてたかな』

陽が上る前から暮れるまで、畑の仕事は過酷らしい。

私の胸は苦しかった。どうしているかなと思っても、思い出ならその後をいくらでも加工出来る。童話のようなハッピーエンドも自由自在だ。けれど、現在進行形のノンフィクションはあまりにも生々しい。

『また来るかもだから』

来たら電話するねと言って、この日の話は終わった。

それからしばらく連絡は来なかった。次に来たのは三週間後だった。電話ではなくメールだ。

〈彼ね、ギター一本だけ持って、逃げ出しちゃったみたい〉

返信もなにもしなかったし、驚きもしなかった。

なぜならエミリオは、三日前に五反田のペリエに私を訪ねて客として現れた。現れて私の歌を聞いた。

『やあ、久し振り。君は変わらないね。美しいし、天使の歌声だ』

エミリオはタガログ語でそう言った。どうしてとしか、私は言えなかった。

『でも、お店は向こうよりも高い。有り金全部でも一時間だ』

『これからどうするの』

『あまり考えてないけど、〈LET IT BE!〉さ。君の歌が聞けて、僕は満足だ』

物静かな優しい微笑《ほほえ》みに、私は衝動的に突き動かされた。振り返ると、オン・ザ・ロックのグラスを持った美加絵が立っていた。

「美加絵」

「なんとなく、聞こえちゃったわ」

もともと英語が出来る美加絵は、こういう店を任されるようになってから聞き覚えたらしく、タガログ語も聞き取れた。

「私、ピアノト歌。彼、ギターガ出来ル」

「ちょっと待ってよ」

物憂げに美加絵は髪を掻き上げた。

「ここも苦しいから、雇えないわよ。でもまぁ、こっちで落ち着くまで、ここで寝泊まりするくらいならば」

「有り難ウ」

「戸島君にバレないようにね。文句言われるのはイヤよ」

それから一ケ月、エミリオは店にいた。店の店員とも仲良くなり、コミュニティにも連れて行ってもらうようになった。食事代は私があげた。それくらいの余裕は、私は戸島からもらっていた。

エミリオは私に合わせ、ギターを弾いた。

エミリオのギターは本当に、本当に、驚くほどに上手かった。私の歌どころではない。本当に、才能が輝くようだった。

けれど、一ケ月の間に音色はどんどんくすんでいった。音が痩せる感じだった。

『エミリオ。あなた、ここに居たら駄目。あなたには違う世界がある』

『どこにだい？　ネギ畑？』

一瞬、エミリオは寂しげな目をした。

『それよりジャスミン。君だ。君は今の生活で、悲しくないかい』

一ケ月もペリエに居れば、すべてわかるのだろう。

この店からさらに、それぞれの理由によって売春に落ちてゆく女たち。

私も似たようなもの。戸島ひとりの売春婦。

そう、悲しいのはよくない。私は密かに考えていた計画を実行することにした。

〈ティアドロップ〉、戸島が電話で話しているのを聞いた。マンションの鍵の掛かった部屋、鍵の掛かった一軒の中には、たいそうお金になるドラッグがあるらしい。奪って逃げよう。どこの誰でもいい。買ってくれる人間を見つけ、まとまった額がフィリピンの口座に入金さえされれば、自ら出頭して強制送還で構わないのだ。

〈LET IT BE!〉

私たちはなにも持っていないけれど、だからなんでも持っている。そうだ。私はなにも失ってはいない。私は誰にも負けない。人生はこれからだ。私はジャスミン。清楚で可憐で、高貴な香りがする白い花、アラビアジャスミン。別名、フィリピンの国の花、太陽の下で輝くサンパギータ。

私にエミリオがいれば、きっとなんでも上手くいく。

二

バンクが語る女性たちの話も含め、この件は大まかにも概況がすぐに特捜本部でまとめられ、ホンシャの大河原に渡った。

これが午前中のことで、概況は続く事情聴取から吸い上げられた内容を足し増しして警察庁へ回った。そしてこの日中には、さらに情報としての精度を上げて全国に散った。約二年半前の福島での一件が、〈ティアドロップ〉に関する教訓としてまだ生きていた。特に今回は〈ティアドロップ〉だけでなく、そこに不法就労が絡んでいる。売人が売ったという元の雇い主のところには、場合によっては入管および労基署との合同捜査ということもあるだろう。

アジアンクラブの女たちに関しては、該当する都内各署の組対で編成が組まれた。各県警、そのほかが絡むのだ。警視庁としての体面もある。決して少なくない人数だった。

二日ないし、所轄によっては三日間、店と女と出入りの男たちに対する、細心にして細大漏らすことのない行確作業が行われた。

三日目が終わった夜、すなわち二十二日午前零時過ぎからは警視庁各所轄のガサ入れが、朝九時過ぎには各県警本部から所轄、および入管と各県労基署の合同捜査兼査察が全国で執行された。

アジアンクラブに対する警視庁各所轄のガサ入れでは、強制売春の女たちと運営側の男たち、ほぼ全員が挙げられた。

ただし、女たちの手荷物やロッカーから〈ティアドロップ〉は出なかった。同時に女たちの住まいにもガサは掛けられたが、そこからも〈ティアドロップ〉は発見されなかった。

ただ、女たちは全員、客の親父連中に売ったと口をそろえた。

バンクの供述を懸命に補完しようとでもするかのようだが、結果として、それで全体の流れに巻き込む形で強制売春摘発に組対が動いた。それまでの売人捜査があったからこそ、ことがスピーディに進んだことは否めない。

女たちはアジアンクラブの名にふさわしく、マレーシアやフィリピン、タイ、ベトナムはもちろん、韓国や中国、ロシア国籍の学生までいた。驚くことに、闇金に絡められて落ちた日本人も混じっていた。

逮捕は即時、全員に適応された。とにかく女たちは薬事法違反の容疑者であり、売春防止法違反の現行犯であり、日本人売春婦以外は入管法違反が付記されるのだ。外国人女性の多くは、短期及び就学ビザで来日中だったが、中には外国人研修制度で来日した女性もいた。

男たちは全員、最低でも売春防止法違反が確定で、余罪の追及は今後が待たれることになった。叩けばいくらでも埃の出る連中のようだった。

一方、県警による合同捜査および査察は、三日間の内偵における容疑のすべてが摘発された。

早朝から始業にかけての時間帯を狙ったガサ入れだ。善良に生きているつもりの工場主、農場主にとっては、ただただ青天の霹靂《へきれき》に近いものだったに違いない。

売人たちの供述通り、全員が〈ティアドロップ〉を所持していた。元従業員から買ったこともその場で素直に認めた。危険ドラッグだという認識を持つ者は約八割だった。二割は本当に、頭がスッキリする外国の薬だと思っていたようだ。

外国人労働者に関しても、全員を不衛生な雑居部屋に押し込み、重労働を強いていた。不法就労であるという認識、このことに対しては全員が空っ惚《とぼ》けた。つまり、全員に自覚があるということだった。

薬事法違反の現行犯及び薬事法違反容疑、不法就労助長容疑で計二十六人の経営者が引っ張られ、入管法違反で身柄を拘束された諸外国人は八十九名に上った。

ルートはまちまちだが外国人労働者はみな、警視庁管内で逮捕された外国人女性たちの一部と同様、研修制度の団体管理型受け入れ方式によって来日した者たちだった。

警察庁が取りまとめている合同捜査だ。報告は迅速かつ的確に警察庁に上がった。そこから関係各所に再分配され、外国人研修制度の悪用について引き続きの捜査が実行される段取りはすぐに決まった。

ここまでに要した時間は、零時過ぎの警視庁各署によるガサ入れから数え、わずか十二時間足らずだった。

三

この日の、午後一時少し前だった。

西崎はタイヤを軋ませつつ、乃木坂《のぎざか》にあるマンションの契約駐車場にレクサスを突っ込んだ。サングラスを投げるように助手席に捨て、車を降りる表情は近年にないほど難しげで硬かった。

予約診療も紹介状付きの初診もこの日は少なかった。西崎としては、それが幸いだったろう。

十二時前に白衣を脱ぎ、駐車場に向かってレクサスに乗り込むと、置きっ放しの携帯に着信があった。また丈一からかと高を括って電源を入れると、珍しいことに迫水からだった。

伝言もメールもあった。伝言は十時四十三分のものだった。伝言の声は迫水には珍しく、いくぶん早口だった。

〈裏が色々と大変なことになってます。病院を出られたらすぐ、スリーに来てください。簡単な詳細、メールに入れます〉

スリーとは、今西崎が入ったマンションのことだ。ここの418号室が、MG興商店舗運営部に関わる半グレたちの連絡スペース、ようは溜まり場として、偽名で借りた一室だった。ちなみにワンとツーが、〈ティアドロップ〉を保管していたマンションの二軒だ。

迫水からはたしかに、メールにも着信が入っていた。簡単な文章ではあったが、大変なことの内容はだいたい分かった。

上野のエードとスカッシュを始めとする売春の拠点ないし店舗にガサが掛けられ、直接関わっていた半グレがほぼ全員逮捕されたようだ。そればかりではなく、MG興商の社員でそれらを統括していた連中も、何人かはすでに連絡が危険な状態らしい。

内容はわかった。

ただ、意味は西崎の中で現実感を伴わず、乖離《かいり》していた。わからないとは、もどかしいものだ。車を走らせても、乃木坂までの赤信号の数々は普段以上に苛つくものでしかなかった。

「なんだ。なにが起こった」

西崎には珍しく、冷静さを欠いた声だった。自覚はあったが隠せなかったし、隠すつもりもなかった。

コーヒーの香りに包まれた3LDKのリビングには、芳醇《ほうじゅん》な香りには似つかわしくない疲れ切った顔の男たちがいた。

迫水以外の三人の、全員がMG興商店舗運営部の社員だった。渋谷と新橋でそれぞれ、ゲームセンターと中華などの飲食を表とし、裏でソフト闇金を展開する男二人と、押上《おしあげ》などのスカイツリー周りにサパークラブを何店か経営する傍ら、振り込め詐欺の胴元を務める男だ。

「なにが起こったかは、正確にはわかりません。今、店舗運営の方から動ける奴を表の店の方に送りました」

迫水がソファに座ったまま言った。伝言のときよりは落ち着きを取り戻しているようだった。

それにしても間違いなく平静ではない。いつもなら率先して西崎の上着を取り、そのままコーヒーを出してくれる。今日はどちらも疎《おそろ》かだ。

自分でコートをハンガーに掛け、西崎は空いているソファに腰を下ろした。少し落ち着きが戻った。みなが浮ついていると冷静さが戻る。特に半グレ上がりを相手にするときは。

これは性分、いや、習慣だろう。

「正確にはわからないとは？　どこから漏れたかわからないということかな」

「それもあります。ただ、それだけではないんです。おい」

迫水は顎で促した。サパークラブの男がソファに浅く座り直した。

「〈ティアドロップ〉、らしいんです」

「なんだ？　ティアだと」

西崎は眉を顰めた。男は頷き、オレンジエードなんすけど、と続けた。

「俺、向こうの副店長が、あ、ふたりいるんすけど、両方インフルで休んだってことで、急遽《きゅうきょ》応援頼まれたんすよ。そしたら十二時過ぎに横沢さん、あ、店長がいきなり泡食って、ガサ入れだって飛んでったんす。それから一時間くらいすかね。青い顔で帰ってきて、ヤベェって」

自宅待機する、そう言って横沢は夜の巷《ちまた》に消えたらしい。

「そうか。ま、そうだな」

西崎は足を組んだ。

さらに落ち着きが戻った感じだった。

（大丈夫。システムは機能している）

なにかあっても自分で止めろとは、迫水を通じて何度も店舗運営の連中には叩き込んだ。待機とは、捜査の手が及ぶかもしれないときの手法だ。以降の連絡をしばらく絶ち、身の回りを綺麗にする。そうして、たとえ捕まったとしても自分が勝手にやったこと、副業であくどいことを考えたと供述すれば、会社への影響は限定される。基本的に、表と裏は切れているのだ。警察が会社に来てもなにも出てきはしない。

目が行き届きませんでした。これからは教育システムを考えます。

そんな言葉で社長である迫水が平身低頭すれば、警察に出来ることは限られる。

結果、ＭＧ興商は微動だにしない。

「それにしても、今更ティアとはどういうことだ」

「それがどうもですね、今更じゃないらしいんです」

迫水が後を継いだ。

「どういうことだ」

「ガサの札、目的は薬事法違反ですが、対象は女たちだったようで」

「女たち？」

「はい。売春婦が売人、狙いはそんなことのようなんですが」

「なんで女たちが」

「そこがまだ要領を得ないところでして」

迫水は煮え切らないが、これ以上は堂々巡りだろう。

ひとまずここまでにして、西崎は顔を残る二人に移した。

「それで、お前たちまでここにいるのはどうしてだ」

渋谷と新橋が顔を見合わせ、

「へぇ」

と、首を差し出すように前にのめらせたのは渋谷の方だった。

「あそこの女、何人かを落としたのは俺らなんすよ」

「ああ」

そういうことか。

日本人売春婦はたいがい、借金で雁字搦めにした女たちだ。ガサ入れの目的が売春婦のクスリなら、このふたりにもたしかに司直の手が伸びるかもしれない。

「ここで口裏合わせて、なんなら自首しますんで」

渋谷の男が言い、新橋がそういうことっすと同意した。

と、誰かの携帯の振動音がした。

「はい。おう」

会話を始めたのは迫水だった。ほかの全員が黙った。

この事態で迫水が電話を取るということは、関連しているどこかのなにかだ。

「なんだと。──えっ。──そりゃあ」

次第に迫水の表情が険しくなる。

通話を終えた迫水は深い溜息をついた。

「どこからだ」

「仙台《せんだい》からです」

「仙台？」

訝《いぶか》しかった。MG興商の関わりで仙台にいるのは、外国人研修制度の件を任せた半グレ上がりの行政書士だ。

仙台には比較的緩い入管がある。この関連でいえばMG興商は、ほかにも広島に事務所があった。

「不法就労が挙げられました。こっちもティア絡みです。かませた団体が二ケ所、そんなことを言ってきたそうです。調べたら、ほかもどうやらってことらしいんですが。雇用主が実際、全員がティアを所持していたそうです。ただこっちは薬事法違反だけじゃなく、最初から入管や労基署と合同だったみたいですが」

「なんだ。なんなんだ、それは」

思わず口から出た言葉は、自問だったかもしれない。

迫水は答えなかった。答えられるはずもない。西崎自身、推論すら浮かばなかった。

ただ、わかることもあった。

しなければならないこともあった。

「迫水。私もしばらく連絡を絶つことになるな。わかっているだろうが、私は飽くまでも善意の株主だ」

西崎は一同を見回した。

「お前たちも、わかっているな。私と会社、これをなおざりにすれば、お前たちに未来はない。逆に言えば、まだこの先に夢も人生も欲しいなら、塀の中へ行ってこい」

三人は三様に頷いた。

社員はこういうとき便利だ。一蓮托生というお題目の下《もと》に住居や口座、友人関係、彼女、親兄弟、親戚まで押さえてある。

恐怖こそが、会社を守る最良の社員教育だ。

「迫水。こうなるとMGにも必ず手が入る。準備に怠りはないはずだが、もう一度確認を。蟻の一穴《いっけつ》すら許されない」

「わかってます。緊急マニュアル、穴が開くほど読んでます」

「なにが起こったのかは、私もこれから伝手を辿るし分析もするが、なんにしてもMGとお前に心配はしていない。ただ、これからは商売がやりにくくなるな」

「そうですね」

「もっとも、それならそれでまた別の手を考える」

「期待してます」

迫水の言葉に、西崎は鷹揚に笑った。

長い付き合いだ。そして、迫水の信頼は、いつも西崎を落ち着かせる。

「じゃあ、私はこれで。行くところがある」

送りますという迫水にコートを持たせ、西崎はエレベータに乗った。

「どちらへ」

「美加絵のところだ」

「美加絵さんが、どうかしましたか。あそこは大丈夫でしょう」

「わからないが電話に出ない。まさかとは思うが、少し心配だ。もっとも、私が掛ける携帯は専用だから、手元に置いていない可能性もある」

「これまでそんなことはあったんですか」

西崎は考えた。

エレベータが一階に到着する。

「いや。こちらから掛けたことが、そう言えばないな」

「ない？　それはそれは」

迫水は静かに笑った。

「なんだ？」

「にも拘らず、行くと。西崎さんにも、心配する人がいたんだなあと思いまして」

「ん？　そうか。——そうだな」

西崎はレクサスのドアを開けた。

「我ながら不思議なことだ。言われるまで気が付かなかった」

迫水が助手席に回り込んで西崎のコートを置き、お気をつけてと小声で言った。

四

絆はこの日、午後になって池袋の特捜隊本部に出た。

警察庁に上がった一連の捜査には加わらなかった。広範囲にして入管や労基署まで関わる大規模捜査に、一捜査員として絆の出る幕はないだろう。所轄にも県警にも、下田や大川のように信頼して余りある優秀な捜査員はいるのだ。

その代わり、絆は単独で所轄を回り、逮捕拘留されている売人全員の事情聴取に立ち会った。

拘留延長も視野に、所轄では入念な取り調べが行われていた。別室で絆は取調官と売人の遣り取りをじっくり聞いた。何人かとは取調室から留置場に移動の際、それとなく生身の感じまでも確かめた。

この日午前中は、大塚《おおつか》署の刑事生活安全組織犯罪対策課における、絆にとって最後のひとりの確認聴取に立ち会った。

全員と決めたのは細大漏らさないためだ。収穫は十分だった。漠然としたイメージ、勘と〈観〉のささくれ立った断片は、供述に立ち会うことによって明確に形作られた。

思考を固めながら絆が特捜本部に入ったのは、午後一時五分だった。駅前のデパートに寄って買った物の紙袋を提《さ》げていた。

「お、来たね。全部終了かい」

「ええ。終わりました」

「なら東堂君のことだ。なにかわかったのかな」

金田には漠然としたイメージの初手から話をしていた。

人に話すことで、見えなかったものが見えてくることもある。

「そうですね。ある部分に関しては、ですけど」

「ほう。さすがだね」

「ただ、逮捕状が取れるような段階ではありません。状況証拠と情で絡めるしかないんですが」

「情、ね」

金田は椅子に深く座った。

「その辺がまあ、匙《さじ》加減の一番難しいところだが。――そこまで言うってことは、君はいけると踏んでるんだね」

金田の問いに、絆は、はいと頷いた。

「と思ってます。ははっ。情の機微はまだ上手くつかめる自信はありませんが、正面から向かい合えば斬り込む隙も見えるでしょう。――きっと」

「なんだい。弱気だね。なんなら私も手伝おうか？」

「いえ。カネさんにはカネさんの仕事があるじゃないですか」

「ん？」

「それにカネさん、売人の一斉検挙からこっち、家に帰りました？」

「ああっと。そうだねえ。どうだったかな」

「昨日は間違いなく帰ってないですよね」

尋ねれば、ただ金田は静かに笑った。

「俺じゃないんですから」

絆は手にしていた紙袋を差し出した。

「下着と靴下です。着替えるだけでも、少しさっぱりしますよ」

「ははっ。仮眠室暮らしの知恵かい」

「いえ。浮浪者みたいな生活を強いちゃってる片桐さんが、まず欲しがった物です。あっちは自分で買わせましたけど」

「ああ。なるほど」

と、金田のデスクの電話が鳴った。

表情を切り替えて金田が取る。

「はい。特捜隊金田」

所轄からの捜査における進捗《しんちょく》状況を統合するよう、大河原から任されているのが金田だった。

電話の間に、絆は手近なキャスターチェアを引き寄せて座った。

「ああ、そうですか。わかりました。引き続きよろしくお願いします」

メモを取りながらの通話は三分ほどで終わった。

「東堂君、上野で強制売春やってた五人ね、わかってるかい。上野署に任せた、非合法のアジアンクラブの」

「はい」

たしか店は二軒。スカッシュとエードと言ったか。

金田のメモには読みづらい字でおそらく、レモンスカッシュとオレンジエードと書かれていた。ほかにも走り書きがいくつかあったが、判読は絆には不可能だった。

「じゃあ、今のは上野の組対課長ですか?」

金田は頷いた。

「しっかりと前があったそうだ。半グレ上がりらしい。全員が同じチームらしくてね。辿ってったら」

ボールペンの先で金田はメモを叩いた。

「ここのこいつに行き着いたそうだ。さっきね、自宅にいるところを任意同行掛けたらしい」

「……すいません、カネさん。カタカナはわかりましたけど、後は読めません」

「ん? そう?」

ここには横沢って書いてあるんだけどねと、金田は少し心外そうな口振りだった。

「横沢、ですか」

「そう。こっちのレモンとオレンジがつく方は合法というか、届けは出てる。横沢は店舗運営部の統括店長とかいう立場で、きちんとした運営会社の社員だそうだ。裏の方にもこの会社が関わるのかはこれからの捜査だというが、会社名はなんだったかな」

金田の目がメモの上を走り、しばらく迷走したのち、

「ああ、あった。GM、違うな。そう、MG興商という会社らしい」

絆は天を仰いだ。

遠くに光が見える気がした。

降り注ぎも迸《ほとばし》りもしない、凍りついた薄暗い光。

MG興商はJRを四谷《よつや》で降り、五分くらい歩いた麴町にある商社だ。

(ああ。つながっちまった)

会社の前にレンタカーを停め、小走りに出てくる尚美を待ったことが何回かある。

「どうした」

金田が怪訝そうな顔を向けていた。

「あの娘《こ》の、尚美の勤めてる会社です」

MG興商輸入事業部、それが尚美の勤務先だった。

さすがに金田も一瞬、目を見開いた。

「そうか。――だんだん、見えてきたね」

と、今度は絆の携帯が振動した。

絆にとっては、待っていた電話だった。

「東堂です。——そうですか。入りましたか。有り難う。——えっ。動く？　——ああ、いいですよ。急に頼んじゃったのはこっちですから。回ります」

通話を終え、絆は立ち上がった。

金田の顔が釣られるように上がる。

「どこへ。彼女のところかね」

「いえ。まだオープン・マイ・ハートの意味が分かりませんから。光は見えましたけど、見えただけで手は届きません。今日は別のところです。ひとつずつ、終わらせていきます」

「ほう。ああ、さっき言っていた件だね」

「はい」

絆は凛《りん》とした声を張った。

「前回と言い今回と言い、どうにも動かないのが本命のようです。だましだまされ、裏切り裏切られ。カネさんも覚えておいてください。これからもそれが続きそうな気がします。この一件の核じゃないでしょうか。飽くまで私見、勘ですが」

「それが大事だと、君に教えてきたのは私だよ。必要にして十分なことだ」

有り難うございますと頭を下げ、絆はそのまま踵《きびす》を返した。

「ああ。片桐は？」

金田の声が背に掛かる。

「別件があるそうです」

「そうか。――あっちはあっちで、なにか動いてるのかな」

「そうだと思います。これも勘ですか」

金田はなにも言わなかったが、背に注がれる眼差《まなざ》しは柔らかくも温かかった。

「行ってきます」

金田の視線に送られ、絆は隊の外に出た。駅へ向かいながら、〇三で始まる番号に電話を掛けた。

気怠《けだる》い声は、すぐに出た。

「警視庁の東堂です。今からお伺いします。――そうですね。アラビアジャスミンの匂いもそうですけど、目が気になりました。目は口ほどにものを言いってことです。顔は見えなくても、黒瞳が際立つ目の白さは独特ですよ。わからなかったですか。――そうです。全員違う。覚えさせてもらいました。ははっ。呆れないでください。そういうことが得意なもので。――ええ。立川と葛西と駒込で上がった売人。違いますか。――奪われたマンションの〈ティアドロップ〉、オーバーステイの売人。主導してるのは、あなたですね」

五

《こんにちは。私はジャスミン、サンパギータ。フフッ。三回目のお電話になります。もう私の声にも、慣れていただけましたか。一昨日は有り難う。誰一人脱落することなく、皆さんから金額を示してもらえたこと、私は心から嬉しく思います。ただ残念なのは、私がどれだけ真剣に、〈ティアドロップ〉を買ってもらいたいと思っているか、皆さんに上手く伝わらなかったことです。貴方も含め皆さん、同じような金額でした。悪い意味でです。誰かひとりでも〈ティアドロップ〉に、私と同じ情熱を傾けてくれたら、このお電話が最後になったはずです。

でも、決して私は諦めません。貴方もそうだと私は願っています。そこで、私は皆さんに、素晴らしい提案をさせてもらおうと思います。

オークション。いかがですか。探りながらを私は好みません。皆さんもそうではありませんか？ 私に皆さんの、ありったけの情熱を見せてください。

明後日、クリスマスイブ。足立区花畑《はなはた》＊＊＊、山口建材の廃倉庫に正午。もちろん現金が必要です。さあ、私からの素敵なプレゼントを受け取る、ラッキーな人は誰でしょう。そうそう、明日は、なに？ ああ、天皇誕生日と言うんでしたか。もうそんなに時間もありません。今日中にお金、用意してください。日本の金融は、休日には不自由ですから。フフッ。私はジャスミン。サンパギータ。皆さんに、楽しいクリスマスが訪れますように》

女はそんな電話を切ると、おそらくボイスチェンジャーを通話口に仕掛けて次の相手に掛けた。

電話はすぐにつながったようだ。

《こんにちは、健雅サン。ジャスミンよ。貴方にも、もう三回目の電話になるわね。フフッ。そう焦らないで。本当に、それは貴方の悪いところ。ほら、そうやってすぐ怒鳴る。でもいいわ。私はもう平気。昔の私じゃない。だって、アドバンテージは私にあるんですもの。

そう。そうやって、大人しく聞いてくれれば嬉しい。でも残念。昔から大人しく優しくしてくれれば、こんなことにはならなかったかもしれないのに。ああ、駄目、怒鳴っちゃ。私にこの電話を切らせたいの？

フフッ。一昨日は有り難う。誰一人脱落することなく、みんなから金額を示してもらえたことは、私は本当に、心から嬉しかった。もちろん、それが貴方からでも同じ。ただ残念なのは――》

以下は先ほどの電話と、口調の違いはあれ内容は一緒だった。通話は二分と掛からず終わった。

誰もいない、物音もしない店内をひと息だけ賑わせ、女はカウンターの上のロックグラスを取り上げた。タブレットPCを眺める。

「お前、だったのか」

西崎の声に、美加絵はわずかに顎を上げた。グラスの氷が音を立てた。

西崎はゆっくりカウンターに近づいた。

美加絵はグラスを置き、スツールを回した。その顔に驚きはなかった。あるとすれば諦念、いや達観だろうか。

「お前、だったのか」

西崎はもう一度繰り返した。声はかすかに震えを帯びていた。

裏切りへの、怒りか。

そう自覚して驚く。

裏切りを裏返す。

信頼、していたのか。

戸惑いがあった。

西崎の足は、それで鈍重だった。

「どうして」

物憂《ものう》げに囁き、美加絵は視線を西崎から戸口へ移した。

「ああ。ドアベル、とうとう壊れちゃったんだ。ふふっ。面倒臭がった罰ね」

ようやく、西崎はカウンターに辿り着いた。

「いつから聞いてたの？」

「最初からだ。最初から全部」

「そうなんだ」

美加絵は頬杖を突き、ロックグラスを差し出した。

「だいたい、なんで来たのよ。珍しすぎるわ。雪が降るかも」

西崎は奪うようにしてスコッチを呷った。

胃に落ちる灼熱と美加絵の落ち着きが、西崎の中のマグマを押し留めた。

「連絡が取れなかったからだ」

熱い息の中に混ぜて吐く。

「気にしてくれたの？」

「……そうなる、か」

「ありがと」

美加絵は一度壁の時計に目をやり、席を立った。カウンターの中に入る。

「なぜ戸島まで巻き込む」

「これがジャスミンの願いだから。仕返し、かしら。よっぽどひどい扱いだったのね。まあ、私も昔から戸島君、あんまり好きじゃなかったから。聞かなくてもわかるかな。尊大で粗野で、頭悪くて、女なんて道具で。まるで丈一兄さんとおんなじ」

「そもそも、なんでお前が――」

「ちょっと待って」

美加絵は遮り、たぶんこの店で一番上等なスコッチの封を切った。

「ゆっくり話しましょ」

西崎の前にボトルと、新しいグラスを出し、アイスボックスの氷を割り始めた。

「見てたら、なんか羨ましくなった。情熱もなにもかも。それが始まりかな。いえ、ずっと思ってたのかも。どっちが先かは、もうわからないわ。でもエミリオ、ジャスミンの幼馴染みね。彼があなたに関係してたのも、運命かなぁなんて、あたしの背中を押したのはたしか」

「関係？　わからないが」

「不法就労よ。彼が日本に来たのは、あなたのせい。いえ、あなたのお陰」

アイスピックを使いながら、訥々《とつとつ》と美加絵は話し始めた。

発端は三ケ月と少し前にジャスミンを訪ね、エミリオがやってきたことだった。それから一ケ月余り、エミリオはペリエで寝泊まりした。ジャスミンがピアノを弾きながら歌い、エミリオが驚くほど上手くジャスミンに合わせた。聞いているうちに、ふたりのタガログ語も聞こえてきた。

「ＬＥＴ ＩＴ ＢＥって、英語も聞こえてきたわ。戸島君のところからティアを奪おう。そこからやり直そうなんて、無謀な計画もね。だから、手を貸して、助けてあげようかなぁなんて」

　アイスペールに氷を詰め、美加絵は前に回ってきた。

「そんなことでか」

「そんなことで？」

　美加絵はグラスに氷を落とす手を止め、声を少し尖らせたが、それも一瞬だけで、すぐに再開する。

「そうよね。あなたはそういう人。――でも、あなたばかりじゃない」

　声にはすぐまた、諦念だか達観だかが混じった。

「あたしの周りって、そういう男ばっかり。女を女として見ない男たち。ううん。女としてだけ見る男たち、かな。パパもそう。兄さんもそう。戸島君もそう。バッカ馬鹿しい。ふたりを見てたら羨ましくなった。それもホント。でも、羨ましくなったら憎らしくなった。これがもっとホント。あたしの周りの男たち、みんな壊れちゃえって。いなくなっちゃえって。ふふっ。で、酔ってそんなことをママに話したらしいの、わたし」

「ママ？」

　能面のような顔が脳裏に浮かんだ。

「まさか、あの婆さんが図面を引いたって言うのか。信じられん」

「ほらほら。みんな、あたしたちのなにを見てるのかしら。ママはね、じっと耐えてただけよ。とっても頭が良くて、絶対に恨みを忘れない人。あなたと同じね。エミリオの仲間を巻き込むことを考えてくれたのは、ママよ。どうやってその気にさせるかもね。お金と恨み、ママって本当にこういうの得意みたい。あなたのサ連がヒントになってるらしいけど」

　言われればなんとなくわかる。

〈ティアドロップ〉は金にもなり、狙って売れば相手にとって爆弾にもなる。

　スコッチを注ぎ、美加絵は新しい方のグラスを西崎の前に出した。代わりに、溶けかかった氷のグラスを引き寄せ、中身を空けて作り直す。

「それからすぐにママがね、手を貸してくれるよう頼んだのが」

　田之上組の前の組長さん、と言って美加絵はグラスを傾けた。

「ふっふっ。あたしがあなたの手駒だったように、母さんもその昔は、あっちの駒だったみたいよ。それから、あたしはママと一生懸命考えた。田之上さんはちょっとドライだったな。無謀な計画にも天祐《てんゆう》が降《くだ》るときがある。そんな流れが見えるようなら、手を貸しましょうなんてね」

ジャスミンが監視役の畑山を誑《たら》しこむこと。

〈ティアドロップ〉の奪取に成功すること。不法就労の連中をきちんとその気にさせること。

これらに足がつかないようにすること。

外国人のその後に関しては、すべて信子と美加絵の方で算段をつけること。

「そこまで出来たら、〈ティアドロップ〉についちゃあ、相場で引き受けよう。なに、半グレ上がりや、沖田の馬鹿坊ちゃんなんかに負けやしないって言ってもらった。心強かったわ」

ノンちゃん親子が覚悟を見せてくれんならおまけだ。こっちにいる間の、オーバーステイ連中のヤサも面倒見ようかとも田之上は言ったらしい。

「言い出しっぺですものね。ジャスミンは大変だったろうなあ。でも、エミリオも上手くやったわ。LET IT BE って、いい言葉ね。本当に、なるようになっちゃった。あたしは一番、楽をしたけど」

「楽？　わからないな。強制退去になる連中はわかる。ジャスミンとエミリオはどうした。金だってどうする。わからない」

「それはね」

美加絵は氷をカランと鳴らし、遠く熟《う》れたような目をした。

「二年くらい前かな。ちょっと人に恩を売るようなことがあったの。あたしは大したことじゃないって言ったんだけど、借りは借りですって、その人はとっても綺麗な顔で笑ったわ。はにかんだような笑顔で。お礼はするって」

「誰だ」

男の素性が気になった。

いや、そうではない。

美加絵に遠く熟れた表情をさせることへの、嫉妬かもしれない。

「言わない。だって言ったらあたしだけじゃなくて、あなたも死んじゃうかもしれないもの」

美加絵は西崎のグラスにスコッチを注ぎ足した。

西崎はまた呷った。

「実際欲しいものなんてなかったし。だからあたし、いつか本当に聞いて欲しいお願いが出来たら連絡するって言ったの」

「それで連絡したのか」

「そうよ」

「だが、それでどうにかなることじゃないだろう」

西崎はグラスを握り締めていた。

おかしい。

自分で自分が制御出来ない感じだった。

「どうにかなることなのね。その人にとっては、きっと大したことじゃない。ふたりを逃がすことも。億のお金を送ることも。言ったら躊躇もせず、了解ですって言ってくれたわ。ふふっ。ジャスミンもエミリオも、今頃はどこの国かしら。もう幸せを始めたかしら。わたしも、幸せになりたかったなぁ」

美加絵はグラスのスコッチを呑み干し、また壁の時計を見た。

「心配してくれたから、教えてあげる。もうすぐ、例の組対の坊やがここに来るわ。彼にはわかっちゃったみたい。凄いわね」

美加絵はスツールから立ち上がった。両手を広げる。

「殺すんでしょ」

その目に、果たして西崎は映っているのか。

「大丈夫。初めから、それでもいいと思ってたから」

誘われるように、西崎はカウンターの中からアイスピックを手に取った。

美加絵は怯えもしなかった。

「抱いてよ」

西崎は片手を美加絵の背中に回した。

「昔から好きだったわ、あなたのことは。姉弟でさえなかったらね」

ああ、ああ。

犬のジローの弟。沖田家に不必要な存在、この国の中の独りぼっち。

そうではなかったというのか。

心は割れた。

「――俺も、そう思う」

美加絵の目から、ひと筋の涙がこぼれた。

「一か八かだったけど、そのひと言で、許してあげる」

美加絵は、アイスピックの前に胸を晒すようにして西崎に抱きついた。鋭い先端が柔らかい肉の中に潜っていく瞬間、美加絵は西崎の耳元に口を寄せた。

「このＰＣはダミー。ピアノの花瓶の下。あなたにあげる」

「えっ。おいっ」

美加絵はもう、動くことも話すこともなかった。

六

「ざけんじゃねえぞコラァッ」

ジャスミンを偽称した美加絵からの電話を切った後、表参道のエムズでは戸島が荒れに荒れた。目についた物を手当たり次第に蹴り飛ばし、デスクの上の物を撒《ま》き散らす。花瓶もPCもカップもあったものではない。一緒くただ。

「しゃ、社長。どうしたっスか。落ち着いてくださいっ」

狂走連合時代からの舎弟、矢木《やぎ》が止めに入った。

「うるせぇ。手前ぇ、誰に物言ってやがんだっ」

「あ、い、いえ」

それでも周囲の様子が目に入れば、いくらかの落ち着きが戻る。

ちょうど打ち合わせで来ていたピンの稼ぎ頭が、離れたところで怯えていた。

「ちっ」

肩で荒い息をつき、戸島はいつものソファに沈んだ。

テーブル上のシガレットケースが目についた。近頃はめっきり吸わなくなった煙草を手に取った。

指先が震えて、火は上手くつかなかった。

「くそっ。どいつもこいつもよぉ」

誰に言っているのかは自分でもわからなかった。

ようやく煙草に火がついた。噎《む》せた。

「な、けっ。な、なにがオークションだ。足、足下見やがって」

怒りの矛先がようやく収斂する。

「これ以上、どうしろってんだ」

もう振ったって鼻血もでねえ、という言葉は強引に呑み込んだ。

個人でも会社からも掻き集められるだけの金は掻き集めた。笑うほどに足りなかったが、街金や闇金も思った以上に渋かった。

どうせ見せ金だと、すぐに返せると、勝手に社員の社証や印鑑を使って借り増した。誰にも負けない額にしたつもりだが、裏を返せばそれがエムズの、戸島の限界だった。これ以上の上積みなど不可能だ。

(どうする、どうする、どうする)

矢木がコーヒーを持ってきた。

「おっとっと。社長」

「あ?」

指の先で煙草がそのまま消え失せようとしていた。

その瞬間、灰が戸島の白いスラックスにまとめて落ちた。

苛立ちが再燃するが、表には出なかった。

灰が落ちスラックスを汚し、沁み通って黒々とした炎が身体の中に点った感じだった。

「おう」

「え。なんスか」

「明後日、久し振りにマツリ、やんぜ」

マツリとは狂走連合時代に使った、集会の隠語だ。

「マツリ。マジっスか」

「大マジだ。でっけえマツリ、やってやろうじゃねぇか。集められるだけ集めろ。クソつまんねえ用事なんか口にしやがる奴ぁ、ぶん殴れ。掻き集めろ」

「お、おうス」

大きく頷き、矢木は戸島から足早に離れた。

「やってやるぜ。見てやがれ。誰にも渡すもんじゃねえや」

もう一本煙草を取り上げ、火をつける。

もう戸島の指先に、震えは一切なかった。

同じ頃、沖田組の事務所でも丈一が喚き散らしていた。

ただし、同じように見えて戸島と丈一はまったく質が違った。おそらく成り上がりの半グレと、昭和から続くヤクザの根本的な差だ。

丈一はジャスミンを装った妹からの電話の後、自ら受話器を取って方々に掛けまくった。

「だからそう言ってんじゃねえか。もう少しだよ。早くしねえと、銀行もどこも閉まっちまうだろうが」

今丈一が掛けているのは金松リースの社長、葉山だった。

二十社あまりのフロント企業の社長に電話した。掛けるのはこの、金松の葉山が最後だった。

「つせえなっ。俺がやれっつったらやりゃあいいんだよ。手前ぇがガタガタぬかすことじゃねえんだ。たかがあと二億だろうがっ。明後日の朝までに、耳ぃそろえて持ってこいよ。わかったなっ」

音高く電話を切る。

「ちっ。面倒臭ぇ野郎どもだ」

全員が、もっと寄こせと言えばなにかと理由をつけた。少し脅しを掛けると、わかりました、とかなんとか言った。

どのみち最後には了承するなら最初からグズるなと言いたい。おかげで喉が少し熱っぽい感じだった。

丈一は、熱を冷まそうと空いたグラスに氷をぶち込み、水を入れて少量のウイスキーを垂らした。

「締めて六億か。叩きゃあいくらでも出るじゃねえか。馬鹿野郎どもが」

水に近いウイスキーを、丈一は喉を鳴らして呑んだ。

「へっへっ。もうすぐだ。国光の野郎、見てやがれよ。もうすぐ全部、元に戻るぜ。なあ、黒川」

丈一は近くで息を潜めるようにしている、若頭の黒川に声を掛けた。

「へ、へい」

声は少し不安げだった。

「なんだい。不景気な面しやがって。――おっ。そうか」

丈一は膝を打ってにたりと笑った。

「近くにいっから忘れてた。ま、お前ぇも頼むぜぇ」

黒川がわずかに震え、頭を下げた。

「時間も時間だ。そうだな。五千万でいいや。よろしくな」

しばらく、黒川は頭を上げなかった。

丈一はグラス一杯に水を注いだ。

注いですぐ、黒川に向けてぶちまけた。

「さっきから同じ話をよ、何回も聞いてただろがっ。とっとと帰って工面しやがれ！」

「へ、へいっ」

黒川が飛び上がって駆け出してゆく。

「馬鹿が」

吐き捨て、丈一はグラスにオン・ザ・ロックを作った。

自分で作るからか、この日の酒は久し振りに美味かった。

そして魏老五は前二回と同じように、電話を切った後で、

『オークションだと。クリスマスのプレゼント。馬鹿馬鹿しい。春節でもないのに、なにを祝う』

笑った。

いつものように周囲に居並ぶ一同も、闇のように笑った。

『秀明』

魏老五は近くにいた陽に声を掛けた。

『グループの金庫に、あといくらある』

『四億』

陽は即答した。

ふむ、と魏老五は首を傾げた。

『少し心許ないか。準備だけはしておこう。あと五千万、出せない者はいるか』

手を挙げる者はひとりもいなかった。

数えれば十三人いた。六億五千万だ。

魏老五は満足げに頷いた。

『あとは私が足せば問題はないだろう』

『ボス。本当に払うんですか』

陽が聞いた。

魏老五はさあと応えた。

『今のは聞いただけだ。本当だったときに慌てないようにな。全体としては、まだわからない』

魏老五は腕時計を確認した。

『もうすぐ爺叔が来る。すべては、あの男の話次第だ』

魏老五は腕を組み、椅子を軋ませて目を閉じた。

『わかりました。爺叔を待ちます』

陽はそれで会話を終え、自身も手近なソファに身を横たえた。

七

絆はペリエの前に立って眉を顰めた。

来ることは電話で言っておいた。美加絵は動じることもなく待っていると言った。にも拘らず、店内に人の気配はまったく感じられなかった。

扉に手を掛けた。鍵は掛かっていなかった。押し開く。

カウベルは鳴らなかった。前回は妙な音がしていたが、壊れたものか。

「失礼します。先ほどお電話した警視庁の東堂です。入ります」

問答無用で早口に言った。必要不可欠な言葉を羅列しただけだ。答えが返るとは思っていない。

当然、店内は静かなものだった。逆に刑事の勘は大いに騒いだ。

濃い匂いに掻き消されていたが、数歩店内を進めば絆にはわかった。

鉄を含んだ生の臭い。血臭だった。

果たして、奥のカウンターの、スツールの脇に美加絵が倒れていた。

飛び寄って確認するが、脈はもうなかった。すぐに金田に電話を掛け、大崎署の柴田に連絡を頼んだ。

絆はそもそもこの日、五反田に美加絵を訪ねるつもりだった。だから朝の内から、今日は渋谷に出る予定だという鴨下に、強引に美加絵の在店確認を依頼していた。

渋々だったが、情報料を弾むといってなんとか鴨下には了承してもらった。

「ペリエのママ、店に入ったよ。いいかね。じゃあ、渋谷に行くよ。そっちから来るなら、あたしの方が近いね。情報料、おくれ。今日は道玄坂だよ」

道すがらだと、先に情報料を払いに渋谷で降りた。

それが、大いなる仇《あだ》となった。

絆は、美加絵の亡骸《なきがら》の前に膝をついた。

「すいませんでした。少し、遅れました」

心から詫《わ》び、冥福を祈る。

慚愧《ざんき》はあった。

いや、慚愧しかなかった。

遺体は状況検分するに留め、絆はラテックスの手袋をはめて立った。

呑みかけのグラス、アイスペール、上等なスコッチ。カウンターの中にも入った。流しの氷の欠片。向こうから放られたようなコースターがあったが、美加絵の死が殺人である以上、誰かいたのは当然だった。

絆が一番気になったのは、タブレットPCだった。

違和感があったのは、前回訪れたときとメーカーも色も同じだが、わずかな瑕疵《かし》が違った。前のPCには、キーボードのNとOにかすれがあった。それが眼前の物にはなかった。まったくの別物、新品のようだった。

訝しかった。

絆はタブレットを起動した。

基本と付属のソフト以外、アイコンはなにもなかった。ネットには検索履歴もなく、メールにはDMが数十件あるだけだった。

ただひとつ、無造作に置かれたフォルダ以外は。

ワードのフォルダだった。

絆はそれをクリックした。

〈これを読むのは組対の東堂君かしら。それとも別の人？　東堂君ならごめんなさいね。大したこと書いてないわ。別の人なら――ふふっ。私と一緒に破滅しましょ〉

そんな言葉で始まる、間違いなく美加絵の手記だった。

〈発端はジャスミンと、ジャスミンの幼馴染みのエミリオが私の店で出会ったこと。ティアドロップを盗んだのは私。私とジャスミンの想い。盗んだ後は、とあるヤクザさんに買ってもらった。でも、自分で売る気はないみたい。だからいずれ、とあるところでオークションだって。途中までは私も手伝ったわ。でも本当に売るのかは知らない。とりあえず、買いに来た人たちの弱みが握れれば、それだけで元は取れるって言ってたかな。

外国人研修制度を壊そうとしたのも私。私とエミリオの想い。本当は言いたいことあるけど、読むのが東堂君だと困るから言えない。エミリオの想いが強くて乗せられた、でいいかな。このままにはしておけない、自分だけ楽になるわけにはいかないって。ティアの方でも使えそうだったから、乗ってあげた。集まってきたオーバーステイの面倒を見てくれたのは、とあるヤクザさん。オマケだって。優しいわね。ヤクザが本当に優しいのかどうかは疑問だけど。

オーバーステイの人たちから、元の雇い主にティアを売らせたのは私。彼らも憎しみがあっただろうから、すぐにOKしてくれたわ。本当に彼らは指示を守ってよくやってくれた。何人かの出番はこれからだけど。これを見るのが東堂君なら、事情聴取？　彼らの話を聞いてるからわかるでしょ。彼らは日本に、日本人に翻弄されたの。人生を踏み躙《にじ》られたのよ。少しくらいはね、いい目を見せてあげなきゃって。私はヒーローでもなんでもないけど。

彼らにはほかに、少しだけティアを渡して売らせたわ。自分の分は自分で稼がなきゃってね。たぶんひとり百万円にはなったはずよ。

全員大人しいから、出来れば早く国に強制送還してあげてね。お金は全部送っちゃったはずだから、彼らきっとご飯代も持ってないわ。

ふふ、ジャスミンとエミリオは追っても無駄よ。とある凄い人に頼んだから。今頃はどこかの国で別人になって、夢に向かって歩き出した頃かしら。もうずいぶん前から日本にはいないのよ。ヤクザさんが買ってくれたティアのお金も、彼らには届いてるかな。

ジャスミンの歌、エミリオのギター、あれで私は人間になれた気がする。世界中の人に聞いて欲しい、なんて言ったら大げさかな。

話はこれでおしまい。

ああ、そうそう。放っとかれると可哀相だから、最後に。

ジャスミンに誑《たぶら》かされた彼、畑山って言ったかしら。彼のことは、最初からとあるヤクザさんに頼んだ。どうなったかまではっきり知らないけど、とってもイヤな奴だったらしいから、東京湾か、樹海とかかな。ふふ、これは私からのオマケ〉

ワードの文章は、ここまでだった。

「くっ」

絆は拳でカウンターを叩いた。何度も叩いた。

痛みで紛らわす。音で賑やかす。

そうしなければ、文章に滲む切ない女の情念に押し潰されそうだった。

なにもわからない、なにも解決しない文章だからこそ、なお悲しい。美加絵という女が際立つ。

もう少し早く到着すれば、少なくとも切なく悲しい、ひとりの女の命だけは救えた。

「駄目だなあ、俺は。まだまだ全然駄目だ」

遠くからサイレンの音が聞こえた。

腕のG‐SHOCKを見た。三時になったところだった。

絆はLINEを起動した。

〈今、電話いいですか〉

片桐に送る。すぐに携帯が電話の振動をした。

――どうした。

前置きもなく、美加絵の死を絆は伝えた。

声の調子になにかを感じたか、片桐は続けろとだけ言った。

絆は目の前の文章を朗読した。片桐は最後まで黙って聞いた。

――それでへこんだか。

「少し」

――ま、それが人だってことだ。お前も化け物じゃねえんだってわかって、俺はほっとするよ。

いつもはぶっきら棒に聞こえる声に、このときは滋味が感じられた。

最近の本人の変わりようもあるだろうが、譬《たと》えるなら成田の典明にも似ていた。

——俺もよ、お前と同じ齢の頃にはどうしようもなかった。後悔してもしきれねえことばっかりだ。だからよ、敢えて言うぞ。

「はい」

——戦え。立ち向かえ。真正面からな。

切るぞと断って、片桐の声は聞こえなくなった。

代わりに、サイレンの音が近かった。

胸の熱さを、絆は自覚した。


通話を終えた片桐は、しばらく手元の携帯を見た。

こういうとき父として支えになってやれない、これまでの自分を思う。

ろくな人生ではなかった。

典明には頼まれたが、情に踏み込む一歩はなかなか出せそうにもない。

「どうしたね。爺叔」

魏老五の声で我に返った。思い出す。三分くらい前に、魏老五の事務所に上がったばかりだった。

「息子からか」

「そうだ」

「内容はわからないけど、父親ね。父親の顔してたね。初めて見た」

周りには雑な笑いが起こったが、片桐は取り合わなかった。

「まぁいいね、爺叔。それで、金になる報告は持ってきたんだろうね」

片桐は頷いた。

この直前までは、間違いなく田之上組が噛んでいると言い切るための状況証拠しかなかった。それでお茶を濁すつもりだったが、今必要にして最大の情報を絆が補完してくれた。

片桐は要点だけを抜粋して披露した。

魏老五の、蛇の目が光を放った。

「で、このヤクザってなぁ、間違いなく田之上組だな。それも今の窪城じゃねえ。初代の方だ」

「ふん。田之上、洋二ね。昔から気に入らないスカした男だったけど、引退しても気に入らないね」

魏老五は椅子を軋ませた。

「でも、爺叔の話は気に入った。オークション、考えてたとこよ」

「やっぱりボスも絡んでるのか。そのオークションてのは、いつなんだ」

それとなく片桐は聞いた。

「まだ決まってないよ。話だけ」

そう言うだろう。それが普通だ。普通のマフィアだ。

「とにかく、行かなくて済んだ。金も無理に集めなくて済んだ。なにより、田之上の爺ぃに尻尾をつかまれなくて済んだ。これがなによりね。爺叔、情報料は弾むよ。今ここには、唸るほど金があるね」

「褒められてもな。たいがいはあいつからだからな」

「息子かね」

「そうだ」

「なるほどね。使えるときは使える男だ。仕方ない。爺叔、息子、礼儀知らずだけど、この間乗り込んできたときの非礼はこれで帳消しにしてあげるよ。伝えておいて」

なぜかむかついた。いや、父だからむかついたか。

笑いが込み上げた。これも父だからだろう。

魏老五が目を細めた。

「爺叔、なにが可笑しいか」

「いや。ボスの言葉がな」

「私の言葉？」

「忠告返しになるがよ。このことがあろうがなかろうが、あいつに手を出すのは止《よ》しといた方がいい。わかってんだろ。帳消しは結構だがな、それで助かるのはさて、あいつとボスのどっちなんだろうと思ったらよ、笑えてな」

魏老五はなにも言わなかった。

悪い悪いと片手を上げ、片桐は魏老五に背を向けた。

「ああボス。請求書だが、お言葉に甘えてよ、この間の三倍で書かせてもらうぜ」

この言葉にも、魏老五はなにも言わなかった。

片桐はそのままビルの外に出た。

寒風が吹き荒《すさ》んでいた。コートの襟を立てる。

足は一瞬湯島を向いたが、思い直す。

絆のためになにかしよう、なにが出来ると考えれば、今行くべき場所はおのずと一ケ所だけだった。

「ちっ。また野宿かよ」

せめて電池が切れるまで。おそらく、あと一日強。

花園神社での盗聴は、息子から片桐が任された仕事だった。

八

この夜のことだった。

西崎は自宅で、ペリエから持ち帰ったデータを読んでいた。

美加絵が言った通り、ピアノの天板に置かれた花瓶の下には一テラのUSBメモリがあった。タブレットPCはどうしようかと一瞬迷ったが、そのままにしてきた。

普段あるものは、あるがままにしておくのが司直の目を逸《そ》らすための鉄則ではあるが、

――このPCはダミー。ピアノの花瓶の下。あなたにあげる。

今際《いまわ》の美加絵の言葉を信じなければ出来ることではない。

ならそのとき信じたかと自問すれば、今となってはわからない。ただ、信じたいと思ったことが、タブレットを置いてきたことに直結しているような気はした。

だから持ち出した物は、アイスピックとグラスだけだ。最初に口をつけた美加絵のグラスは拭くに留めた。

美加絵が言った通り、西崎がペリエを出、エレベータで一階に降りた直後、間一髪でビルに入ってくる若い男がいた。

エントランスには、開店準備にこれから入るのだろう各テナントの従業員が何人かいた。

みなが顔馴染みらしく、賑やかしくダべっていた。その向こうから、堂々とした足取りで入ってきた若い男は、明らかに居酒屋やキャバクラの従業員ではなかった。

真っ直ぐ前を向き、歩調は呆《あき》れるほどにリズミカルだ。引き結んだ口元には小気味いいほどの意志の強さが現れ、黒目勝ちの大きな目には光と呼んで差し支えないほどの艶が、ややもすれば手を翳さなければと思うほど眩しく豊かだった。

警視庁組対特捜、東堂絆。

今まで見たことはなかったが、ひと目で西崎にもそう理解できた。

その顔を記憶に留めようとした瞬間、東堂がひたと足を止めた。目の光が増したように思えた。

（いかん）

精神科の医師としての経験がこのときには生きた。経験則として西崎は、背筋に悪寒が走るほどの危険を感じた。

東堂に関する一切を閉ざし、西崎はかえってゆっくりとエントランスから外に出た。おそらくわずかでもタイミングがずれれば、東堂は西崎に寄ってきたに違いない。確信出来た。

恐ろしいほどの勘の良さ、いや、五感の鋭さを東堂は備えているようだった。

——もうすぐ、例の組対の坊やがここに来るわ。彼にはわかっちゃったみたい。凄いわね。

美加絵の忠告はその通りであり、現実は伝聞を超えていた。

だからタブレットPCのことも、マンションの自室に辿り着き熱いシャワーを浴びた後には、ひとまず懸念なしと切り捨てることが出来た。

少しのツマミとブランデーとクラシック。休日モードで西崎はデータをじっくりと読んだ。

激動の一日だったが、終わればすべては遠い。冷静になればなお遠い。とりあえず西崎の日常に変わりはない。MG興商も、迫水の手腕によるところは大きいが、問題はないだろう。

「これが信じるということか。なあ、美加絵」

笑えた。笑えるゆとりさえすでに持てていた。

データには〈ティアドロップ〉を巡る今までの相関図、何点かの現物写真、いつ録ったのかも知らない、丈一と西崎の会話の録音音声まであった。

全体として、データは過不足なく要点が押さえられていた。美加絵の頭の良さが改めてわかるというものだ。

MG興商の役割と裏の商売についても、店舗や人物ごとに上手くまとめられていた。説明は外国人研修制度に関わる行政書士にまで及んでいた。

「なるほどな」

美加絵のUSBは爆弾にして、劇薬だった。警察に渡せば沖田組は壊滅するだろうが、西崎も刺し違えになるほどの内容だ。

美加絵はこれをどうしようとしていたのかと考えるだけで背筋が凍る。警察が現場検証すれば、間違いなく見つけ出したはずだ。

西崎はブランデーをひと口含んだ。

「美加絵はあの一瞬、すべてを握っていたということか。人生は面白いな」

低く流れるクラシックの調べが鮮明に聞こえた。

ここまでのデータは危険物でしかなかったが、その後の、今回の一連の出来事に関する資料は読み物として面白かった。

まず畑山を誑《たぶら》かし、〈ティアドロップ〉を奪い、田之上が指定する倉庫に運ぶまでがジャスミンの仕事だった。並行してエミリオは、半グレ行政書士のデータからピックアップした違法就労先を訪ね、ご苦労なことに全国を歩いたようだ。

〈クスリがある。違法だが金になる。手付としてそれをあげよう。その代わり手伝ってほしい。こんな仕事は駄目だ。あんな社長の下では駄目だ。でも、逃げるのはもっと駄目だ。次の労働者が補充されるのは目に見えている。夢を壊すのも絶望を増やすのも駄目だ。だから、潰したい。社長だけじゃなく、システムそのものも。だから手伝ってほしい。そうじゃない。一緒にやろう。成功すれば後でまた、まとまった金を送金する〉

断る者はいなかったようだ。

資料によれば、都内に集まったオーバーステイ連中の面倒を見たのは田之上だ。田之上組は組としてこれまでもこれからも、薬物関係に手を出すつもりはないらしい。オークションでどこにでも売るというのは、それを信じれば真実ということになる。

ただし売買代金だけでなく、田之上組は魏老五にしても沖田組にしても、薬物取引の弱みを握るつもりらしい。

金と弱み。田之上が信子と美加絵に支払った額は下代《げだい》だが、十億のようだ。オークションでいくらになるのかは知らないが、たとえ下回っても構わないのだろう。弱みはメンツに関わり、ああいう連中にとっては億の金より重いはずだ。そうなるとエムズは、たしかに田之上にしてみれば木っ端、オマケだ。

田之上は表に出てこないから関わった証拠もない。それは徹底していて、オークション会場にも顔を出さない。売るのを日本語のわかる、オーバーステイの残党に任せるという。その代わり、至る所に仕込んだカメラやマイクを後で回収するらしい。ネットを介さないのは万が一にも見つかったとき、そこから足がつくのを恐れたからだ。

会ったことも見たこともないが、田之上洋二という老人はなかなか策士のようだった。

半グレに関しては、田之上組の手で始末されているかもと曖昧だが、ジャスミンとエミリオはティアを奪ったその日のうちに、資料にさえJとしか記されない男に身柄が委ねられたらしい。そのまま国外、としか資料にも記載はないが、つまりは国内にどこまで探索の網を伸ばしても、所詮徒労でしかなかったということだ。

田之上が支払った十億は、半分は信子の手に渡ったようだが、残りの五億は一億がジャスミンとエミリオ、四億が今回関わったオーバーステイたちに、強制送還の後、分配して支払われるらしい。これも受け持ちはＪだが、こんな額を単純に海外送金など出来るわけもない。

けれど、美加絵はそれ以上のことはなにも書き残さなかった。Ｊに全幅の信頼を置き、あとは極秘ということだろう。

癪に障るが、これだけでは追いようはない。

ジャスミンもエミリオも、金も、Ｊも。

「なるほどな」

すべてを読み終えた西崎は、チーズの欠片を口に放り込んでブランデーを舐めた。

暫時クラシックの調べに身を委ね、おもむろに携帯を取り出し、戸島の番号を探した。

が、押そうとして、すぐに止めた。

「まあ、潮時かもしれないな」

金も力も、小物の割りに持たせ過ぎたかもしれない。だから〈ティアドロップ〉のオークションなどにも、西崎へなんの報告もなく関わっている。

いったんリセットだ。

本人に運も才覚もあるなら、這い上がってくるだろう。

「ただ、田之上のひとり勝ちは気に入らない」

もう一口、ブランデーを舐める。

時計を見た。午後十一時を回った頃だった。

「餌はまだ、起きてるかな」

携帯の画面を戻し、西崎は別の番号を呼び出した。こちらへは躊躇なく掛ける。

「やあ。久し振りだね。今どこかな。——ああ。それならいい。実は、また君の彼が喜んでくれる面白い話があるんだ。ただし、今回の君の役割は重要だ。だから君が挫《くじ》けないように、少し強い治療をしようと思う。最後の治療だと思って構わないよ。赤いクスリ、まだあるね。今日は多めに服用しなさい。——そう。じゃあ、携帯をスピーカーにして、ベッドに横になって。大きく息を吸って、目を閉じて。——まずは、私のことを忘れることから始めよう。最後だからね。もう君に私の力は必要ない。君は君の足で歩いていける。全身の力を抜いて。リラックスして。オープン・ユア・ハート。私は君に、いつも寄り添っている」

ブランデーを舐めながら、西崎はおもちゃを壊し始めた。

終章

一

十二月二十四日、クリスマスイブは朝から厚い雲が垂れ込めて底冷えがした。

この日の天気予報は午前中からの雪で、しかもかなりまとまったものになるということだった。前日からTVやラジオのニュースは広く注意を呼び掛けていたが、一方でバラエティや情報番組はホワイトクリスマスのムードを煽《あお》りまくってもいた。

絆はこの日、朝イチで桜上水《さくらじょうすい》の尚美のマンションに向かった。

前夜、いつもの感じで掛かってきた電話の、最後の方が気になったからだ。

内容自体は他愛《たわい》もない、恋人同士の日常だ。

「それでね、絆君。明日はクリスマスイブでしょ。楽しみにしててね」

「えっ。なにを」

「ふふっ。ナイショ。でも、とっても素敵なプレゼントよ。絆君、きっと喜ぶわ。じゃあね。おやすみ」

気になった。翌日、絆が出勤だと言うことはわかっているはずだ。胸騒ぎがした。それは、朝になっても消えなかった。八時になってＬＩＮＥメールを入れた。電話も掛けた。しばらく待ってみても、既読にも通話にもならなかった。それで金田と片桐にメールを入れて、桜上水に向かったのだ。

九時少し前、絆は尚美の部屋の前に立った。人の気配は皆無だった。チャイムを押してみるが、当然のように応答もない。

ドアに手を掛けてみれば、ダブルロックで上下ともしっかりと施錠されていた。コンビニなどに出かけたわけではないようだ。近くにちょっとした用事で出るとき、下の鍵は掛けないのが尚美の癖だった。

絆は一時間ほどマンション近くで入り口を窺ったが、動きはなにもなかった。一時間も屋外に立てば身体は凍りそうだったが、逆に胸の嫌な騒ぎは募るばかりだった。

やがて天気予報通り、雪が舞い落ち始めた。ＬＩＮＥはまだ既読にもならなかった。

後ろ髪を引かれながら、絆は隊に戻った。池袋の駅に着く頃、雪は本降りになっていた。

「あれ」

「ご苦労さん」

金田が出ていた。気になってねと笑った。

「しかし、なんだね。このまま夕方まで降り続いたら、ホワイトクリスマスどころじゃないだろう。車も立ち往生だろうし、みんな帰れなくなるかもね」

「そうですね」

コーヒーを淹れ、冷えた体を温めようとすると、絆の携帯が振動した。片桐からだった。

スピーカーにすると、よぉう、と声は聞こえたがどこかおかしかった。

「どうしました？　今、どこですか」

花園神社に決まってんじゃねえか、と、言葉にははっきりとした震えが聞こえた。

「えっ。まさかこの雪の中、張ってるんですか」

——やってるよ。なんか俺の担当みてえになっちまったからな。いや、そんなことはどうでもいいや。それよりな、やっとこさ出たぜ。

花畑、と片桐は言ってクシャミをした。

「え、なんですか」

——花畑だよ。細かい住所まではわかんねえが、さっき若い連中が言ってた。花畑のお客さん、こんな大雪にゃあビックリじゃねぇかってな。

絆は金田を見た。

刑事の顔を見せながら、金田は半笑いだった。

「おう。亮介」

——あ、お。カネさん。

「上出来だよ」

——へっ。珍しいこと言うんじゃねえよ。雪がこれ以上強くなったら、さすがに死んじまわぁ。

照れ隠しか、この後すぐに、じゃあよと片桐は電話を切った。

凍える片桐が知らせてきた情報は、美加絵のタブレットPCからするに間違いなく、これからの出番を待ってまだどこかにいる、オーバーステイの連中のことだろう。

「花畑って、足立でしたね」

絆はすぐに書棚から、A1サイズの足立区広域詳細地図を取り出した。コーヒーを飲みながら目を落とす。金田も地図を覗き込んだ。

花畑は一丁目から八丁目まであり、東側を綾瀬《あやせ》川が流れる場所だった。

「古い団地や工場が多いところだったな。昔は結構栄えていた記憶がある。道は、私が若い頃よりは整備されてだいぶ広くなったが、まだ曲がりくねったところも多いはずだ」

絆は頷いた。たしかに、そんな地図だった。

「それにしても東堂君。花畑って言っても」

金田は地図を指差して、下側に動かした。

「こっちは南花畑だね。連中は花畑のお客さんと言っていたが、こっちまで含んでいるとすればずいぶん広い」

「そうですね。でもまあ」

絆はコーヒーを飲み干し、上着を手に取った。

「行くのかい」

言葉としては疑問形だが、金田にはわかっているはずだ。

「尚美のこともあって、じっとしてる気になれないんです」

言いながら絆は携帯を起動した。

尚美に送ったＬＩＮＥメールは、この時間になっても既読ではなかった。

「なにもしないよりはまし、くらいの感覚ですかね」

「君なら、そう言うかな。動くことは宝。ははっ。昔そんなことも教えたっけ。もっとも、異例特例の君にはもう、わかっていたようだけどね」

金田は顎をさすった。

「じゃあ、署の車を使えばいい。スタッドレスに履き替えたのが何台か空いているはずだ」

「了解です」

庁舎内の暖房で身体は解れていたが、車のキーを借りて外に出れば、雪は横殴りにして風が唸っていた。

「こりゃあ、カネさんの言葉じゃないけど、大雪注意報が出そうだな」

絆は着込んだブルゾンの前を合わせ、駐車場に向けて走った。


雪の予報が早かったせいか、みなが警戒したようで道路はどこも空いていた。二十分も走らないうちに、絆は足立区に入った。

そのときだった。

絆の携帯が振動した。

尚美からだった。すぐに車を路肩に停めて絆は受けた。

「尚美。どうし――」

――助けて。絆君。

囁くような尚美の言葉が絆の言葉を遮った。

「えっ」

――目薬の人たちがたくさん集まってたんだ。気になってつけたら捕まっちゃった。今こっそり電話してるの。

「どこだっ。尚美。どこにいる」

——よくわからないけど、車に乗せられて連れてこられたの。花畑っていうところ。団地の番号が見えた。5—＊＊＊。その近くの廃工場、ううん、廃倉庫みたいなとこ。山口建材って書いてあった。

「わかった。——大丈夫か」

——うん。

「待ってろ。すぐに行く」

——うん。

尚美の声が、嬉しそうだった。

——ねえ、絆君。

「なんだ」

——私って、役に立つでしょ。じゃ、待ってる。

そう言って電話は切れた。

内容からすればすぐに動かなければならない。待ったなしだ。

だが、絆はほんの少し、俯《うつむ》いた。長く重たい息をつく。

「畜生っ」

目薬の男たちと出会うことからしておかしい。つけて捕まるのがなおおかしい。こっそりと言うが、捕まっていてどうして電話が出来る。嬉しそうに電話が出来るくらいなら逃げればいい。場所の説明は、わからないと言いながらまるで教えられたように雄弁だ。なにより通話の奥で、横断歩道の青のメロディが鳴っていた。

また、流れの中に取り込まれたのだ。

どこかの誰か。

だましだまされ、裏切り裏切られ、動かし動かされの繰り返しの中で、自分だけは絶対に動かないオープン・マイ・ハートの誰か。

尚美は間違いなく、そいつとティアレッドによって操られている。そいつが尚美を動かしたのだ。

おそらく絆を、いや、警察を動かすために。

「畜生っ」

絆はもう一度吐き捨て、ステアリングを殴った。

動かすつもりが、先に動かされた。一連のオーバーステイの流れにかまけて一歩も二歩も遅れた。

その未熟さが今、尚美を危険に晒す。

外は今や、吹雪《ふぶき》だった。

反して、車内の温度は上昇する感じだった。暖房ではない。絆から吹き上がる怒りだ、闘気だ。

「助ける。絶対に」

強い意志を口にし、絆は金田に電話を掛けた。

――なんだって。

聞いた金田の声にも緊張が走った。

「住所の特定、頼んでいいですか」

――もちろんだ。すぐにやる。こっちからも人を向かわせるが、足立にも応援を頼もう。

「お願いします。待ってます」

切ろうとすると、東堂君、と声が聞こえた。

「はい」

――動くなよ。

待っていますと言いながら、待つ気のないことが声に出てしまったか。少し笑えた。未熟の証明だ。

「大丈夫です。探り探りに出来るだけ近くまで動くだけですから」

――そのことを言ってるんだよ。場所を割り出しても、誰かが到着するまではひとりじゃないか。それは、いかに東堂君と言えど危険だ。

「カネさん。彼女も、ひとりです」

金田は息を詰めたように押し黙った。

「彼女はこの雪の中、ひとりなんです。いや、今までもずっとひとりだったのかもしれない。俺がひとりにしたんです。これはその結果です。もう一秒たりとも、ひとりの時間を延ばしちゃいけないんです」

だからってなぁという金田の言葉は、溜息の中だった。

——気を付けてとしか、私に言いようはないのかな。

「有り難うございます」

絆は電話を終えると車外に出た。

吹雪は寒さを運ばなかった。感じなかった。

「待ってろよ。尚美」

絆は遠く、雪雲の先を睨むようにして覚悟を告げた。

二

「まったく。よりによってこんな日によ」

戸島は白いバンの助手席で吐き捨てた。

雪を考えて早めに出た。二十分前には指定の建材屋に到着した。

廃工場だか廃倉庫だか知らないが、全面に二十から三十台は停められる広い駐車場には誰もいなかった。正面には色の剝げたトタン屋根のばかでかい建物があるだけだった。トラックごと入れそうなシャッターは閉まったままだ。後部座席の社員に見に行かせたが、開かなかった。それからずっと車内にいる。

戸島たちの到着から五分ほど遅れて、物々しい黒塗りのベンツが五台入ってきた。見るからにヤクザだった。チンピラがひとり降りてきて、社員と同じことをした。シャッターは開くわけがない。

チンピラは続けて、戸島のバンに寄ってきた。窓を開けてやれば、早く開けろよと横柄な言葉を窓の隙間に差し込んできた。

「馬鹿言ってんじゃねえ。俺らも客だ。知らねぇよ」

チンピラは一瞬口元を引き攣らせたが、そのままなにも言わず引き下がった。

「へっ。ヤー公なんて根性無しの馬鹿ばっかりだぜ。五台も連ねてよ。黒ベンツ黒ベンツ黒ベンツって、ほかに車とか色とか知らねぇのかね」

車内にいる社員三人に軽い笑いが起こった。

戸島にはいくぶん、高揚も余裕もあった。

今日、すでにあちこちに待機させているはずのマツリの参加者は二百人に上った。どこの誰が来ようと、それだけの数がいれば押し潰せる自信があった。ティアは間違いなく自分の手に戻ると、前日のうちから確信していた。

だから、社員たちと大盤振る舞いで飲み過ぎた。多少二日酔いというか、まだ酔っていた。

「おっ」

約束の正午になると、嫌な軋みを立ててシャッターが上がり始めた。

「おい」

運転席の社員に声を掛けてバンを動かす。

内部は土間打ちのコンクリートのようだった。見定めて車ごと中に入った。ベンツも一台だけついてきた。

ほかの四台からはぞろぞろと厳めしい男たちが降り、歩いて入ってくる。

バンをシャッターのすぐ内側に停め、戸島も降りた。

中はだだっ広く、ガランとしていた。天気のこともあり、明かり取りの窓があるだけでは、中は薄暗かった。

どこかで発電機の音がした。すると照明がつき、いきなり明るくなった。

「やっぱり、ぶっ潰れ会社かい」

外から見るより天井も高く、ガキなら野球が出来そうな広さだった。ファールグラウンドの辺りにファンヒーターがいくつも燃えていた。

そのど真ん中、二塁ベース付近に三段の櫓《やぐら》が単管パイプで組まれていた。横幅十メートルはあろうかという櫓だ。二段目の中央に人が乗っていた。

奥から、発電機を動かしたのだろう男が走ってきてよじ登り、総勢は十人を超えた。

全員が見る限り、東南アジア人だった。

男らの左右と櫓の三段目には、堆《うずたか》く段ボール箱が積まれていた。戸島にとっては久し振りに目にする、馴染みの物だった。

〈ティアドロップ〉だ。

「皆さん。ようこそ、私たちが主催するオークションにおいで下さいました。私のことはグリーとお呼び下さい。さあ、もっと中へどうぞ。そこでは商談になりません」

流暢な日本語だった。なにもないからか地声がでかいのか、声はよく響いた。

全員が櫓のすぐ近くまで寄った。戸島は右側で、もうひと組が左だ。その中に戸島は、知った顔を見つけた。

不動組の黒川だった。

なるほど、オークションの相手は沖田組の若頭ということだ。

ただ――。

「おい。グリー」

戸島は櫓の二段目に顔を上げた。

「なんでしょう」

「オークションってなぁ、あれか。うちと沖田組だけかよ。ショボくねぇか」

言えば、左側の二十人が細波《さざなみ》のように揺れた。

「なんだ。そっちもわかってんならいいや」

首筋を叩きながら黒川が前に出た。

「俺らだって知ってんぜ。エムズ、だろ。なあ、戸島さん」

「ふん。知ってたからなんだってんだ」

内心では驚きながら顔には出さない。戸島には余裕がある。

たかだか二十人で、なにが出来る。

「戸島ぁ、引くなら今だぜ。今なら許してやんよ」

「なにをだよ」

「オークションに決まってんだろうが。半グレの半端会社で、俺らと張ろうってのか。後で困んじゃねぇのか、色々とよ。無理すんなよ。なあ、お前ぇら」

黒川は振り返った。十九人が笑った。

その響きが、むかついた。

「無理してんのはどっちだよ。知ってんぜ。手前ぇらんとこも、あっぷあっぷだろうが」

それだけで黒川が真顔になった。

「おい戸島。いい加減にしねぇと、怒るぜ。いいんかい。沖田系の全部を、敵に回してもよ」

「沖田系ってなぁ、あれかい。もうすぐ消えちまう、泥船のことか」

「――手前ぇっ」

即発の空気が凝《こご》ってゆく。

と、

「はいはい。そこまでです」

櫓の上から手が叩かれた。

「今日はクリスマスイブです。楽しくやりましょう」

グリーが手摺から身を乗り出して言った。

「戸島さん。先ほどの質問ですが、その通りです。残念ですが、おふた組だけ。もうひと組にも声は掛け、最初の値付けは頂いたのですが、本日はお見えにならないようです」

風が唸り、雪が舞い込んできた。

グリーは両手で身体を抱え込んだ。

「おお、寒いですね。私はこの前まで雪国にいましたから、もう珍しくもなんともない。ただ寒いだけです。寒いのは苦手。始めましょうか。もう時間もだいぶ過ぎました」

グリー以外の男たちが櫓を降り、左右に立った。

「まずはどちらも、最低入札額と言うことで、彼らの前に八億を積んでください。オークションはそこから始まります」

おい、と後ろに声を掛けたのは戸島も黒川も一緒だった。同じようなスーツケースが八つ、左右の男たちの前に積み上げられた。

(へっへっ。危ねえ危ねえ。なんだよ。その最低入札額ってのは)

戸島が掻き集めてきたのは全部で九億と少しだ。すでに限界は近い。

あまり遊んでいる暇はないようだった。何気なくを装ってスマホを取り出し、戸島は矢木の番号を呼び出した。

「おふた組がいくらをつけてくださるか、楽しみです。それではオークションと参りましょう。まずは――」

声はそこで途絶えた。

誰もがグリーを注視していた。空疎な時間が流れた。

グリーは怪訝な顔で戸島たちの後ろ、外の方を見ていた。

「っておい。早くし――」

戸島も振り返った。

振り返って、息を呑んだ。

「なんだありゃ」

駐車場からこちらに歩いてくる、真っ赤なパラソルがあった。クルクルと回るパラソルだ。

レインコートとレインブーツの、若い女だった。足取りも軽い。すぐにスキップでも始めそうだった。

そもそも凍えそうな雪とわかっているのか。地名ではないが、花畑で戯れている感じだ。

異様だった。

異様なまま、女は建物の中に入ってきた。

傘をたたみ、こんにちはと頭を下げた。

「貴女《あなた》は、誰ですか」

グリーが不思議そうな声で言った。

「私は、星野尚美です」

全員があっけにとられた。

その間にも尚美は進み、グリーの真正面に立った。

「ここに来るように言われたので」

「――誰にですか」

「誰にって」

尚美は笑った。笑って小首を傾げた。

「あれ、誰にだったかな」

そのときだった。
いきなり一台の車が駐車場に入ってきた。
そのままのスピードで真っ直ぐ建物に入り、タイヤを鳴らして停まる。
エンジン音が絶えると同時に、ひとりの男が運転席から姿を現した。
光を撒き散らすような目をした男だった。
「あ、て、手前ぇはっ」
戸島は思わず驚愕の声を上げた。
降りてきたのは、警視庁組対特捜隊の東堂だった。
「きゃぁぁあああっ」
突如、尚美が金切り声を上げて東堂の方に駆け出した。
「絆君。この人たちよ。この人たちが！」
尚美は泣きながら東堂の胸に飛び込んだ。
抱きかかえて東堂がこちらを見た。
吹雪を掻き散らす、熱い風が吹いたような気が戸島にはした。
なにがなんだかわからなかった。
ただ、スイッチは入った。
ブチ切れのスイッチだ。

「誰がなにを企《たくら》んでんだか知らねぇがよ」

矢木に電話を掛ける。すぐにつながった。

「おう。準備はいいかぁ」

「しゃ、社長。それが」

矢木が口籠もった。

「なんだよ。はっきりしろや」

「か、数が足りねぇッス」

「ああ？」

「雪ッス。雪で、みんな来られねぇって。止めたって」

「――なんだとっ。――なんだとぉっ。手前ぇ、この野郎！」

「お、俺に言われても、どうしようもないッスよ」

矢木は泣きそうな声だった。戸島は天を仰いだ。

「何人いんだ」

三十人くらいッスと矢木は小声で言った。

「さ」

絶句した。笑える数だ。

九億と少し、三十と少しが、戸島とエムズの限界。分相応の境界か。

情けないほどに低かった。

絶句の後、戸島はなぜか笑った。

「なんでもいいや」

考えるのはもう、面倒臭かった。

「矢木。予定通りマツリだマツリ。始めるぜぇっ」

戸島は叫び、携帯を切った。

三

「もう大丈夫。車に入っているんだ。ロックして」

絆君絆君と泣きじゃくる尚美を強引に車に押し込み、絆はヤクザと半グレに正対した。

全員から凶暴な気が吹き上がるのが〈観〉えた。

右に戸島を入れて四人、左に見たことがある男を入れて二十人。不動組の黒川とそこの組員だろう。つまりは沖田組だ。

「警視庁。組対」

それだけを告げ、絆は一切の躊躇なく進んだ。

一歩ごとに左側、不動組の男たちがゆっくりと広がるように展開した。さすがに場慣れしている、ということだろう。

反して、戸島は、燃えるような目をぶつけてくるだけで動かない。挙動に浮薄する感がないのが、逆に不審ではあった。

だが、それにしても構わない。たとえ百通りのペテンがあろうと、胆に気を落とし身をひと振りの剣と化した絆には、正伝一刀流の千変万化がある。

「まず、略取誘拐」

寄せ来る吹雪のような殺気、怒気を平然と撥ね除け、絆は櫓の真正面に立った。

頭上二段目にいるのは、おそらくオーバーステイの男たちだった。

「そこに積まれている物は、〈ティアドロップ〉かな」

「そうです。〈ティアドロップ〉。悪いクスリ」

手摺から見下ろす、流暢な日本語を話す男が言った。

「それなら追加で薬事法違反。ともに現行犯だ」

凛とした声を張れば、邪《よこしま》な気が取り囲むように渦を巻いた。芯にいるのは当然、絆だ。

正面、櫓の方向にだけ穏やかな隙があった。

絆は見上げた。

オーバーステイたちは興味深げな目で、ただ絆を見ていた。

「あなた方は抵抗しますか」

日本語の上手い男が周りになにごとかを話した。全員が首を左右に振った。

「これが答えです。私たちは現状に、日本に、なにも望みません。なにもしません。私たちはただ、国に帰りたい」

絆は頷いた。

「ならそこから降りて、出来るだけ離れているように。——どうにもこいつらは」

広く辺りを見回す。

不動組の連中がすでに戦闘態勢だった。

針先でひと突き、それだけで邪心に火が点《つ》くだろう。

「ぶちのめさないとわからないらしいんで。とばっちりを食ったら、国に帰れなくなりますよ」

ヤクザと半グレの怒気が膨れ上がった。真っ赤に燃える揺らめきのように絆には〈観〉えた。ＯＫと声がして、オーバーステイの男たちが櫓を降り奥に走った。

支度は整った。

絆は呼吸を整えた。

世俗を離れ、無への扉をゆっくりと開く。

そのとき、遠くから数を集めたエンジン音が聞こえた。車にしては軽い。バイクのようだった。

「へっへっ。遅ぇや。馬鹿どもが」

戸島は吐き捨てたが、言葉とは裏腹に殺気が横溢《おういつ》し、一瞬、身体が倍にもなったように〈観〉えた。

待つ間もなく乱雑なエンジン音が次々に正門から姿を現した。建屋の中に列をなして走り込む。停まることなく、空ぶかしを繰り返しながら、バイクはそのまま広く場内を回り始めた。

総台数で三十一、と絆は読んだ。男たちに躊躇や戸惑い、怖《お》じ気《け》といったものは一切なかった。

まとめて漂う凶暴な気は集団の強さ、あるいは弱さ。

走り屋の集会で〈観〉たことがあるものだった。

「おらおらっ。マツリだぜ、マツリ。くだらねえくだらねぇっ。沖田組がなんだっ。警察がなんだ。舐めんなよ。俺らぁ狂走連合だ。俺ぁ、六代目総長だぜぇっ」

戸島は、走り回る仲間たちを誇示するようにうろつきながら叫んだ。

「〈爆音Vol.22〉、始めんぜぇ。ぜんぶぜんぶ、くたばっちまえやぁ！」

潮合《しおあい》はすぐのようだった。

戸島の叫びに共鳴するように、バイクの集団が凶暴な気を濃くしていった。不動組の連中を呑み込むほどだ。

ヤクザの全員が、手を服の内側に差し入れた。光物か、銃か。なんにしても、ビビったら負けということではある意味プロだ。

やる気のようだった。

絆はわずかに右足を引き、腰を沈めた。

鼻から息を吸い、全身を巡らせ、一気に解き放つ。

「おぉぉっ！」

邪気、悪気、殺気をすべて弾き飛ばし、霧散させる浄化の気合だった。

全員の意識が絆に向く。絆が集める。

絆は背腰のホルスターから特殊警棒を引き抜いた。金属音を発しながら伸びた警棒がライトを撥ねる。

それだけで邪《よこしま》な者たちには、誰が敵かは一目瞭然だったろう。

何台かのバイクが、誘われるように列から離れて絆に向かった。みなフルフェイスで顔はわからないが、手に手にブラックジャックやスラッパー、金属バットを持っていた。

フルスロットルのエンジン音は無慈悲な雄叫《おたけ》びのようにも聞こえた。

だが、そんなもので絆は動じない。動じさせることは何人《なんぴと》にも出来ない。

エンジンと凶器が唸りをあげる中に、絆は自ら走り込んだ。

雑に振られる凶器など、絆にとってはないも同然だった。五センチの見切りでブラックジャックをいなし、タンデムシートの辺りを蹴った。

バランスを失ったバイクが横転すれば、火花を散らして地べたを進み、円を描くようだったバイク集団の流れを乱した。

「おぅらぁっ」

その間に、金属バットが左側頭部に近づいた。身を沈めながら左手に持ち替えた特殊警棒を擦《す》り上げた。

バットが頭頂の髪の毛に触る感覚と、相手の男の手首を特殊警棒が砕く感触には寸毫《すんごう》の差もなかった。

男の手を離れて回転するバットをつかめば、背後に迫る三台目のエンジン音があった。床に身を投げ出しつつ後ろ手にバットを投げた。

それで、バイクの通過は尋常ではなくなった。前輪の間にバットを飲み込んだバイクには急制動が掛かり、人車は一体となって宙に躍り上がった。

投げ出されたフルフェイスの方が後になった。

先にバイクが派手な音を立てて不動組の中に飛び込んでいった。

「おわっ」

「んなろぉっ」

「手前ぇ、調子こいてんじゃねぇぞっ！」

タイミングとして、不動組にスイッチが入った。

入るように仕向けたのは絆だ。

フルフェイスがバタフライナイフを取り出し振り回し、不動組の連中がヤッパやら短刀を光らせる。

数台のバイクがそれを見て不動組の中に突っ込んで行く。

誰が誰ともない、乱戦の始まりだった。


(へっへっ。これだよこれ。ちまちまやってたってよぉ。へっへっ。これだぜ。やっぱよ、俺らぁ、これだぜ)

戸島はあちこちで始まった大騒ぎに酔い始めていた。

(スーツもネクタイも要らねえ。名刺ってなんだよ。そんな物で、俺のなにがわかるってんだ)

人に頭を下げて生きる人生の馬鹿らしさ。稼いでも稼いでも金は、積み上げては消え、積み上げては消える。繰り返す虚しさは賽《さい》の河原《かわら》も同然だ。

いいとこに住んでいいもの食って、いい服着ていい車に乗るために、人は生きながらにして死んでいる。

「くだらねぇくだらねぇ。これ見ちまったらよ、全部くだらねぇ」

戸島は誰にともなく言った。小さな呟きだったが、熱かった。それが自分でわかった。

顔を動かせば、東堂に最初に蹴り倒されたバイクが目に入った。カワサキのバルカンSだった。新車のようだ。

その昔、戸島が乗っていたヤマハXVS48ドラッグスターと同じアメリカンタイプだった。

（死ぬほどバイトして買ったときぁ、嬉しかったっけ）

そんなことを思い出す。

――おい、戸島。大丈夫かよ。

納車の日、初めて乗せたのは西崎だった。

（へへっ。後にも先にも、西ヤンのあんなに不安そうな顔見たのは、初めてだっけ）

ふと興味が起こった。

「どれ。俺も混ざっかな」

引き起こしてまたがった。

エンジンを掛ける。知らない、いい音がした。

乱闘をよそに、外周を回った。

バイクに乗るのは何年、いや十年以上振りかもしれないが、すぐに馴染んだ。

「おい。それ貸せや」

戸島はバイクのひとりから奪うようにして金属バットを手にした。先端をコンクリートの床に落とす。ガラガラと音がした。

それで、出来上がりだった。

戸島はいつの間にか、狂走連合の総長だった頃の自分に戻っていた。

特攻服を着て長い白地の鉢巻をつけ、取っ換え引っ換えにレディースのシャンイチを乗っけては、公道を我が物顔で走っていたあの頃に。

「いくぜオラァッ」

アクセルを噴かす。

ちょうど目の前に不動組の、チンピラじみた目つきのヤツがいた。

敵だった。

「邪魔すんなコラァッ」

金属バットを振り出す。いい感触だった。前歯が全部いっただろう。

気持ちがよかった。

いったんバイクを停め、アクセルを噴かしに噴かした。目に沁みるような排気も気持ちよかった。

「次ぁどいつだ。へへっ」

東堂が見えた。遠かったが目についた。

一番の敵だった。戸島から全部を奪おうとする男だ。

憎悪に火が点くと、ほかはもう目に入らなかった。前輪が浮くほどの勢いで急発進した。

タイヤが焦げ臭かった。

「東堂っ。オラァッ、死ねやぁ！」

叫びは戸島にとって勝ちの象徴だった。

しかし――。

バイクは東堂に辿り着かなかった。

すぐ右手で乱闘になっていたフルフェイスが、不動組の男に蹴り倒されて戸島の行く手に転がり出てきた。前輪が不安定な状態で、避けることは出来なかった。東堂しか見えていなかったこともある。

フルフェイスに乗り上げてバランスが崩れた。

着輪しても片手運転では、体勢もスピードも制御出来なかった。

進行方向に東堂は見えなかった。

ティアの櫓がすぐそこだった。

「んだってんだ、オラァッ」

咆哮《ほうこう》は絶叫に近かったか。

バイクが横転した。投げ出される自分を感じた。上下はわからなかった。

やがて、右側頭部がなにかに触れた。嫌らしく擦《こす》ってくる冷たいなにかだった。

(床かよ、おい)

思った瞬間、頭だけでなく耳までが灼熱に燃えた。

(熱《あ》っち熱ちい。熱っちぃい)

ゴリゴリという音もたまらなくうるさかった。

櫓が目の前だったが、身体は動かなかった。

(んだよ。んだよコラッ。俺を誰だと思ってんだ。俺ぁ俺ぁよ、狂走連合六代目総長、戸島たけ——)

顔面に櫓の鉄管が触れた。

その瞬間、戸島はブラックアウトし、この世のすべてからドロップアウトした。

四

正面から飛んでフルフェイスをバイクから蹴り落とし、逆足一本を落ち際の男の肩に掛けた絆は、化鳥となってもうひとりを叩き落として着地した。

すぐに襲い掛かってくる者はいなかった。

すでに二十人以上、十台以上がコンクリートの上で踠《もが》いていた。

油断なく立った絆は、広い視野の右側に櫓全体を捉えていた。

猛スピードのバイクから振り落とされた戸島が、バイクに絡みながら櫓に突っ込んでいくところだった。

無慈悲に無感動に、無表情に絆は見送った。出来ることはなにもない。

バイクが櫓の脚《あし》を薙《な》ぎ倒して止まらず、火花とともに潜ってゆく。

傾いだ櫓は重量の掛かるところから順次、轟音《ごうおん》を上げて崩れ始めた。辺り一面に、盛大に〈ティアドロップ〉を撒き散らし、建物自体が大きく揺れた。

誰もが、バイクの集団もそれぞれの場所でテールランプを灯したほどだ。

けれど――。

絆はひとり、瞬転の身ごなしで元いた場所から動いた。

それとほぼ同時だった。

轟《ゴウ》ッ。

反響する櫓の崩壊に重なるように銃声がした。絆は熱い風の通過を体前に意識した。

離れたところで停まっていたバイクの燃料タンクが火を噴いた。火達磨《ひだるま》になったライダースーツが、大慌てで外に駆けてゆく。

絆はゆっくり、左方を見た。いや、そもそも視野の左側に、櫓と同時に見ていた。

黒川が、隣に立つ黒スーツに囁くのを。

——おい。今だ。殺っちめぇ。

視野の端の唇の動きさえ、ひと振りの剣と化した絆には読めた。

男が無言で頷き、スーツの内側から取り出したのはトカレフだった。胸の歪《いびつ》な厚みで、銃を持っていることはわかっていた。

自信があったのだろう。硝煙すらまだ立ち上る銃を構えたまま、スーツの男は驚愕に目を見開いた。黒川も同じようなものだ。

「暴行傷害、凶器準備、銃刀法違反、殺人未遂、教唆、追加」

絆は無造作に歩を進めた。

気負いも衒《てら》いもなく、怯懦《きょうだ》も逡巡もない。姿はただ、そこにあるだけだ。無尽にして神変さえ現す自然体、天然体といえる。これこそ自得の域に入った剣士の位取り。

絆の真骨頂だった。

「くっ」

自棄になった黒スーツが引き金を引く。絆の後方に位置する者たちは蜘蛛《くも》の子を散らすように逃げ惑った。バイクの者は車体を置き捨てて。

轟ッ。

しかし、銃弾が絆に当たることはない。

気の高まり、方向、手先の動き。それだけ見えても〈観〉えてもいれば、絆の歩みを止めることは出来ない。させもしない。

轟ッとさらに銃声は続くが、ユラリユラリと弱法師《よろぼし》の捌きで左右に身を揺らすだけで十分だった。

五メートル、剣域に捉えたと思った瞬間、無心にして身体は電光石火に動いた。

誰も絆の動きは感得出来なかったろう。

一足飛びに回り込んだ絆は、特殊警棒で男の手首を砕いた。苦鳴とともに、落ちた銃を背後に蹴る。

流れの仕上げに特殊警棒を黒川に突きつけ、ひと睨みで縛り付け、絆は広く場内を見回した。

「全員、動くなっ！」

縫い止めるに足る、威声だった。気魄も乗っている。

音が絶えた。あるのは崩れ残る単管の軋みと、バイクが一台燃える揺らぎだけだった。

遠くからサイレンが聞こえた。それでも絆は、存在だけで一同を動かさなかった。

やがて、数台の警察車両が走り込んできた。

わらわらと降りてくる誰もが、内部の惨状に一瞬目を見張った。

広く全員が逮捕に散る頃、別のサイレンが塊となって飛び込んできた。その遠くにまた別のサイレンもあった。

死闘は、終わりのようだった。

走って来た警官に黒川らを預け、床へのひと突きで特殊警棒をしまうと、絆は崩壊した櫓に歩み寄った。

折れ曲がった単管パイプと〈ティアドロップ〉の山に埋もれ、戸島の姿は見えない。

「絆君っ」

怒声罵声《ばせい》が渦巻く中に、かすかに尚美の声が聞こえた。

車から出たようだ。振り返れば、こちらに向けて駆けてくるところだった。

真っ直ぐに――。

動かないフルフェイスをまたぎ、呻きながら転がる不動組の男を飛び越え、オイル溜まりや血溜まりを気にも留めず踏みしめ、真っ直ぐに――。

絆以外、尚美にはすべてモノなのかもしれない。

絆はかすかに悲しみの表情を浮かべた。それにしても一瞬だ。見せてはいけない。笑顔に隠す。

「絆君っ」

最後は飛び込んで来る尚美を、両腕を広げて掻き抱いた。

尚美は震えていた。

けれど、恐怖ではないようだ。

「絆君、絆君、絆君」

絆の胸に顔を埋《うず》める尚美の身体は、冷え切っていた。

(エンジン、つけといてやればよかった)

それだけを絆は思った。

やがて震えが止まった。

尚美が顔を上げた。

輝くような、満面の笑みだった。

この場合、愛らしさはあまりに異質だった。

「ねぇ、絆君。私、役に立ったでしょ?」

掛けるべき言葉は見つけられなかった。

絆の無反応を気にも留めず、尚美は周囲に目をやった。

「あら? 私のと同じおクスリがあんなに」

呟きは絆に衝動を呼んだ。

目一杯の力で尚美を抱き締めた。

「絆君。痛い」

「いいんだ。もういいんだ、尚美」

知らず、冷たい涙が頰を伝った。

尚美をこうしたのは自分だ。

どうしようもなく、自分だった。

「絆君、どうしたの？」

耳に尚美の吐息が掛かった。

絆は尚美の髪を撫《な》でた。愛《いと》おしかった。

「もういいんだ。病院に行こう。もういいんだ。必ず抜け出せる。俺がいる。だから、もういいんだ」

「え。——なに、が」

「わかってる。尚美が悪いわけじゃない。わかってる。オープン・マイ・ハート。悪いのはそいつだ」

尚美からの答えはなかった。

それどころか突如、尚美から尚美が消えた気がした。

「いや。いやぁぁあっ！」

絶叫を上げ、尚美は絆の腕の中で暴れた。

「尚美っ」

「誰っ。あなた誰っ。絆君じゃない。離してっ」

強い力だった。

叩かれた。

引っ掻かれた。

「離してよっ。離してよぉっ！」

構わなかった。

絆は離さなかった。

足音がした。

絆は顔を上げた。

金田と片桐が立っていた。

「……カネさん。……片桐さん」

片桐が前に出た。

その手が、尚美を抱く絆の肩に落ちた。

暖かかった。温もりが沁みた。

「ひとりで背負い込むんじゃねえ」

言葉とともに、なにかが注ぎ込まれる感じだった。

金田も片桐に並んだ。

「そうだよ、東堂君。君は決してひとりじゃない」

知らず、涙が頬を伝った。

「……はい」

絆は涙を隠さなかった。

片桐も金田も、ただうなずいた。

絆は尚美に、二人分の温もりと三人分の心を注いだ。

今でなくていい。

いつか、届けと。

「いやぁあっ。放せっ。放せぇっ！」

尚美は連行されるその直前まで、絆の腕の中で叫び続け、暴れ続けた。

五

寿《ことほ》ぐべきなにごともなく年を越して、二〇一七年、一月の半ばだった。

午前十一時半過ぎ、冬空は晴れ渡っていた。

絆は品川にあるS大学付属病院の、エントランスからロータリーを回った真向かいにいた。視線は先ほどから、病院の正面入り口に注がれて動かなかった。

正面エントランスの外では、尚美と尚美の両親が精神科の医師に挨拶をしているところだった。

付き添うように、樫宮と片岡三貴の姿もあった。

事件後、〈ティアドロップ〉の入手経路その他について尚美から聞き出せたことはなにもなかった。その部分に関してはすべてが欠落しているようだった。

薬物依存による明らかな心神耗弱《こうじゃく》と診断された尚美は、その後すぐこのS大学付属病院に送致された。

この選択には、繁忙期にもかかわらず出雲から飛んできた両親の強い希望があったという。大学時代、精神を病んだ尚美を一年で復学するまでに治療してくれたのが、このS大付属病院だった。そのときの主治医、西崎次郎に尚美の両親は全幅の信頼を寄せているようだった。

絆は尚美たち五人と主治医の西崎、そして看護師の並びを、離れたところから見ていた。

この日は尚美の退院の日だった。

といって、薬物依存が完治したわけではない。薬物依存は、そんなに簡単に治るものではない。これからは島根《しまね》に帰り、両親の庇護《ひご》のもと、向こうの治療施設に通うことになる。

辛く長い、闘いの日々が待っているということだ。

そのことを絆が聞いたのは、尚美の両親からだった。

「尚美を、返して下さい。元通りにして、返して下さい！」

やり場のない怒りをぶつける尚美の母、真知子《まちこ》の前に、絆は頭を下げ続けることしか出来なかった。

「まあ、母さん。東堂君が悪いわけじゃない。誰も悪くない。むしろ、責められるべきは私たちだ。東京に送り出したときも、今回も。大学生は大人ではなかった。社会人一年生もそうだったのかもしれない。私たちは、娘の成長に甘えたんだ。その結果だ」

父敬一郎《けいいちろう》は泣き崩れる真知子の背中を摩《さす》りながら、宥《なだ》めるようにそう言った。

絆はなにも言えなかった。口を開けば自分の未熟さをさらけ出すことになり、それは彼らの慚愧を増幅させるだけのような気がした。

「ただね、東堂君」

敬一郎は真知子を抱き起こしながら、絆に顔を向けた。表情は穏やかだったが、鉄の意志を感じさせる声だった。

「尚美はこれから、いつ終わるともしれないリハビリに入る。支えるのは君じゃない。私たちだ。私たち、家族だ」

「はい」

「穏やかな、明るい尚美を、私たちはなんとしても取り戻す覚悟だ」

「はい」

「尚美とは、これきりということにしてもらいたい。これは私たちのエゴかもしれないが、許してほしい」

覚悟はしていた言葉だったが、実際に聞くと打ちのめされる思いがした。

失う愛への未練はあった。未練ばかりだ。

守れなかったことへの慚愧もあった。慚愧ばかりだ。

悲しみが心を満たす。

まとう悲しみは、膝がわななくほど重かった。

「いえ。こちらこそ」

それ以外、言葉は見つけられなかった。

本当に辛く悲しいのは絆ではない。尚美であり、家族だ。

「申し訳ありませんでした」

これが、年が明けてすぐのことだった。以来、顔を合わせたことはない。

この日の退院を知っていたのは、樫宮から聞いたからだ。樫宮は三日にあげず、たとえ尚美と会えなくとも病院に顔を出していたようだった。

一台のタクシーがロータリーを回り、エントランス正面に向かった。

いよいよ、別れのときだった。

真知子に抱えられるようにして、尚美はタクシーに乗り込んだ。終始俯いたままだった。

(顔、見られなかったな)

それもひとつの、罰だろうか。

最後にタクシーに乗り込もうとした敬一郎が、絆に向けて頭を下げた。慌てて絆も下げる。下げたら、動き始めたタクシーのエンジン音が聞こえなくなるまで上げられなかった。

やがて、風の啼《な》き声に起こされるように絆は顔を上げた。

星野一家は、遠く去っていた。

「先輩っ」

樫宮が走り寄ってくる。三貴はエントランスで、西崎と真剣な顔でなにかを話していた。尚美の今後について、そんなところか。

「行っちゃいましたね」

遠く羽田の方向に、空を見上げて樫宮が言った。

絆は樫宮を見た。エントランスの三貴と違い、声も顔もどこか晴れ晴れとしていた。

樫宮は絆の視線に、照れたように笑った。

「先輩。俺、会社に転勤願い出しちゃいました。松江《まつえ》にあるんですよ。小っちゃな営業所が」

唖然《あぜん》とさせられた。

意表を突かれた。

「樫宮。お前」

樫宮は照れ隠しか、強く胸を叩いた。

「任せてください。先のことはわかりませんけど」

心が震えた。

人の情愛、いや、樫宮の愛は、未熟な自分よりはるかに尊く、気高いものに思えた。

「——頑張れよ」

「オゥッス。W大ラグビー部の精神で」

涙が零《こぼ》れそうだった。

だから、空を見上げた。

「東堂せんぱぁい。樫宮くぅん。なにしてるのよぉ」

三貴の声が掛かった。

「樫宮。三貴ちゃんが呼んでる。行くぞ」

絆は先に歩き出した。

樫宮に潤む目を見られないよう。ラグビー部の先輩として、最後の強がりだ。

正面エントランスに回れば、三貴と並んで西崎も立っていた。フィリピンとのハーフだという西崎は、白衣のポケットに手を入れ、静かに絆を見ていた。

絆は尚美の主治医に敬意を払い、頭を下げた。上げても変わらない目で西崎が見ていた。

「なにか」

「ん？　ああ、いや」

西崎に〈観〉えるかすかな挙措の緩みが、絆の五感に引っかかった。

「あの、どこかでお会いしたこと、ありませんでしたか」

「いや。私は初めてだと思うが」

「そうですか」

三貴が絆の袖を引いた。

「聞きました？　樫宮君から」

声を潜め、三貴は笑った。

「うん。今聞いた」

「いい男ですよねぇ、彼。もっと早くわかってればなぁ」

「なに？　なんの話だい？」

追いついてきた樫宮に、なぁんにもと三貴はつれなく言った。

行きましょと先導され、西崎に挨拶してゲートに向かう。

風は透き通り、空は晴れ渡っているが、ただ――。

絆の心に陰りがあるのはなぜか。

尚美のこと、それはもちろんある。

（それにしても）

絆はひとり、歩道の上に立ち止まった。

（なるほど。あれが間近で見る東堂絆か。凄みのある目をしている。あり過ぎるほどだ）

医師としての興味もあり、それで見てしまった。見入ってしまった。どこかでと言われたときは冷や汗ものだったが、問題はないだろう。

星野尚美が自分のところに送られてくることも予想外だったが、それも問題はない。むしろ好都合というものだった。

西崎の姿を見ても、尚美がなにかを思い出すことはなかった。そもそものようにブロックは掛けた。自分の能力に疑いは持っていない。そして、これからもないことの証明が出来たことは喜ばしいことだった。

戸島が馬鹿をやって命まで落とすとは思わなかったが、天命だと思えば諦めもつく。駒の補充はいくらでも出来るのだ。

美加絵を失ったことは、思い返すのもやめた。この一事だけは心に刺さる一本の棘《とげ》のようなものだった。いずれ血を噴くかもしれないが、それまでは棘のまま刺しておく。

（いずれにしても）

オークションに掛けられた〈ティアドロップ〉は警察に押収された。不動組、エムズ、双方の用意した金は出所の証明がなされればいずれ返還されるだろう。

だが、どちらもそれで万事収まるわけではない。特に沖田組は、〈ティアドロップ〉に復活を掛けて掻き集めた金に違いないのだ。ティアが得られなければ、先の地獄は見えている。

「沖田組は、いよいよ死に体だな」

風が唸った。勝利の凱歌《がいか》に聞こえた。

そのときだった。

首から下げたPHSが鳴った。西崎は眉を顰めた。今日の患者はもういないはずだった。

表示を見れば、中国からの携帯通信だった。

訝しかった。

「はい」

――やあ。西崎さん。

雑音が多かったが、聞き取ることは出来た。聞き覚えのある声だった。

「陳 芳《チェンファン》か？」

――そうよ。

いつもニコニコしていた中国人インターン。

西崎に〈ティアドロップ〉の原型を紹介してくれた男。

それが陳芳だ。

「久し振りだな」

〈ティアドロップ〉の製造ラインには関わっていたはずだが、ダミーを嚙ませるようになってからは直接にはどうしているか知らず、沖田組に繋げてからはさらに知らない。声を聴くのもおそらく、五年振りくらいだろう。

——久し振りも久し振りよ。久し振り過ぎるね。

雑音のせいばかりではなく、陳芳の声はどこかおかしかった。

ただの陽気な中国人、だったはずだ。

「どうした？」

——どうしたもこうしたもないよ。ティア、次はいつ入れる。

「……なにを言ってるんだ」

そのことで西崎に電話を掛けてくる意味が、よく分からなかった。

「それはあっちの組に任せたはずだが」

——任せても仕切ってた中間会社は、西崎さんね。

「それはそうだが、金を出すのは沖田だ。私は知らない」

——知らない知らないは、ダメね。

陳芳の声が一段低くなった。

西崎の知らない声だった。

——西崎さんも、沖田剛毅の息子ね。だから新しいリーガル・ハイ、教えてあげたのよ。

「なんだと」

愕然《がくぜん》とした。

「お前、まさかあの当時から知っていたというのか」

——当然ね。だからあの大学選んだね。私もファミリーのひとり。私が伸《の》し上がるために、新しいルート欲しかったからね。

陳芳は電話の向こうで大げさな溜息をついた。

——ついこの間までは順調だったのに。在庫、ダブついてきてるよ。早くなんとかしてくれないと、困るね。

押しつけがましい物言いに少しむかついた。

「困るのはそっちの勝手だろう。俺の知ったことか」

——そう、困るのはこっち。西崎さんは知っても知らなくてもいいね。そうしたいなら、それでもいい。

陳芳は言葉を切った。

沈黙かと思いきや、陳は笑っていた。

雑音の底をのたくる低い蠕動《ぜんどう》のような笑いだった。

——くっくっ。いいねいいね、西崎さん。相変わらず自信家。昔から羨ましかったよ。でも、ダメね。今は私がすべてを握ってる。西崎さんの自信、通用しないよ。なんとかしてくれないなら、それ相応の報いがあるね。西崎さん、生きたまま磨り潰されて、襤褸《ぼろ》屑《くず》みたいになりたいか。

　声がなぜか、遠かった。

——準備もあるだろうしね。私も友だちに無理なことは言いたくないよ。そう、春節が明けたら。

　また掛けると言って、陳芳の電話は切れた。

　西崎はPHSを耳に当てたまま動けなかった。

　すべてが順調のはずだった。

　なにもかも、自分の手のひらの上のはずだった。

——人なんて良くも悪くも、みんな自分と大差ないわよ。

　また美加絵の言葉が蘇った。

「うるさい、うるさいっ」

　思わず声を荒らげ、荒らげた自分の声で我に返る。

　病院のゲート近くで、東堂絆がこちらを見ていた。

（シリーズ第三巻に続く）

本書は書き下ろしです。
また、この物語はフィクションであり、
実在の人物・団体とは一切関係がありません。

中公文庫

サンパギータ
——警《けい》視《し》庁《ちょう》組《そ》対《たい》特《とく》捜《そう》K《ケイ》

2016年12月25日　初版発行
2019年２月28日　６刷発行

著　者　鈴《すず》峯《みね》紅《こう》也《や》

発行者　松田陽三

発行所　中央公論新社
〒100-8152　東京都千代田区大手町1-7-1
電話　販売 03-5299-1730　編集 03-5299-1890
URL http://www.chuko.co.jp/

ＤＴＰ　柳田麻里
印　刷　三晃印刷
製　本　小泉製本

Published by CHUOKORON-SHINSHA, INC.
Printed in Japan　ISBN978-4-12-206328-0 C1193

各書目の下段の数字はISBNコードです。978－4－12が省略してあります。

や-53-8
もぐら 凱（下） 矢月秀作
勝利か、死か——。戦友たちが次々に倒されるなか、遂に〝もぐら〟が東京上陸。日本全土を恐慌に陥れる謎の軍団との最終決戦へ！ 野獣の伝説、ここに完結。
205855-2

や-53-9
リンクス 矢月秀作
最強の男が、ここにもいた！ 動き出す、湾岸の守護神——。大ヒット「もぐら」シリーズの著者が放つ、高速ハード・アクション第一弾。文庫書き下ろし。
205998-6

や-53-10
リンクスⅡ Revive 矢月秀作
レインボーテレビの爆破事故に巻き込まれ世を去った、巡査部長の日向太一と科学者の嶺藤亮。だが、二人は新たな特命を帯びて、再びこの世に戻って来た……⁉
206102-6

や-53-11
リンクスⅢ Crimson 矢月秀作
レインボーテレビに監禁された嶺藤を救出するため駆けつけた日向の前に立ちはだかる、最凶の敵・クリムゾン。その巨大な陰謀とは⁉ 「リンクス」三部作、堂々完結！
206186-6

や-53-13
A《ア》I《イ》O《オ》民間刑務所（上） 矢月秀作
20××年、日本で設立・運営される初の民間刑務所「AIO第一更生所」。そこに渦巻く経営者、議員、刑務官、囚人たちの欲望を戦慄的に描いた名作、遂に文庫化。
206377-8

や-53-14
AIO民間刑務所（下） 矢月秀作
「AIO第一更生所」に就職した同期たちが遭遇した惨劇とは……。「もぐら」「リンクス」の著者が描く、近未来アクション&バイオレンス！〈解説〉細谷正充
206378-5

し-49-1
爪痕 警視庁捜査一課刑事・小々森八郎 島崎佑貴
麻薬組織と霞ヶ関に投げ込まれた爆弾。それは、捜査一課最悪の刑事・特命捜査対策室四係の小々森八郎。警察小説界、期待の新星登場。書き下ろし。
206430-0

な-70-1
黒蟻 警視庁捜査第一課・蟻塚博史 中村啓
「黒蟻」の名を持つ孤独な刑事は、どこまで警察上部の闇に食い込めるのか？ このミス大賞出身の実力派作家が、中公文庫警察小説に書き下ろしで登場！
206428-7